SCIENCE FICTION

Herausgegeben
von Wolfgang Jeschke

Von Robert A. Heinlein erschienen außerdem in der Reihe
HEYNE SCIENCE FICTION & FANTASY:

Weltraum-Mollusken erobern die Erde (06/3043)
Bewohner der Milchstraße (06/3054)
Die lange Reise (06/3101)
Revolte auf Luna (06/3132)
Ein Mann in einer fremden Welt (06/3170)
Die Straße des Ruhms (06/3179)
Farmer im All (06/3184)
Die Zeit der Hexenmeister (06/3220)
Die Entführung in die Zukunft (06/3229)
Unternehmen Alptraum (06/3251)
Utopia 2300 (06/3262)
Der Mann, der den Mond verkaufte (06/3270)
Welten (06/3277)
Nächste Station: Morgen (06/3285)
Abenteuer im Sternenreich (06/3336)
Das geschenkte Leben (06/3358)
Die Leben des Lazarus Long (06/3481)
Die Reise in die Zukunft (06/3535)
Der Rote Planet (06/3698)
Die Zahl des Tiers (06/3796)
Die Invasion der Wurmgesichter (06/3862)
Zwischen den Planeten (06/3896)
Ein Doppelleben im Kosmos (06/3922)
Die sechste Kolonne (06/3927)
Raumkadetten (in Vorbereitung)
Zeit für die Sterne (in Vorbereitung)

ROBERT A. HEINLEIN

TUNNEL ZU DEN STERNEN

Science Fiction-Roman

WILHELM HEYNE VERLAG
MÜNCHEN

HEYNE-BUCH Nr. 06/3883
im Wilhelm Heyne Verlag, München

Titel der amerikanischen Originalausgabe
TUNNEL IN THE SKY
Deutsche Übersetzung von Kurt Seibt
Das Umschlagbild schuf Eddie Jones

2. Auflage

Redaktion: Friedel Wahren
Genehmigte, bearbeitete Taschenbuchausgabe

(früher erschienen als HEYNE-BUCH Nr. JT 45)
Printed in Germany 1983
Umschlaggestaltung: Atelier Heinrichs & Schütz, München
Gesamtherstellung: Elsnerdruck GmbH, Berlin

ISBN 3-453-30798-4

INHALT

1
Aufbruch

Über der schwarzen Tafel neben Hörsaal 1712-A der Patrick-Henry-Oberschule leuchtete weithin die rote Lampe. Rod Walker schob sich unter die dichtgedrängt stehende Menge und bemühte sich, festzustellen, welche Mitteilung der Sonderanschlag enthielt. Plötzlich landete ein Ellbogen in seiner Magengrube, und gleichzeitig meldete sich eine Stimme: »He du! Nicht so heftig!«

»Entschuldige – nichts für ungut, Jimmy!« Eine Sekunde später jedoch hatte Rod ungeachtet seiner Worte den Ellbogen seines Freundes, ohne ihm sonderlich weh zu tun, in die Zange genommen und verrenkte sich den Hals, um über Jimmy Throxtons Kopf hinweg Ausschau zu halten. »Was steht da am Schwarzen Brett?«

»Kein Unterricht heute.«

»Und warum nicht?«

Unweit vom Anschlag kam die Antwort: »Weil's morgen heißt: ›Heil, Cäsar, wir, die wir bereit sind zum Sterben . . .‹«

»Wirklich?« Rod fühlte, wie sich ihm der Magen zusammenzog. Es war immer so vor einer Prüfung. Doch da trat jemand zur Seite, und es gelang ihm endlich, den Anschlag selbst zu lesen:

Patrick-Henry-Oberschule
Sozialwissenschaftliche Abteilung
Betr. alle Teilnehmer des Lehrgangs 410
(Hauptseminar über Methoden der Selbstbehauptung)
Leiter Dr. Matson, 1712-A MWF

1. Am Freitag, dem 14., kein Unterricht
2. Vierundzwanzig Stunden nach Bekanntgabe Abschlußprüfung auf Raumverwendungsfähigkeit. Die Teilnehmer melden sich morgen, Samstag, 9 Uhr, im Ambulatorium von Templeton Gate zur ärztlichen Untersuchung, Start durch Ausfalltor je nach Los in 3 Min. Abstand um 10 Uhr
3. Prüfungsbedinungen:
   a) Bereich: Jeder Planet, jedes Klima, jedes Gelände

b) Bes. Anweisungen: keine; Waffen und Ausrüstung nach Wahl
c) Gruppenbildung gestattet, jedoch erst nach erfolgtem Einzelstart (s. o.)
d) Dauer der Prüfung: zwei bis zehn Tage

4. Rückfragen bei Dr. Matson bis Freitag 17 Uhr
5. Prüfungsaufschub nur auf Grund ärztlicher Anordnung; Ausscheiden aus dem Lehrgang ohne Verwaltungsgebühr bis Samstag 10 Uhr möglich
6. Viel Glück und gesundes Wiedersehen!

Für die Schulverwaltung gez. B. P. Matson
gez. J. R. Roerich Dekan

Kaum hatte Rod Walker den Anschlag überflogen, da begann er ihn sofort noch einmal zu lesen – ganz langsam und mit dem Bemühen, seine aufgeregten Nerven zur Ruhe zu bringen. Am meisten interessierten ihn die Prüfungsbedingungen. Aber waren das überhaupt Bedingungen? Wo gab es welche? Fehlte hier nicht jede Angabe, die das Prüfungsgebiet umgrenzt oder eingeschränkt hätte? Könnten sie einen unter diesen Umständen nicht durch das Ausfalltor jagen – und im nächsten Augenblick sähe man sich bei 40 Grad minus einem Polarbären gegenüber – oder hätte in warmem Salzwasser mit einem Kraken einen Ringkampf zu bestehen? Oder – so spann Rod weiter – man stand plötzlich auf einem Planeten, von dem man nie zuvor etwas gehört hatte, einem dreiköpfigen Ungeheuer gegenüber.

Rod arbeitete sich im Rückwärtsgang aus dem Gedränge heraus und zog Jimmy Throxton mit sich. Was ›Dekan‹ Matson sagen würde, ahnte er ganz genau – nämlich daß bei der Prüfung auf Raumverwendungsfähigkeit die Frage nach Recht oder Unrecht völlig bedeutungslos sei. Höchst bedeutungsvoll für Rod war jedoch der Köder, den ihm Paragraph 5 entgegenhielt. Kein Hahn würde danach krähen, wenn er aus dem Lehrgang ausschied. Schließlich und endlich gehörte Selbstbehauptung in den Ausbildungsplan der Universität, er konnte auch ohne Prüfung auf Raumtüchtigkeit die Oberschule abschließen.

Im tiefsten Innern wußte er jedoch, daß, falls er jetzt die Nerven verlöre, er sich nie wieder zur Teilnahme entschlösse.

Auch Jimmy war ziemlich nervös. Er sagte: »Was hältst du davon, Rod?«

»Schon in Ordnung«, erwiderte dieser, »ich möchte nur wissen, ob ich meine langen Unterhosen anziehen soll. Was meinst du, ob uns der Dekan wohl einen Fingerzeig gibt?«

»Der Dekan? Der nicht! Für den ist ein gebrochenes Bein der Inbegriff eines gelungenen Scherzes. Der könnte seine eigene Großmutter verspeisen – ganz ohne Hemmung und auch ohne Salz.«

»Na, ohne Salz würde er sie wohl nicht runterkriegen. Aber sag mal, Jim, hast du gelesen, was sie über die Gruppenbildung ausgeheckt haben?«

»Habe ich . . . na und?« Jimmys Augen wichen Rod plötzlich aus.

Und Rod fühlte sich einen Augenblick lang irritiert. Er hatte soeben eine Andeutung gewagt, zart wie ein Heiratsantrag, ein Angebot, sein eigenes Leben in die gleiche Waagschale mit Jimmy zu werfen. Und Jimmy? War er sich nicht bewußt, daß die größte Gefahr bei einem Solounternehmen darin bestand, daß man irgendwann mal schlafen mußte und daß der Vorteil gemeinsamen Handelns darin lag, daß man die Wachen aufteilen und der eine auf den anderen aufpassen konnte?

Zudem mußte Jimmy wissen, daß Rod besser war als er, ob mit oder ohne Waffen. Der Vorteil dieses Vorschlags lag also ganz auf seiten Jimmys. Und trotzdem zögerte er, als sei er der Meinung, daß Rod ihm nur hinderlich sein könnte. »Was ist los, Jim?« fragte Rod frostig. »Bildest du dir ein, daß du sicherer bist, wenn du allein gehst?«

»Das will ich nicht sagen.«

»Oder soll das heißen, daß du dich nicht mit *mir* zusammentun willst?«

»Nein, nein, das denke ich nicht!«

»Na, was denkst du dann?«

»Ich . . . hör mal zu, Rod. Ich danke dir wirklich sehr für dein Angebot, ich werde es nie vergessen. Aber sieh mal, der Anschlag läßt doch noch eine andere Möglichkeit offen.«

»Wieso, was meinst du?«

»Nun – wir könnten diesen verdammten Lehrgang einfach

schießen lassen und trotzdem unser Examen machen. Und mir ist eben gerade in den Sinn gekommen, daß ich diese Prüfung für mein Konfektionsgeschäft en detail am allerwenigsten benötige.«

»Was? Ich denke, du hast den Ehrgeiz, Raumadvokat zu werden?«

»Wenn auch die Jurisprudenz ihr kostbarstes Juwel verliert, was verliere ich schon? Es wird meinen Alten Herrn sehr glücklich machen, zu erfahren, daß ich mich dazu entschlossen habe, im Familiengeschäft zu bleiben.«

»Das heißt also, daß du Angst hast.«

»Wenn du es so deuten willst – das wäre *eine* Möglichkeit. Aber du, hast du keine Angst?«

Rod holte tief Atem. »Doch – ich habe auch Angst.«

»Na schön! Dann wollen wir beide gleich einen klassischen Beweis dafür liefern, wie man sich behauptet und am Leben bleibt – gehen wir hinunter zur Registratur und setzen wir heldenmütig unseren Namen unter die Austrittserklärung.«

»Nein – das tu du nur allein.«

»Du willst also die Prüfung mitmachen?«

»Ich habe die Absicht.«

»Hör mal, Rod, hast du dir die Statistik vom letzten Jahr angesehen?«

»Nein, und ich will davon auch gar nichts hören. Auf Wiedersehen!« Rod machte eine scharfe Kehrtwendung, ließ einen verstört dreinschauenden Jimmy hinter sich und ging schnurstracks auf den Eingang des Vorlesungssaales zu, in dem etwa ein Dutzend Lehrgangsteilnehmer versammelt waren.

Doktor Matson, der ›Dekan‹, hockte im Schneidersitz auf einer Ecke seines Katheders und gab Auskunft. Er war klein und hager, hatte ein ledernes Gesicht, eine Klappe über einem Auge, und drei Finger seiner linken Hand waren nur noch als Stummel vorhanden. An seinem Revers trug er winzige Bändchen, die seine Teilnahme an drei berühmten Erstexpeditionen anzeigten; an einem davon hing eine winzige Traube von Diamanten als Zeichen dafür, daß er das letzte lebende Mitglied dieser Gruppe war.

Rod nahm in der zweiten Reihe Platz. Das Auge des Dekans

heftete sich auf ihn, während er mit der Beantwortung der Fragen fortfuhr. »Ich verstehe Ihre Klagen einfach nicht«, sagte er gutgelaunt. »Die Prüfungsbedingungen besagen ›alle Waffen‹, demnach können Sie sich alle so schützen, wie es Ihnen beliebt . . . von der Wurfschlinge bis zur Kobaltbombe. Ich bin zwar der Meinung, eine Abschlußprüfung sollte mit bloßer Hand bestanden werden und auch nicht die kleinste Nagelfeile zulassen, aber das Schulamt ist anderer Meinung, und nun machen wir es eben auf diese Weise.« Er zuckte die Schultern und grinste.

»Dann kann ich das nur so verstehen, Herr Doktor, daß man weiß, mit welch gefährlichen Ungeheuern wir es zu tun bekommen.«

»Darauf können Sie sich verlassen! Die grausigsten, die es gibt.«

»Herr Doktor, wenn Sie wirklich meinen . . .«

»Aber gewiß, tue ich, tue ich!«

»Dann kann das nur heißen, daß wir entweder nach der Mithra geschickt werden und auf Schneeaffen achten müssen oder daß wir auf Terra bleiben und hier irgendwohin verfrachtet werden, wo wir mit Leoparden rechnen können. Stimmt's?«

Der Dekan schüttelte verzweifelt den Kopf. »Mein Lieber, ich gebe Ihnen einen Rat, treten Sie zurück und verzichten Sie auf diesen Kursus. Diese harmlosen Vierbeiner sind doch nicht gefährlich. Ich rede vom *wirklichen* König der Tiere, dem einzigen Wesen, das zu jeder Zeit gefährlich ist, selbst wenn es keinen Hunger leidet – von einem zweibeinigen Ungeheuer.

Schauen Sie sich doch bloß einmal um!«

Doktor Matson neigte sich weit vornüber. »Neunzehn dutzendmal habe ich Ihnen das schon gesagt, aber Sie glauben es immer noch nicht. Der Mensch ist das einzige Lebewesen, das nicht gezähmt werden kann. Jahrelang läuft er, wenn es ihm paßt, friedlich wie eine Kuh umher. Aber wenn's ihm nicht mehr paßt, läßt er einen Leoparden im Vergleich mit sich als geflecktes Kätzchen erscheinen. Wobei das, was ich sage, noch doppelt zu veranschlagen ist für die Weibchen dieser Gattung. Blicken Sie sich einmal um. Alles Freunde, nicht wahr? Wir haben ja schon gemeinsam allerlei Prüfungen durchgemacht; wir können uns aufeinander verlassen, wie? Aber haben Sie von der Donnerexkursion oder von der ersten Expedition zur Venus gelesen? Bei dieser Prüfung kommt außerdem hinzu, daß noch mehrere andere Gruppen mitmachen, alles Fremde für Sie.« Doktor Matson richtete sein Auge erneut auf Rod. »Mir schwant Schreckliches, wenn ich sehe, wer alles an dieser Prüfung teilnehmen will – ich muß sagen, mir graut davor. Einige von Ihnen sind doch ausgesprochene Städter. Ich fürchte auf Grund meiner Erfahrungen, daß es mir nicht gelungen ist, allen Köpfen einzuhämmern, daß es dort, wo Sie hinkommen, keine Polizisten gibt und daß ich ebensowenig dort sein werde, um Ihnen im Falle eines dummen Fehlers, den Sie machen, Hilfestellung zu leisten.«

Sein Auge wanderte weiter, und Rod fragte sich, ob der Dekan ihn gemeint hatte. Manchmal hatte er das Gefühl, als ob sich der Dekan ein Vergnügen daraus machte, ihm das Fell über die Ohren zu ziehen., Doch Rod wußte, daß die ganze Angelegenheit sehr ernst war; dieser Lehrgang war eine unbedingte Notwendigkeit für alle diejenigen, die irgendwo draußen im Weltraum ihrem Beruf nachgehen wollten, und zwar aus dem einfachen Grund, weil es draußen Plätze gab, wo man entweder seinen Mann stand oder vor die Hunde ging. Wenn Rod auch diesen Lehrgang vor dem Besuch der Universität gewählt hatte, weil er hoffte, auf diese Weise ein Stipendium zu bekommen, so bedeutete das doch keineswegs, daß die Sache für ihn nur einen rein formellen Charakter hatte.

Er blickte sich um und fragte sich, wer wohl bereit wäre, jetzt, wo Jimmy ausgefallen war, mit ihm gemeinsame Sache zu machen. Dicht vor ihm stand ein Pärchen, Bob Baxter und Carmen Garcia. Sie kamen nicht in Frage, denn sie würden ohne jeden Zweifel zusammenbleiben, zumal sie missionierende Ärzte werden wollten und sobald wie möglich zu heiraten beabsichtigten.

Und wie stand es mit Johann Braun? Der würde einen Partner abgeben, wie man ihn brauchen konnte, er war kräftig, stand fest auf den Beinen und war intelligent. Doch Rod traute ihm weder, noch war er der Meinung, daß Braun ihn akzeptieren würde. Und er begann sich darüber klarzuwerden, daß er vielleicht einen Fehler gemacht hatte, als er außer mit Jimmy in der Klasse keine weitere Freundschaft gepflegt hatte.

Und das große Zulumädchen, Caroline Soundso, deren Nachnamen man nicht aussprechen konnte? Stark wie ein Ochse und ohne jede Spur von Furcht. Aber es war sinnlos, sich mit einem Mädchen zusammenzutun; Mädchen waren zu sehr geneigt, ein kühles Geschäftsvorhaben mit einem romantischen Abenteuer zu verwechseln. Und so wanderten seine Augen weiter, bis er schließlich zu der Feststellung gezwungen war, daß niemand da war, dem er eine Teilhaberschaft vorschlagen mochte.

»Herr Doktor, wie steht's denn mit einem kleinen Hinweis? Sollen wir Sonnenöl mitnehmen oder Salbe gegen Frostblasen?«

Matson grinste und zog die Worte in die Länge. »Mein Freund, ich will Ihnen alles verraten, was ich weiß. Das Prüfungsfeld wurde von einem Lehrer in Europa ausgewählt ... und ich habe eines für seine Klasse ausgesucht. Was es also ist und wo, weiß ich ebensowenig wie Sie. Schicken Sie mir eine Postkarte.«

»Aber ...« Der junge Mann, der soeben gesprochen hatte, hielt jäh inne. Dann stand er plötzlich auf. »Das ist keine faire Prüfung. Ich scheide aus.«

»Was ist denn daran unfair? Ganz abgesehen davon, daß wir auch gar nicht daran dachten, sie fair zu machen.«

»Nun, Sie können uns doch hinschicken, wohin Sie wollen ...«

»Stimmt.«

»Auf die Rückseite des Mondes, bis über die Ohren in einem Vakuum. Oder auf einen chlorigen Planeten oder in die Mitte eines Ozeans. Ich weiß nicht, ob man einen Raumanzug mitnehmen soll oder ein Kanu. Zum Teufel damit! Das wirkliche Leben sieht anders aus.«

»Ach – es sieht anders aus?« erwiderte Matson. »Bestimmt hat das auch Jonas gesagt, als ihn der Walfisch verschluckte. Aber«, fuhr er fort, »ich will Ihnen einige Hinweise geben. Zuallererst soll diese Prüfung von jedem bestanden werden, der intelligent genug ist, es zu verdienen. Daher werden wir Sie nicht in einer giftverseuchten Atmosphäre oder einem Vakuum aussetzen, ohne Ihnen die Mitnahme einer Maske zu empfehlen. Sollten Sie ins Wasser fallen, dürfte aller Wahrscheinlichkeit nach das Ufer nicht so weit entfernt sein, als daß man es nicht schwimmend erreichen könnte. Und so weiter. Wenn ich auch Ihren Bestimmungsort nicht kenne, so habe ich doch das Verzeichnis der Gebiete gesehen, die für die diesjährigen Klassen in Frage kommen. Jemand, der ein bißchen gewitzt ist, wird, ganz gleich, wo er ausgesetzt wird, zu den Überlebenden zählen. Sie sollten sich doch auch vorstellen, mein Freund, daß die Schulkommission nichts gewinnt, wenn alle ihre Kandidaten für die Schlüsselpositionen bei dieser Prüfung draufgehen.«

Der junge Mann setzte sich ebenso schnell, wie er aufgesprungen war. Matson fragte: »Nun, haben Sie Ihre Meinung wieder geändert?«

»Ja, Herr Doktor. Wenn es eine faire Prüfung ist, mache ich sie mit.«

Matson schüttelte den Kopf. »Leider sind Sie jetzt schon durchgefallen. Sie sind entschuldigt. Sie brauchen auch gar nicht erst die Registratur zu verständigen, das tue ich dort für Sie.«

Der Junge wollte protestieren, doch schon wies Matson mit dem Kopf zur Tür und brüllte: *»Raus!«* Es herrschte betretenes Schweigen, während der Junge den Raum verließ, dann fuhr Matson äußerst lebhaft fort: »Es handelt sich hier um einen Kursus für angewandte Philosophie, und ich bin der einzige Richter, der zu entscheiden hat, wer geeignet ist und wer nicht. Jeder, der noch in Vorstellungen von der Welt befangen ist, wie sie sein sollte und nicht wie sie ist, ist für die Abschlußprüfung nicht brauchbar. Sie müssen sich darauf einstellen und mit den Wölfen heulen . . . wenn Sie angesichts der Schlingen und Pfeile eines wahnsinnigen Schicksals vor lauter Augenaufreißen nicht den Verstand verlieren wollen. Noch weitere Fragen?«

Es kamen noch einige, doch wurde allen nur zu deutlich bewußt, daß Matson entweder die Natur des Prüfungsfeldes wirklich nicht kannte oder daß er sein Wissen für sich behielt; seine Antworten brachten jedenfalls nichts ein. Auch was die Bewaffnung anging, ließ er sich zu keinem Ratschlag herbei, sondern stellte nur einfach fest, daß der Waffenwart der Schule am Tor bereitstehe, um gegebenenfalls die üblichen Waffen auszuhändigen, während die Versorgung mit Spezialwaffen den einzelnen Teilnehmern überlassen bliebe. »Denken Sie jedoch immer daran«, rief er ihnen noch einmal zu, »daß Ihre beste Waffe zwischen Ohren und Skalp zu finden ist – sofern sie geladen ist.«

Die Gruppe begann sich zu zerstreuen, und auch Rod erhob sich, um hinauszugehen. Doch Matson hielt ihn mit seinem Blick fest und sagte: »Walker, beabsichtigen Sie, an der Prüfung teilzunehmen?«

»Ja, natürlich, Herr Doktor.«

»Kommen Sie doch mal einen Augenblick mit.« Er führte ihn in sein Büro, schloß die Tür und setzte sich. Dann blickte er zu Rod auf, spielte mit seinem Briefbeschwerer und begann langsam zu sprechen: »Rod, Sie sind ein guter Junge . . . aber manchmal ist das nicht genug.«

Rod sagte nichts.

»Erzählen Sie mir«, fuhr Matson fort, »warum Sie diese Prüfung mitmachen wollen.«

Rod starrte unentwegt vor sich hin. Er wußte, daß er schon einmal, bevor er zu dem Kurs zugelassen wurde, mit Matson siegreich die Klingen gekreuzt hatte. Und so sprach er erneut von seinem Ehrgeiz, daß er auf eine Stelle draußen im Raum hin zu studieren beabsichtige. »Und darum muß ich mich auch in dieser Prüfung qualifizieren. Ohne sie würde ich nicht einmal einen Posten in der Kolonialverwaltung bekommen, geschweige denn auf dem Gebiet der Planetographie oder Planetologie.«

»Sie wollen einmal Forscher werden, wie?«

»Sicher will ich das.«

»Wie ich.«

»Ja, wie Sie.«

»Hmm . . . Sind Sie geneigt, mir Glauben zu schenken, wenn ich Ihnen sage, daß das der schlimmste Fehler war, den ich je in meinem Leben gemacht habe?«

»Wie meinen . . . nein, Herr Doktor!«

»Wie sollte ich von Ihnen auch etwas anderes erwarten. Mein Freund, der ganze Witz dieses Daseins besteht darin, daß man *früher* wissen müßte, was man *später* weiß. Natürlich ist uns das verwehrt. Aber ich will ohne Umschweife zu Ihnen sprechen: Ich bin der Meinung, daß Sie zur unrechten Zeit geboren sind.«

»Herr Doktor!«

»Meiner Meinung nach sind Sie Romantiker. Nun haben wir zwar heute ein sehr romantisches Zeitalter, aber um so weniger ist für Romantiker Raum; die Zeit verlangt Praktiker. Vor hundert Jahren hätten Sie einen Bankier oder Rechtsanwalt oder einen Professor abgeben und Ihre Romantik durch die Lektüre phantastischer Erzählungen und alle möglichen Träumereien zur höchsten Blüte entwickeln können, wenn Sie nicht das Pech gehabt hätten, in einer derartigen Periode der Öde geboren zu werden. Da jedoch Abenteuer und Romantik Teile unserer täglichen Existenz sind, bedarf es naturgemäß sehr praktischer Menschen, um damit fertig zu werden.«

Rod begann dieses Gerede auf die Nerven zu gehen. »Und was ist nun mit *mir*?«

»Nichts. Ich habe Sie gern, und ich möchte nicht erleben, daß Sie irgendwelchen Schaden nehmen. Aber Sie sind mir zu gefühlvoll, zu sentimental veranlagt, um der Typ zu sein, der immer zu den Überlebenden gehört.«

Matson streckte ihm abwehrend die Hand entgegen. »Fahren Sie nicht gleich aus der Haut. Ich weiß, Sie verstehen ein Feuer zu machen, indem Sie ein paar trockene Hölzer aneinander reiben. Ich habe auch nicht vergessen, daß Sie auf praktisch jedem Gebiet Abzeichen errungen haben. Ich bin sicher, daß Sie mit bloßen Händen einen Wasserfilter nachmachen können und daß Ihnen bekannt ist, auf welcher Seite eines Baumes das Moos wächst. Aber ich bin mir keineswegs sicher, ob Sie auch vor dem Bärenfrieden genug auf der Hut wären.«

»Vor dem Bärenfrieden?«

»Lassen wir das. Mein Freund, ich halte es für besser, daß Sie von Ihrem Plan ablassen. Wenn Sie das Abschlußzeugnis unbedingt brauchen, dann können Sie es immer noch auf der Universität erwerben.«

Rods Miene verfinsterte sich. Matson seufzte. »Ich könnte Sie ja einfach streichen. Vielleicht sollte ich das auch tun.«

»Aber warum denn, Herr Doktor?«

»Das ist es eben. Ich finde keinen hinreichenden Grund. Der allgemeinen Beurteilung nach sind Sie ein so vielversprechender junger Mann, wie ich selten einen hatte.« Er stand auf und streckte die Hand aus. »Viel Glück. Und denken Sie daran – wenn es ums Ganze geht, tun Sie das, was Sie tun müssen, und vergießen Sie keine Tränen.«

Rod hätte eigentlich gleich nach Hause fahren sollen. Seine Familie wohnte in einem Außenbezirk von Groß-New York, auf dem Grand Canyon Plateau jenseits von Hoboken Gate. Da ihn jedoch die Verkehrsverbindung zum Umsteigen in Emigrants' Gap zwang, konnte er der Versuchung nicht widerstehen, aus lauter Neugier seine Heimfahrt zu unterbrechen.

Als er die U-Bahn verließ, hätte er sich rechts halten müssen, um dann mit dem Drehlift nach oben zu fahren und auf den Arizona Strip hinauszugehen. Aber er mußte an seine Verpflegung, Ausrüstung und Bewaffnung für die Prüfung am nächsten Tag denken. So führten ihn seine Schritte automatisch nach links, und er gelangte auf die Gleitbahn, die in die große Halle für die Ausfalltore zu den Planeten führte.

Er redete sich ein, daß er nur zehn Minuten zusehen würde; auf keinen Fall wollte er zum Abendessen zu spät kommen. Er bahnte sich seinen Weg durch die Menge und betrat die riesige Halle – nicht auf der Plattform für Auswanderer, sondern auf der Zuschauertribüne, die den Toren gegenüberlag. Damit befand er sich in dem neuen Gebäude, das im Jahre '68 für den Verkehr freigegeben worden war, während das ursprüngliche Emigrants' Gap, das jetzt für den Verkehr zwischen der Erde und dem Mond benutzt wurde, auf den Jersey Flats stand, ein paar Kilometer östlich auf der Höhe des Kernkraftwerks, von dem es gespeist wurde.

Die Tribüne hatte die sechs Ausfalltore vor sich. Sie faßte zwar achttausendsechshundert Menschen, war jetzt jedoch nur zur Hälfte besetzt, und nur in der Mitte drängte sich das Volk. Aber hier wollte natürlich auch Rod sitzen, damit er alle sechs Tore gleichzeitig vor Augen hatte. So wand er sich wie ein Wurm den Mittelweg hinunter, hockte sich an der Barriere nieder, entdeckte jemand, der in der ersten Reihe seinen Platz verließ, und stand schon im nächsten Augenblick davor, was ihm einen giftigen Blick von einem Mann eintrug, der sich von einem anderen Gang mit dem gleichen Ziel aufgemacht hatte.

Rod steckte ein paar Münzen in die Armlehne, der Stuhl öffnete sich, er ließ sich nieder und schaute sich um. Er saß genau gegenüber der Kopie der Freiheitsstatue, der Zwillingsschwester derjenigen, die ein Jahrhundert lang an der jetzigen Stelle des

Bedloe-Kraters gestanden hatte. Ihre Fackel reichte bis an die ferne Decke; zu beiden Seiten jedoch, zu ihrer Rechten und zu ihrer Linken, ragten jeweils drei riesige Tore auf, die die Auswanderer in die fernen Welten entließen.

Rod schenkte der Statue keine Beachtung; seine Augen hafteten an den Toren. Es war später Nachmittag, und die Ostküste war von schweren Wolken verhangen, aber Tor eins war für irgendeine Stelle am Planetenhimmel geöffnet, die im Licht der Mittagssonne erstrahlte. Durch einen Spalt konnte er ein paar Männer sehen, die nur mit Shorts, Sonnenhut und sonst nichts bekleidet waren. Tor Nummer zwei war durch eine Luftschleuse abgesperrt, auf der ein Schild mit einem Riesenschädel, gekreuzten Knochen und dem Symbol für Chlor aufragte. Zudem brannte ein rotes Licht darüber. Noch während Rod hinschaute, erlosch das rote Licht und wurde durch ein blaues ersetzt; langsam öffnete sich das Tor, und ein fahrbares Gehäuse für Chloratmung schob sich heraus. Acht menschenähnliche Wesen in voller Diplomatenuniform warteten darauf, eingelassen zu werden. Einer von ihnen trug einen goldenen Stab.

Rod überlegte gerade, ob er noch einen halben Pluton ausgeben sollte, um zu erfahren, wer der bedeutende Besucher war, doch da wurde seine Aufmerksamkeit von Tor fünf angezogen, dem gegenüber man ein Hilfstor errichtet hatte, das fast bis unter die Tribüne reichte. Zwei hohe Stahlgitter verbanden die beiden Tore, die so mit diesen zusammen eine Allee von der Breite der Tore und der Länge der Gitter, d. h. von etwa 15 mal 75 Meter bildeten. Diese Art Käfig war gepackt voll mit irgendeiner menschlichen Gattung, die durch das Behelfstor hindurch zu Tor fünf zog – und von dort zu einem Planeten, der Lichtjahre entfernt war. Sie strömten gleichsam aus einem Nichts hervor, denn der Boden hinter dem Hilfstor war völlig frei, eilten wie Vieh zwischen den beiden Gittern entlang, ergossen sich durch Tor fünf – und waren weg. Eine Gruppe von muskulösen mongolischen Polizisten, jeder mit einem Stab von Körpergröße ausgerüstet, war zu beiden Seiten des Gatters aufgestellt. Sie benutzten ihre Waffen, um die Auswanderer zur Eile anzutreiben, und gingen dabei keineswegs sanft vor. Unter Rods Augen schlug einer von ihnen so rücksichtslos auf einen alten Kuli ein, daß der Greis stolperte und fiel, und mit ihm seine Ausrüstung für eine neue Welt, sein ganzes Hab und Gut, das in zwei Bündeln von einer Stange quer über seiner rechten Schulter herunterhing.

Der alte Kuli fiel auf seine knochigen Knie, versuchte wieder aufzustehen, kam jedoch nicht hoch. Für Rod bestand kein Zweifel, daß er niedergetrampelt würde, aber irgendwie war er plötzlich doch wieder auf den Füßen – allerdings ohne sein Gepäck. Er kämpfte darum, seinen Platz zu halten und in dem vorbeiziehenden Strom seinen Besitz wieder an sich zu bringen, doch da schlug der Posten erneut zu, und er war gezwungen, mit leeren Händen weiterzugehen. Er war noch keine fünf Meter weit weg, da hatte ihn Rod schon aus den Augen verloren.

Außerhalb des Gatters stand noch Ortspolizei, aber sie griff nicht ein. Der schmale Streifen zwischen den Gattern war für den Augenblick gleichsam exterritoriales Gebiet, über das den Ortspolizisten keine Befugnis zustand. Trotzdem schien einer von ihnen über die Brutalität erbost zu sein, die man dem alten Mann gegenüber gezeigt hatte; er brachte sein Gesicht an das Stahlnetz heran und rief irgend etwas hinein. Der Mongole antwortete unter wilden Gebärden in der gleichen rohen Sprache und erzählte dem Nordamerikaner, was er davon halten könnte. Dann wandte er sich wieder der Antreiberei zu und brüllte und schlug noch mehr als zuvor.

Die Menge, die durch das Gatter strömte, bestand aus Asiaten – Japanern, Indonesiern, Siamesen, einigen Ostindern, ein paar Eurasiern, aber vornehmlich aus Südchinesen. Rod kamen sie jedoch alle gleich vor – winzige Frauen mit Babys an der Hüfte oder auf dem Rücken, oder oft eines auf dem Rücken und eines in den Armen, endlose Schlangen von rotznasigen und kahlköpfigen Kindern, von Vätern, die riesige Bündel von Haushaltsgütern auf dem Rücken daherschleppten oder auf einer Karre vor sich herschoben. Wenn gelegentlich auch ein total erschöpftes Lasttier zu sehen war, das einen viel zu schwer beladenen zweirädrigen Wagen zog, so hatte die große Masse dieser Flut doch nur das bei sich, was jeder zu tragen imstande war.

Rod entschloß sich, noch ein Plutonstück auszugeben, um dahinterzukommen, was da unter seinen Augen vor sich ging. Er steckte die Münze in einen Schlitz und setzte damit den Lautsprecher an seinem Platz in Gang, und schon im nächsten Augenblick hörte er die Stimme des Reporters:

»... den Besuch des Ministers. Seine Königliche Hoheit wurde von den Vertretern der Erdgenossenschaft unter der persönlichen Führung des Herrn Generaldirektors empfangen und wird jetzt zu den Schleusen der Ratoonischen Enklave geleitet. Nach dem Fernsehempfang heute abend werden die Besprechungen in engerem Kreise ihren Anfang nehmen. Ein dem Generaldirektor nahestehender Sprecher hat darauf hingewiesen, daß in Ermangelung jedes Konfliktstoffes zwischen den Interessengemeinschaften der Oxidgattung, der wir angehören, und den Ratooniern jedes Ergebnis der Konferenz nur zu unseren Gunsten ausschlagen kann, wobei nur die Frage des Ausmaßes offenbleibt.

Wenn Sie jetzt Ihre Aufmerksamkeit Tor fünf zuwenden wollen, so möchten wir Ihnen zunächst noch einmal wiederholen, was wir bereits früher schon gesagt haben: Tor fünf steht für achtundvierzig Stunden der Australasischen Republik offen. Das Hilfstor, dessen Gerüst Sie unten sehen, überdacht eine Stelle in Zentralaustralien in der Arunta-Wüste, wo diese Auswanderung mehrere Wochen lang in riesigen Lagern vorbereitet wurde. Seine Exzellenz Präsident Fung Tsi Mu von der Australasischen Republik hat die Erdgenossenschaft in dem Sinne verständigt, daß seine Regierung in achtundvierzig Stunden mehr als zwei Millionen abzutransportieren beabsichtigt – wahrlich eine eindrucksvolle Zahl, zumal wenn man bedenkt, daß das mehr als vierzigtausend in der Stunde bedeutet. Die diesjährige Planziffer für sämtliche Auswanderertore, d. h. Emigrants' Gap, Peter the Great und Witwatersrand Gates, sieht nur eine Quote von siebzig Millionen Auswanderern vor oder einen Durchschnitt von achttausend in der Stunde. Der gegenwärtig laufende Transport ist also fünfmal so groß, wobei zu berücksichtigen ist, daß nur ein Tor dazu benutzt wird.«

Der Reporter fuhr fort: »Wenn wir jedoch sehen, mit welchem Tempo, mit welcher Wirksamkeit und mit welcher – ähem – Bedingungslosigkeit dieser Auszug der Massen durchgeführt wird, sind wir zu der Annahme berechtigt, daß das Soll erreicht wird. Nach unseren eigenen Berechnungen scheint man während der ersten neun Stunden die vorgeschriebene Zahl bereits leicht überschritten zu haben. Während dieser gleichen Zeit von neun Stunden haben inzwischen unter den Emigranten einhundertsieben Geburten und zweiundachtzig Todesfälle stattgefunden, wobei sich die hohe Todesquote natürlich aus den mit der Auswanderung verbundenen Umständen und Zufällen erklärt.

Der Bestimmungsplanet, GO-8703-IV, der auf Wunsch des Präsidenten Fung ›Berg des Himmels‹ heißen soll, ist ein großzügig zur Verfügung gestellter Planet, auf dem bisher noch keine Versuche zur Kolonisation angestellt worden sind. Der Genossenschaft ist zugesichert worden, daß alle Kolonisten Freiwillige sind.« Bei dieser Bemerkung hatte Rod den Eindruck, daß die Stimme des Sprechers ironisch gefärbt war. »Das ist auch nur zu verständlich, wenn man bedenkt, in welchem Maße der phänomenale Bevölkerungszuwachs der Australasischen Republik den Lebensstandard drückt. In diesem Zusammenhang mag ein kurzer historischer Überblick am Platze sein. Nachdem man gemäß dem Pekinger Friedensvertrag die Überreste der australischen Bevölkerung nach Neuseeland abtransportiert hatte, galt die erste Gewaltanstrengung der neuen Regierung der Errichtung des riesigen Staubeckens von . . .«

Rod brachte den Sprecher zum Verstummen und schaute nach unten zurück. Es interessierte ihn nicht, schulbuchmäßig darüber informiert zu werden, wie man die australische Wüste einer Rose gleich zur Blüte gebracht und nichtsdestoweniger in ein Slumgebiet verwandelt hatte, in dem mehr Menschen hausten als in ganz Nordamerika. Aber was ging da an Tor vier vor sich!

Als Rod gekommen war, war von einem Fließband aus in Tor vier verladen worden; jetzt war das Fließband in den Eingeweiden des Tores verschwunden, und eine Auswanderungsgesellschaft reihte sich auf, um das Tor zum Abtransport zu passieren.

Hierbei handelte es sich nicht um eine armselige Schar von Flüchtlingen, die von Polizisten vorwärtsgetrieben wurde, hier hatte jede Familie ihren eigenen Wagen, lange federnde Conestogas mit einem Dreigespann vornweg und einem gläsernen Kupee . . . große viereckige Geschäftswagen, Studebakers mit Stahlkörpern, hohen Dreckschneiderädern, die von einfachen oder Doppelgespannen gezogen wurden. Die Zugtiere waren Morganer, prächtige Clydesdaler und stämmige Missouri-Maultiere mit kräftigen Schultern und bösen, argwöhnischen Augen. Hunde liefen zwischen den Rädern umher, die Wagen waren hochbeladen mit Hausgerät und Kindern, Federvieh protestierte gegen das grausame Schicksal, das sich in Gestalt von hinten festgeschnallten und ewig schaukelnden Käfigen offenbarte, und ein kleines Shetlandpony, das keinen Reiter, sondern nur dessen Sattel trug und das ein wenig zu groß war, um mit den Hunden in einer Gruppe zu laufen, hielt sich dicht am Hinterbrett eines Familienfuhrwerks.

Rod wunderte sich, daß kein Rindvieh zu sehen war, und stellte den Lautsprecher wieder an. Doch der Reporter faselte immer noch von der Fruchtbarkeit der Australasier; er schaltete sofort wieder ab und beobachtete weiter. Die Wagen waren unterdessen in Reihe bis an das Tor aufgefahren und warteten auf Einlaß. Doch man war offensichtlich am Tor noch nicht so weit, und so stiegen die Fahrer ab und sammelten sich unter den Rockfalten der Freiheitsgöttin an einer Verkaufsbude der Heilsarmee, um schnell noch eine Tasse Kaffee zu trinken und irgendeinen Spaß zu machen. Dabei ging es Rod durch den Kopf, daß es aller Wahrscheinlichkeit nach auf dem Planeten, zu dem sie unterwegs waren, keinen Kaffee gab und für Jahre auch keinen geben würde, denn die Erde exportierte niemals Lebensmittel – im Gegenteil, Lebensmittel und spaltbare Metalle waren fast die einzigen für den Import zugelassenen Artikel; bis also eine Planetenkolonie von dem einen oder anderen einen Überschuß produzierte, hatte sie von der Erde kaum irgendwelche Hilfe zu erwarten.

Ein interstellares Tor offenzuhalten, machte einen ungewöhnlich kostspieligen Verbrauch von Uranium erforderlich, und die Menschen dieser Wagenkolonne mußten damit rechnen, so lange ohne jede Verbindung mit der Erde zu bleiben, bis ihr Überschuß an Erzeugnissen ausreichte, um das Tor in regelmäßigen Abständen wieder zu öffnen. Bis dahin aber waren sie ganz auf sich gestellt und mußten mit dem fertig werden, was sie mitgenommen hatten, weswegen auch Pferde praktischer waren als Hubschrauber und Picken und Schaufeln nützlicher als Traktoren. Maschinen gingen entzwei und verlangten umfassende technische Kenntnisse, um sie wieder in Gang zu bringen, während die guten alten ›Heufresser‹ ständig für Nachkommen sorgten, die Ernte einbrachten und Lasten zogen.

Dekan Matson hatte dem Prüfungssemester erzählt, daß die wirklichen Schwierigkeiten für die ersten Kolonisten sich nicht aus dem Mangel an Hitze, Strom, Licht oder aus den veränderten Wetterverhältnissen ergäben, sondern aus der Knappheit solcher einfachen Dinge wie Kaffee und Tabak.

Rod rauchte nicht, und Kaffee trank er auch nur gelegentlich, jedenfalls konnte er sich nicht vorstellen, daß er aus Mangel daran seine Nerven verlieren könnte. Er kauerte sich auf seinem Platz zusammen und versuchte mit einem zufälligen Blick durch das Tor den Grund der Verzögerung herauszubekommen. Da die hohen Präriewagen ihm den Blick versperrten, konnte er nichts Genaues erkennen, aber es schien so, als ob der Ingenieur, der das Tor bediente, einen Phasenirrtum begangen hatte; es sah nämlich so aus, als ob der Himmel da war, wo eigentlich der Boden sein mußte. Die extradimensionalen Verdrehungen, die notwendig waren, um viele Lichtjahre voneinander entfernte Stellen zweier Planeten aufeinander abzustimmen, waren keine bloße Angelegenheit eines Aufwands von enormen Energiemengen; sie stellten Probleme dar, deren Kompliziertheit ans Unwahrscheinliche grenzte und höchste Kenntnisse der Mathematik und allergrößte Präzision erforderte. Wenn auch die Mathematik von Maschinen gelöst wurde, so verblieb doch dem Toringenieur die Aufgabe, die letzten Dezimalstellen anzubringen, was ihm nur mit Hilfe entsprechender Intuition und frommer Gebete möglich war.

Rod verfügte nicht über die mathematischen Kenntnisse, um die Schwierigkeiten zu ermessen. Auch war er sich nicht einmal seiner Unwissenheit bewußt, sondern zog ganz arglos den Schluß, daß der Toringenieur einen Fehler gemacht hätte. Er richtete seine Augen wieder auf die Auswanderergesellschaft.

Die Fahrer standen immer noch vor der Bude, tranken Kaffee und knabberten Kekse. Die meisten Männer unter ihnen ließen sich offensichtlich einen Bart wachsen, und Rod schloß aus dem Umfang des Wuchses, daß die Gesellschaft schon vorher mehrere Monate lang gedrillt worden sein mußte. Ihr Anführer bevorzugte allem Anschein nach einen kleinen Spitzbart und einen ziemlich langen Haarschopf, wenn er Rod auch nicht viel älter dünkte, als er selbst war. Natürlich war er berufsmäßiger Kolonialführer, der in den Künsten der Planetenkolonisation einen akademischen Grad erworben hatte – er verstand sich auf Jagd, Spähtruppunternehmen, auf Wagen- und Waffenschmiedekunst, Landwirtschaft, Erste Hilfe, Gruppenpsychologie, Gruppenselbsthilfe, Jurisprudenz und ein Dutzend andere Dinge, die die Rasse für unerläßlich hält, wenn sie für Großaktionen fit gemacht werden soll.

Das Pferd dieses Anführers war ein Palomino-Hengst, der herrlich anzusehen war, und der Anführer war wie ein kalifornischer Don früherer Jahrhunderte gekleidet – möglicherweise im Sinne eines Kompliments seinem Pferd gegenüber. Ein Warnlicht blitzte an der Ankündigungstafel des Tores auf, und sofort schwang er sich in den Sattel, wobei er unbeirrt seine Kekse weiteraß. Dann ritt er zu einer letzten Inspektion an den Wagen entlang und näherte sich auf diese Weise Rod, der ihn höchst interessiert beobachtete.

Rod hielt den Atem an, bis der Anführer unter der Tribüne seinen Blicken entschwand, dann seufzte er laut auf und überlegte, ob er nicht lieber auch das gleiche studieren sollte, anstatt irgendeinem rein intellektuellen Beruf in der Planetenwelt nachzugehen. Er wußte eben immer noch nicht recht, was er eigentlich werden wollte, außer daß er so schnell wie möglich von der Erde fort und dorthin strebte, wo in der Welt etwas geschah!

Was ihn daran erinnerte, daß er die erste Hürde dazu am folgenden Tag nehmen mußte; in wenigen Tagen würde man ihm entweder das Recht zubilligen, sich für irgendeine Fakultät zu entscheiden, oder er würde – aber es hatte keinen Zweck, sich darüber den Kopf zu zerbrechen. Zugleich wurde er sich mit Unbehagen der Tatsache bewußt, daß er sich immer noch nicht im klaren war, welche Ausrüstung, insbesondere welche Waffen er wählen sollte. Der Anführer dort unten trug Strahlenpistolen; ob er auch eine mitnehmen sollte? Nein, diese Auswanderer würden im Falle eines notwendig werdenden Kampfes als Einheit ins Gefecht ziehen. Ihr Führer brauchte demnach die Art Waffe, mit der er sich seiner Mannschaft gegenüber am besten durchsetzen und ihr seine Autorität aufzwingen konnte – diese Waffe war nichts für einen Menschen, der auf sich allein gestellt war. Aber wozu sollte er sich entscheiden?

Eine Sirene heulte auf, und die Fahrer kehrten zu ihren Wagen zurück. Auch der Anführer kam angetrabt. »Zügel hoch!« rief er aus. »Z-ü-g-e-l h-o-c-h-!« Damit bezog er neben dem Tor Posten und überblickte von dort noch einmal sein Gefolge; sein Pferd zitterte am ganzen Körper, es sah so aus, als ob es jeden Augenblick anfangen wollte zu tanzen.

Der Anführer hielt den rechten Arm hoch und beobachtete die Lichtertafel.

Jetzt flammte es grün auf. Der Anführer senkte den Arm und rief: »Anfahren! Hü!« Der Palomino-Hengst brach los wie ein Rennpferd und schoß wie im Fluge durch das Tor.

Peitschen knallten, und Rod hörte, wie die Fahrer ihre Pferde anfeuerten: »Hü! Molly! Hü! Ned!« und »Nein, nein, ihr Krüppel!« Aber die Kolonne begann zu rollen. Als die ersten fünf hindurch waren und die weit größere Zahl, die Rod nicht hatte sehen können, aus dem Dunkel auftauchte, hatten sie alle schon ein solches Tempo gewonnen, daß die Fahrer mit aller Kraft die Zügel halten und die Frauen die Bremsen anziehen mußten. Rod versuchte zu zählen, kam etwa auf dreiundsechzig, als der letzte Wagen durch das Tor ratterte und in demselben Augenblick schon eine halbe Milchstraße weit weg war.

Rod seufzte und lehnte sich in seinen Sitz zurück. Ihn erfüllten Behagen und Sorge zugleich. Dann ließ er den Lautsprecher wieder zu Wort kommen: » . . . nach Neu-Kanaan, dem Planeten, der von dem großen Langford als ›Rose ohne Dornen‹ bezeichnet worden ist. Diese Kolonisten haben pro Kopf einen Preis von sechzehntausendvierhundert bezahlt, und das für das Vorrecht, in Neu-Kanaan ihr Glück zu suchen und ihre Nachkommenschaft zu schützen. Die Verhältnisse sprechen dafür, daß sich der Preis noch weiter erhöhen wird; darum – wenn Sie die Absicht haben, die unschätzbare Chance einer Bürgerschaft auf Neu-Kanaan zu erwerben – handeln Sie jetzt. Wollen Sie einen schönen Film von diesem Planeten sehen, so schicken Sie einen Pluton an das Informationsbüro, Schließfach 1, Emigrants' Gap, New Jersey, Groß-New York. Wünschen Sie eine vollständige Übersicht über die derzeitig, beziehungsweise demnächst, freigegebenen Planeten, so legen Sie bitte Ihrer Anfrage noch einen halben Pluton mehr bei. Die hier auf der Tribüne anwesenden Herrschaften können das Material außerhalb der Halle am Verkaufsstand im Foyer in Empfang nehmen.«

Rod hörte nicht hin. Er hatte sich schon alle Informationen, ob frei oder gebührenpflichtig, vom Auswandererbüro kommen lassen. Im Augenblick wunderte er sich nur darüber, warum das Tor nach Neu-Kanaan sich noch nicht wieder geschlossen hatte.

Eine Sekunde später erkannte er jedoch den Grund. Denn plötzlich tauchte aus dem Boden eine Art Zaun auf, der sich vom Tor bis unter die Tribüne und sicher noch viel weiter erstreckte. Und im gleichen Augenblick kam auch schon eine Viehherde den Gang entlanggezogen, die die Halle mit Brüllen und Schnaufen erfüllte. Es waren ausgesuchte Hereforder Stiere, die dazu bestimmt waren, in Bälde für eine zwar reiche, aber doch einigermaßen hungrige Erde zarte Steaks und Schnitzel zu liefern. Hinter und zwischen ihnen ritten neu-kanaanitische Gauchos, die mit langen stachelbewehrten Stöcken die Tiere zu größerer Eile antrieben, wobei der durch die Eile bedingte unerwünschte Gewichtsverlust wettgemacht wurde durch die riesigen Kosten, die durch das Offenhalten des Tores entstanden, Kosten, die den Preis für das Vieh außerordentlich belasteten.

Rod stellte auf einmal fest, daß sich der Lautsprecher von selbst ausschaltete; die halbe Stunde, für die er bezahlt hatte, war um. Schuldbewußt sprang er auf – wenn er zum Abendessen nicht zu spät kommen wollte, würde er sich beeilen müssen. Auf Füße tretend und Entschuldigungen stammelnd, jagte er davon und sprang auf die Gleitbahn nach Hoboken Gate.

Dieses Tor, das ausschließlich für den Verkehr auf der Erdoberfläche bestimmt war, war ständig geöffnet und benötigte auch keinen besonderen Betrieb, da die beiden Punkte, die man in Übereinstimmung gebracht hatte, durch einen starren Rahmen, die feste Erde, verbunden war. Rod zeigte dem Elektronenkontrolleur seinen Fahrschein und schritt, in Begleitung einer stattlichen Zahl von Reisegefährten, hindurch nach Arizona.

›Die (beinahe) feste Erde . . .‹ Der Torroboter berücksichtigte zwar die Flutschwankungen, konnte jedoch seismische Veränderungen nicht vorwegberechnen. Als Rod hindurchschritt, empfand er unter den Füßen ein leichtes Zittern, wie bei einem schwachen Erdbeben, doch dann war die Erde gleich wieder ›fest‹. Allerdings befand er sich noch in einer Schleuse, deren Druck dem auf Meereshöhe entsprach. Die Ausstrahlung von massierten Körpern steuerte den Mechanismus, die Schleuse schloß sich, und der Luftdruck sank. Rod gähnte heftig, um sich dem Luftdruck des Grand Canyon Plateaus, North Rim, anzupassen, der um ein gutes Viertel geringer war als der von New Jersey. Trotz der Tatsache, daß er diesen Druckwechsel zweimal täglich erlebte, mußte er sich das rechte Ohr reiben, um sich von dem Schmerz zu befreien.

Die Schleuse öffnete sich, er trat hinaus. Nachdem er in kaum einer Sekunde zweitausend Meilen zurückgelegt hatte, hatte er jetzt noch eine Fahrt von zehn Minuten mit der Gleitbahn und einen Fußweg von einer Viertelstunde vor sich, um endlich nach Hause zu gelangen. Er entschloß sich zu einem Dauerlauf, da er auf jeden Fall noch zurecht kommen wollte. Das hätte er ohne Zweifel auch schaffen können, wenn nicht mehrere tausend andere Menschen den gleichen Weg benutzt hätten.

2
Der fünfte Weg

Es waren nicht die Raketenschiffe, die den Raum eroberten: sie stellten nur eine Herausforderung dar. Eine Rakete nämlich, die die Erde mit einer Geschwindigkeit von sieben Meilen in der Sekunde verläßt, ist für die riesigen Entfernungen bei weitem zu langsam. Nur der Mond befindet sich in einer einigermaßen tragbaren Reichweite von vier Tagen oder weniger. Mars hingegen ist schon siebenunddreißig Wochen weit entfernt, Saturn gar sechs Jahre und Pluto ein unmögliches halbes Jahrhundert. Die elliptischen Kreisbahnen lassen den Raketen keine anderen Möglichkeiten.

Es waren erst Ortegas Fackelschiffe, die das Sonnensystem der Erde wirklich nahe brachten. Basierend auf der Massenumwandlung, dem unverändert wirksamen Einsteinschen $e = Mc^2$, konnten sie für die ganze Reise jede Geschwindigkeit entwickeln, die der Schiffsführung angebracht schien. Bei behaglichem 1 g waren die inneren Planeten Stunden von der Erde entfernt und der weite Pluto nur noch achtzehn Tage. Es war eine Veränderung wie vom Pferderücken zum Düsenflugzeug.

Der Nachteil dieses prachtvollen neuen Spielzeugs bestand nur darin, daß es nicht viele lohnenswerte Ziele gab. Denn das ganze Sonnensystem war, vom menschlichen Standpunkt aus, nichts anderes als ein bemerkenswert trostloses Gelände – mit Ausnahme der saftstrotzenden, grünen, lieblichen, ja schönen Terra.

Die Bewohner des Jupiter, mit ihren Gliedern aus Stahl, waren glücklich bei einer Gravitation, die 2,5mal schwerer war als unsere, und ihre giftgeschwängerte Luft mit ihrem unmenschlichen Druck hielt sie bei bester Gesundheit. Die Marsbewohner gediehen fast in einem Vakuum, während die Felseidechsen von Luna überhaupt nicht zu atmen brauchten. Natürlich waren all diese Planeten nichts für Menschen.

Der Mensch gedeiht nur auf einem Oxidplaneten, der einem Stern vom G-Typ nahe kommt und dessen klimatische Verhältnisse sich um den Gefrierpunkt des Wassers bewegen ... das heißt auf der Erde.

Wenn man nun schon einmal auf dieser Erde wohnte, warum sollte oder mußte man sie verlassen und irgendwohin gehen? Der Grund dafür waren die Babys, zu viele Babys. Malthus hatte vor langer Zeit schon darauf hingewiesen; die Nahrungsmittel nehmen in arithmetischer Reihe, die Menschen in geometrischer Reihe zu. Im Ersten Weltkrieg lebte die halbe Welt am Rand des Hungertodes; bis zum Zweiten Weltkrieg vermehrte sich die Erdbevölkerung *täglich* um 55 000 Menschen, und vor dem Dritten Weltkrieg war die Zahl der zu versorgenden Münder und Mägen sogar auf 100 000 täglich gestiegen, d. h. 35 000 000 zusätzlich jedes Jahr . . . damit aber war die Menschheit der Erde so groß geworden, daß sie von ihren Äckern nicht mehr ernährt werden konnte.

So waren all die Schrecken, die in der Folge Wasserstoff, Bakterien und Gas über die Menschen brachten, im Grunde nicht politisch bedingt, sondern der wahre Grund lag in nichts anderem, als wenn zwei Bettler sich um eine Brotkrume schlagen.

Unsere Milchstraße weist über hunderttausend erdähnliche Planeten auf, von denen jeder so warm und mütterlich ist wie Terra. Und Ortegas Fackelschiffe konnten diese Sterne erreichen, so daß die Menschheit kolonisieren konnte, ganz so wie die hungrigen Millionen Europas den Atlantik überquert und neue Babys in der Neuen Welt zur Welt gebracht hatten.

Einige gingen hinaus . . . ja Hunderttausende. Aber die ganze Menschheit kann nicht, selbst wenn sie wie *eine* Mannschaft arbeitet, jeden Tag ein Schiff bauen und vom Stapel lassen, das tau send Kolonisten faßt, und am allerwenigsten vermag sie das Tag für Tag und Jahr um Jahr ohne Ende. Selbst bei bestem Willen nicht (den die Rasse niemals aufbrachte), denn es gibt einfach in der Erdkruste nicht genügend Stahl, Aluminium und Uran. Nicht ein Hundertstel der notwendigen Menge ist vorhanden.

Aber der Verstand kann Lösungen finden, wo es keine gibt. Psychologen sperrten einmal einen Affen in einen Raum, für den sie nur vier Ausgänge vorgesehen hatten. Dann beobachteten sie das Tier, gespannt, welchen Ausgang es finden würde.

Der Affe entwich auf einem fünften Weg.

Dr. Jesse Evelyn Ramsbotham hatte nicht versucht, das Babyproblem zu lösen; er hatte versucht, eine Zeitmaschine zu bauen.

Es ist nutzlos, darüber Betrachtungen anzustellen, welchen Gang die Geschichte genommen hätte, wenn Jesse Evelyn Ramsbothams Eltern den gesunden Verstand gehabt hätten, ihren Sohn Bill zu nennen, anstatt ihn mit zwei Mädchennamen zu belasten. Er hätte in der gesamtamerikanischen Mannschaft Dreiviertel-Spieler werden, am Ende seiner Karriere Schnürsenkel verkaufen und der schon erschrecklichen Zahl von Babys noch seinen Anteil beisteuern können. Statt dessen war er jedoch Professor für mathematische Physik geworden.

Sein erstes Modell erzeugte eine Zeitstasis oder ein schwach entropisches Feld, nicht größer als ein Fußball, aber eine angezündete Zigarette, die sich bei höchster Energiezufuhr im Inneren befand, brannte noch eine Woche später. Dann nahm Ramsbotham die Zigarette heraus, fing wieder an zu rauchen und dachte darüber nach.

Am nächsten Tag wiederholte er in Gegenwart von Kollegen den Versuch mit einem einen Tag alten Küken. Drei Monate später war das Küken unverändert und nicht hungriger als Küken gewöhnlich sind. Dann kehrte er das Phasenverhältnis um und löste einen minimalen Stromstoß aus.

In weniger als einer Sekunde war das neuausgebrütete Küken tot, verhungert und zerfallen.

Er war sich bewußt, daß er einfach die Neigung einer Kurve verändert hatte, aber er war überzeugt, daß er der wahren Zeitmaschine auf der Spur war. Er fand sie niemals, obgleich er einmal schon glaubte, sie tatsächlich gefunden zu haben – nämlich als er auf Ersuchen seiner Kollegen den Versuch mit dem Küken wiederholte. In der darauffolgenden Nacht aber waren zwei seiner Kollegen in sein Labor eingedrungen, hatten das kleine Ding herausgelassen und hatten es durch ein Ei ersetzt. Ramsbotham wäre sein Leben lang der Überzeugung gewesen, die Zeitmaschine erfunden zu haben, und hätte den Rest seines Daseins mit Nichtstun verbracht, hätten sie das Ei nicht angeschlagen und ihm gezeigt, daß es hart gekocht war.

Jetzt war er gezwungen, weiterzuarbeiten. Er baute ein größeres Modell und versuchte eine Dilation oder Anomalie einzurichten (er nannte sie nicht ›Tor‹), die ihm selbst Zutritt und Austritt aus dem Feld gestattete.

Als er Strom zuführte, zeigte der Raum zwischen den kurvenden Magnetoden seines Gerätes nicht mehr die dahinterliegende Wand, sondern einen dampfenden Dschungel. Er schloß sofort, daß dies ein Wald der Karbonzeit sein müßte. Denn es war ihm schon oft durch den Kopf gegangen, daß der Unterschied zwischen Raum und Zeit weiter nichts als ein menschliches Vorurteil sein dürfte, aber das war nicht eine von den Zeiten; er glaubte, was er glauben wollte.

Er griff schnell zu einer Pistole, und mit viel Mut, aber ohne Sinn und Verstand kroch er zwischen die Magnetoden.

Zehn Minuten später wurde er wegen Waffenmißbrauchs im Botanischen Garten von Rio de Janeiro verhaftet. Die Unkenntnis der portugiesischen Sprache vergrößerte nur noch seine Schwierigkeiten und die Länge der Zeit, die er in einer tropischen Zelle verbrachte, doch drei Tage später befand er sich durch die Vermittlung des nordamerikanischen Konsuls wieder auf dem Heimweg, den er sich mit allen möglichen Überlegungen und Rechnungen mit Gleichungen und Fragezeichen verkürzte.

Eine neue Erfindung war gemacht: der Katzensprung zu den Sternen.

Ramsbothams Entdeckungen beseitigten ein für allemal die elementaren Ursachen der Kriege und lösten das Problem, was mit all den niedlichen Babys geschehen sollte. Hunderttausend Planeten waren jetzt nicht mehr weiter entfernt als die andere Straßenseite. Urkontinente, rohe Wildnis, fruchtbare Dschungel, mörderische Wüsten, vereiste Tundren und unerbittliche Gebirge lagen jetzt unmittelbar hinter den Stadttoren, und die menschliche Rasse zog wieder dahin aus, wo keine Straßenlaternen brannten, wo es keine freundlichen Polizisten an der Ecke, ja nicht einmal eine Ecke gab und wo man keine abgehangenen zarten Steaks, keine Schinken ohne Knochen, keine verpackten und vorbehandelten Nahrungsmittel kaufen konnte, wie sie auf Erden für zarte Gemüter und verwöhnte Mägen bereitgehalten wurden. Der zweibeinige Allesfresser brauchte wieder einmal seine tierischen Zähne zum Beißen und Reißen, denn die Rasse ging – wie schon so oft – hinaus, um zu töten oder getötet zu werden, um zu vertilgen oder vertilgt zu werden.

Ein großes Talent aber hat die Menschheit – nämlich am Leben zu bleiben. Wie immer, so paßte sie sich auch diesmal den Bedingungen an, und die verstädtertste, technisierteste, zivilisierteste, die verweichlichtste und verwöhnteste Kultur der ganzen Geschichte drillte ihre besten Kinder, ihre zukünftigen Führer in der primitiven Kunst des Überlebens, indem sie sie nackt gegen die Natur stellte.

Rod Walker wußte von Dr. J. E. Ramsbotham, ebenso wie er von Einstein, Newton und Kolumbus wußte, doch dachte er an Ramsbotham nicht öfter, als er an Kolumbus dachte. Sie waren alle für ihn nur tote, keine lebendigen Begriffe. Wenn er das Ramsbothamsche Tor zwischen Jersey und dem Arizona Strip benutzte, erinnerte er sich ebensowenig seines Erfinders, wie seine Vorfahren bei Benutzung eines Fahrstuhls an ›Otis‹ dachten. Wenn er sich jedoch schon einmal des Wunders dieser Erfindung bewußt wurde, so nur in Verbindung mit der verlegenen Frage, warum die Arizonaseite des Hoboken-Tors so weit von zu Hause weg lag. Auf dieser Seite hieß das Tor nämlich Kaibab-Tor und war sieben Meilen nördlich vom Wohnsitz der Walkers entfernt.

Zur Zeit, als das Haus gebaut wurde, hatte es noch an der äußersten Grenze der städtischen Verkehrsverbindungen gelegen. Da es ein altes Gebäude war, befand sich das Wohnzimmer oben, während nur die Schlafzimmer, Speisekammer und Schutzräume bombensicher nach unten verlagert waren. Das Wohnzimmer hatte ursprünglich geradezu nackt über den Erdboden herausgeragt. Als sich jedoch Groß-New York ausbreitete, war die Nachbarschaft für Untergrund-Wohnungen aufgeteilt worden, und Hochbauten waren verboten worden.

Das einzige, was die Walkers daraufhin noch für das Wohnzimmer getan hatten, bestand darin, daß sie den Boden mit Erde bestreuten und bepflanzten. Was sie sich jedoch aufs entschiedenste geweigert hatten zu tun, war, ihr Fenster, ihren herrlichen Ausblick auf den Great Canyon zuzumauern. Die Stadtverwaltung hatte daraufhin versucht, sie dazu zu zwingen, und ihnen sogar angeboten, es durch ein Scheinfenster, wie es die Untergrundhäuser benutzten, mit einem Relais-Ausblick auf den Canyon, zu ersetzen. Aber Rods Vater hatte nicht nachgegeben und nur gemeint, daß es nichts Besseres gäbe als Wein, Weib und – Wetter. Sein Fenster war immer noch so, wie es gewesen war.

Als Rod eintrat, sah er die Familie vor dem Fenster sitzen und einen den Canyon heraufziehenden Sturm beobachten. Zu seiner Überraschung entdeckte er neben seinem Vater und seiner Mutter auch seine Schwester. Helen war zehn Jahre älter als er; sie war Sturmkapitän bei den Amazonen und darum nur selten zu Hause.

Wenn er auch vermutete, daß ihre Gegenwart seine Verspätung kommentarlos vorübergehen lassen würde, so begrüßte er sie darum doch keineswegs weniger herzlich. »Nein, so was! Helen! Das ist aber fein – ich dachte, du wärst in Thule.«

»War ich – bis vor ein paar Stunden noch.« Rod versuchte, ihr die Hand zu schütteln, sie aber umfing ihn mit beiden Armen, küßte ihn auf den Mund und drückte ihn an ihren verchromten Harnisch. Sie war noch in Uniform, was Rod die Bestätigung gab, daß sie gerade angekommen sein mußte, denn sonst pflegte sie bei ihren seltenen Besuchen zu Hause immer nur in einem alten Bademantel, Pantoffeln und mit geknotetem Haar herumzulaufen. Jetzt trug sie noch ihren Harnisch und ihren Kilt, während sie ihre Waffen, Stulpenhandschuhe und ihren Federhelm auf dem Boden abgelegt hatte.

»Setzt euch, Kinder«, kam es freundlich von ihrem Vater. »Rod, warum bist du denn so spät gekommen?«

»Ach . . .« Er hatte sich eine Erklärung ausgedacht, in die er gleichsam beiläufig auch die Tatsache seines bevorstehenden Examens mit einfließen lassen wollte, aber er kam nicht dazu, da sich seine Schwester einschaltete.

»Warum solch ein Verhör, Vater? Wer viel fragt, kriegt viel Antwort. Das habe ich schon gelernt, als ich noch Unterleutnant war.«

»Sei still. Ich kann ihn auch ohne deine Hilfe erziehen.«

Rod war von seines Vaters unwirscher Antwort überrascht, noch mehr allerdings, als er Helens Antwort hörte: »So? Wirklich?« Ihre Stimme hatte einen sonderbaren Klang.

Rod beobachtete, wie seine Mutter die Hand hob, offensichtlich etwas sagen wollte, dann jedoch unvermittelt davon Abstand nahm. Sie schien sehr erregt zu sein. Seine Schwester und sein Vater schauten einander an, keiner sprach ein Wort. Rod blickte von einem zum anderen, dann meinte er langsam: »Sagt mal, was bedeutet das alles?«

Sein Vater warf ihm einen Blick zu. »Nichts. Reden wir nicht mehr darüber. Das Essen ist fertig. Komm, meine Liebe.« Damit wandte er sich seiner Frau zu, half ihr aus dem Stuhl und bot ihr seinen Arm.

»Einen Augenblick noch, bitte«, beharrte Rod. »Ich komme zu spät, weil ich mich noch am Tor aufgehalten habe.«

»Schon gut. Aber ich sagte, daß wir kein Wort mehr deswegen verlieren wollen.«

Und damit wandte er sich dem Lift zu.

»Ich wollte dir aber noch etwas sagen, Vater. Nächste Woche werde ich überhaupt nicht nach Hause kommen.«

»Ja, ja – das heißt, was sagtest du eben?«

»Ich werde eine Weile wegbleiben. Vielleicht zehn Tage, vielleicht auch länger.«

Sein Vater machte ein entsetztes Gesicht, dann schüttelte er den Kopf. »Was du auch für Pläne haben magst, du wirst sie ändern müssen. Im gegenwärtigen Augenblick kann ich dich unmöglich fortlassen.«

»Aber, Vater . . .«

»Es tut mir leid, daran ist jedoch nichts zu ändern.«

»Aber, Vater, ich *muß*!«

»Nein!«

Rod fühlte sich geschlagen, doch da schaltete sich seine Schwester noch einmal ein: »Vater, meinst du nicht, daß es angebracht wäre, Rod zu fragen, warum er nicht nach Hause kommen will?«

»Ich meine, Tochter . . .«

»Vater, ich muß morgen meine Prüfung in Raumtüchtigkeit machen!«

Frau Walker begann nach Atem zu ringen, dann schossen ihr plötzlich die Tränen in die Augen.

»Aber, aber, meine Liebe!« Dann wandte der Vater sich wieder seinem Sohn zu und sagte barsch: »Du hast deine Mutter in Schrecken versetzt.«

»Aber, Vater, ich . . .« Rod brach jäh ab. Er hatte auf einmal das bittere Gefühl, daß sich niemand auch nur einen Deut darum kümmerte, was das für ihn bedeutete. Schließlich war *er* derjenige, dessen Existenz auf dem Spiele stand.

»Du siehst doch, Vater«, fuhr seine Schwester fort, »daß er wegbleiben muß. Ihm bleibt keine andere Wahl, denn . . .«

»Mir scheint das nicht so! Rod, ich wollte eigentlich schon früher mal mit dir darüber reden, aber ich war der Meinung, daß deine Prüfung noch nicht so schnell herankäme. Als ich damals meine Erlaubnis für diesen Lehrgang gab, tat ich es – wie ich gestehen muß – nur unter Vorbehalt, unter dem nämlich, daß du die Prüfung erst auf der Universität machen würdest. Es war niemals meine Absicht, sie dich schon auf der Schule machen zu lassen. Du bist noch zu jung.«

Rod war sprachlos, und wieder redete seine Schwester für ihn. »Unsinn!«

»Wie bitte? Willst du dich, Tochter, vielleicht daran erinnern, daß . . .«

»Unsinn, habe ich gesagt und wiederhole es noch einmal. Alle Mädchen meiner Kompanie haben dasselbe zu bestehen gehabt, und viele von ihnen sind nicht viel älter als Roddie. Was beabsichtigst du damit, Vater? Willst du ihn zur Verzweiflung treiben?«

»Du hast kein Recht, so . . . Aber ich denke, wir reden lieber später davon.«

»Das ist bestimmt ein guter Einfall.« Kapitän Walker nahm den Arm ihres Bruders, und beide folgten ihren Eltern hinunter zum Speiseraum. Dort stand das Essen schon auf dem Tisch, allerdings noch in den Lieferbehältern; dann stellte sich jeder an seinen Platz, und Herr Walker zündete feierlich die Friedenslampe an. Sie alle gehörten traditionsgemäß den evangelischen Monisten an, seitdem ihre Großväter bei der zweiten großen Bekehrungswelle, die während des letzten Jahrzehnts des vergangenen Jahrhunderts von Persien ausgegangen war, zu diesem neuen Glauben übergetreten waren, und Rods Vater nahm seine Pflichten als Familienpriester sehr ernst.

Während das Ritual vor sich ging, gab Rod seine Antworten nur automatisch, denn seine Gedanken waren noch zu sehr beschäftigt. Seine Schwester hingegen schien ganz bei der Sache zu sein, während die Antworten der Mutter kaum zu vernehmen waren.

Nichtsdestoweniger hatten die vertrauten symbolischen Handlungen ihre Wirkung; Rod fühlte, wie er sich allmählich beruhigte. Und als sein Vater die letzten Worte sprach: » . . . ein Gedanke, eine Familie, ein Fleisch!«, stellte er fest, daß auch der Appetit schon wieder gekommen war. Er setzte sich und nahm den Deckel von der Schüssel.

Ein Kalbsschnitzel, überbackene Kartoffeln und Champignons! Rod begann das Wasser im Mund zusammenzulaufen.

Zu seiner Überraschung stellte er fest, daß seine Mutter nur wenig aß. Aber auch sein Vater hielt sich sehr zurück, er nahm nur ab und zu einen Bissen zu sich. Und plötzlich wurde Rod sich bewußt, daß sein Vater noch dünner und grauer als früher wirkte. Wie alt war eigentlich der Vater?

Er wurde jedoch von seinen Überlegungen durch eine Geschichte abgelenkt, die seine Schwester gerade zu erzählen begonnen hatte:

»Entschuldige bitte, Vater, aber wenn du eine militärische Ausbildung gehabt hättest, würdest du es besser wissen. Verlaß dich drauf, ich schenke meinen Mädchen nichts . . . Sie geben nicht umsonst damit an, daß sie den schlimmsten Feuerfresser von zwanzig Planeten als Chefin haben. Aber wenn's mit oben Schwierigkeiten gibt, bin ich für sie da. Und solche Gelegenheiten kommen immer mal vor, und dann soll ich mich nicht für sie einsetzen und die Sache durchfechten? Passieren kann mir dabei im übrigen gar nichts, denn ich habe Kelly zu meiner Rechten und Dvorak zur Linken, und beide passen auf, daß Maw Walker nichts zustößt. Ich weiß schon sehr gut, was ich tue. ›Walkers Werwölfinnen‹ sind eine verschworene Gemeinschaft.«

Frau Walker schüttelte es. »Mein Gott, Kind, ich wünschte nur, du hättest dir keinen so . . . so gefährlichen Beruf gewählt.«

Helen zuckte die Schultern. »Der Sterbeindex ist für uns nicht schlechter als für andere . . . ein Mensch – ein Tod, bei dem einen früher, bei dem anderen später. Was denkst du dir denn sonst, Mami? Bei achtzehn Millionen Frauen Überschuß – soll ich mich da hinsetzen und Strümpfe stricken, bis mein Ritter hoch zu Roß einherkommt? Da, wo wir im Einsatz sind, gibt es mehr Männer als Frauen; ich werde mir schon noch einen einfangen – alt und häßlich, wie ich bin.«

Voller Neugier fragte Rod: »Würdest du tatsächlich auf dein Patent verzichten, wenn du heiraten könntest?«

»Na, und ob! Ich würde nicht mal seine Arme und Beine zählen. Wenn er noch warm genug ist und mit dem Kopf nicken kann, dann ist's passiert. Mein Ziel sind ein Bauernhaus und sechs Babys.«

Rod blickte sie von oben bis unten an. »Dafür hast du bestimmt gute Aussichten. Du siehst doch im ganzen recht nett aus, wenn auch deine Fesseln ein bißchen dick sind.«

»Schönen Dank, Herr Bruder. Vielen herzlichen Dank. Aber was gibt es denn zum Nachtisch, Mami?«

»Da habe ich noch gar nicht nachgesehen. Willst du es gleich selbst mal tun?«

Das Dessert bescherte ihnen tiefgekühlte Mangorinen, über die sich Rod ganz besonders freute, während seine Schwester mit ihrem Bericht fortfuhr: »Der Dienst, wenigstens der aktive, ist gar keine schlechte Sache, bloß das Kasernenleben bekommt niemandem. Da werden die Mädchen faul, nachlässig und unruhig und fangen aus bloßer Langeweile an, miteinander zu raufen. Garnisonverluste sind mehr zu fürchten als Kampfverluste, und ich hoffe nur, daß unsere Schwadron bei der Befriedung des Planeten Byer eingesetzt wird.«

Herr Walker blickte auf seine Frau, dann auf seine Tochter. »Du hast deine Mutter erneut in Schrecken versetzt, meine Liebe. Außerdem dürften solche Worte unter der Friedenslampe kaum angebracht sein.«

»Ihr habt mich gefragt, und ich habe geantwortet.«

»Das mag schon stimmen, aber . . .«

Helen schaute hinauf. »Meint ihr nicht, daß es Zeit wäre, sie auszumachen? Wir sind ja doch wohl alle mit dem Essen fertig.«

»Nun, wenn du willst. Wenn es auch nicht gerade Ehrerbietung verrät, zur Eile zu mahnen.«

»Das Urwesen weiß, daß wir nicht alle die Ewigkeit haben.«

Sie wandte sich Rod zu. »Wie wäre es, wenn du dich jetzt mal aus dem Staub machtest, ich habe noch mit Vater und Mutter zu reden.«

»Na, hör mal, du tust ja gerade so, als ob ich . . .«

»Verschwinde, verschwinde. Ich rede später noch mit dir.«

Beleidigt ging Rod hinaus. Dabei sah er noch, wie Helen die Friedenslampe auspustete.

Er war noch mit der Aufstellung beschäftigt, als seine Schwester ins Zimmer kam. »Na, Junge?«

Rod schaute überrascht auf. »Ach, du bist's?«

»Und was machst du? Überlegst noch, was du mitnehmen sollst, wie?«

»Gewissermaßen.«

»Hast du was dagegen, wenn ich es mir bequem mache?« Damit schob sie auch schon einige Sachen von seinem Bett und streckte sich der Länge nach aus. »Da kommen wir später noch drauf zurück.«

Rod überlegte eine Sekunde. »Soll das bedeuten, daß Vater nichts mehr dagegen hat?«

»Ja. Ich habe ihn so lange bearbeitet, bis er es endlich eingesehen hat. Aber ich habe eben schon gesagt, wir reden später davon noch. Es gibt erst noch etwas anderes, das ich dir erzählen muß.«

»Und das wäre?«

»Das erste ist das: Unsere Eltern sind nicht solche Dummköpfe, für die du sie vielleicht hältst. Tatsache ist, daß sie ganz schön hell sind.«

»Ich habe sie niemals für Dummköpfe erklärt!« beteuerte Rod, der nicht verhehlen konnte, in welcher Richtung sich seine Gedanken noch wenige Augenblicke zuvor bewegt hatten.

»Nein. Aber ich hörte, was sich vor dem Essen zugetragen hat, und du hast das auch gehört. Vater war vorhin nicht bei der Sache, er hat nicht recht zugehört. Aber sicher ist dir, Roddie, noch niemals bewußt geworden, daß es schwere Arbeit bedeutet, Vater zu sein, vielleicht die schwerste, die man sich denken kann – besonders dann, wenn man kein Talent dafür hat, und Vater hat keines. Er weiß das auch und arbeitet daher um so schwerer und gewissenhafter daran. In den meisten Fällen wird er seinen Aufgaben auch gerecht. Manchmal geht's daneben, wie heute abend. Aber was du nicht weißt, ist folgendes: Vater muß sterben.«

»*Was?*« Rod sah wie vor den Kopf geschlagen aus. »Ich weiß ja nicht einmal, daß er krank ist!«

»Das solltest du auch nicht. Aber nun komm mal wieder von der Decke herunter, es gibt noch einen Ausweg. Vater ist schwer krank, und er müßte in ein paar Wochen spätestens sterben – wenn nicht etwas Drastisches unternommen wird. Aber das wird geschehen. Beruhige dich also!« Ohne Umschweife erklärte sie ihm die Situation: Herr Walker litt an einer degenerativen Krankheit, die ihn langsam einem sicheren Tod entgegenführte; er konnte sich noch eine Weile halten, aber er würde ohne Zweifel jeden Tag schwächer werden und, da seine Krankheit für die medizinische Kunst der Gegenwart unheilbar war, ganz gewiß sterben.

Rod legte den Kopf in die Hände und preßte sie zusammen, bis es schmerzte. Vater ... sterben ... und er hatte die Krankheit nicht einmal bemerkt. Sie hatten es ihm vorenthalten wie einem Baby, und er war zu dumm gewesen, es zu sehen.

Seine Schwester berührte seine Schulter. »Na, nun laß schon. Es sei denn, du hättest noch etwas anderes. Mit dem hier werden wir schon fertig.«

»Wie? Mir war so, als sagtest du, es könnte nichts unternommen werden.«

»Nun sei bloß still und paß auf. Die beiden Alten werden, fünfhundert gegen eins, einen Ramsbothamschen Katzensprung machen. Sie haben schon den Vertrag mit der Entropie-Gesellschaft unterschrieben, und Vater hat seine Stelle bei der General Synthetics aufgegeben und schließt zur Zeit dort nur noch seine Geschäfte ab; am kommenden Mittwoch werden sie der Welt ihr Lebewohl sagen – und das ist auch der Grund dafür, daß er, als er von deinen Plänen hörte, so unwirsch war. Du bist sein Liebling – Gott weiß warum.«

Rod versuchte die vielen Gedanken, die sich seiner bemächtigten, zu entwirren. Ein Zeitsprung – natürlich! Er würde seinem Vater noch weitere zwanzig Jahre zu leben geben. Aber – »Hör mal, meine Liebe, das bringt ihnen doch gar nichts ein. Gewiß, es sind zwanzig Jahre, aber trotzdem bleiben es für sie nur zwei

Wochen ... und Vater wird so krank sein wie zuvor. Ich weiß, wovon ich rede; man hat dasselbe mit Hank Robbins Urgroßvater versucht, und er starb, unmittelbar nachdem sie ihn aus der Stasis herausgebracht hatten. Hank hat es mir selbst erzählt.«

Kapitän Walker zuckte die Achseln. »Wahrscheinlich für damalige Verhältnisse ein hoffnungsloser Fall. Aber Vaters Spezialist, Dr. Hensley, sagt, daß er es vor seinem Gewissen verantworten kann, wenn er behauptet, daß Vaters Fall nicht hoffnungslos ist – wenigstens in zwanzig Jahren nicht. Ich verstehe nichts von metabolischer Medizin, aber Hensley versichert, daß man kurz vor neuen Entdeckungen steht und daß man in zwanzig Jahren Vater ebenso leicht wiederherstellen kann, wie man heute ein neues Bein aufpfropfen kann.«

»Bist du wirklich überzeugt davon?«

»Wie sollte ich das? In solchen Fällen kann man nichts anderes machen, als daß man den besten Fachmann aufsucht und seinem Rat folgt. Die Sache ist doch die, daß Vater erledigt ist, wenn wir nichts tun. Also tun wir das, was der Arzt sagt.«

»Gewiß, gewiß, das müssen wir.«

Sie sah ihm fest ins Auge und fügte hinzu: »In Ordnung. Möchtest du jetzt mit ihnen darüber sprechen?«

»Was?« Rod war entsetzt über die jähe Wendung, die das Gespräch nahm. »Wieso? Warten Sie auf mich?«

»Nein. Ich habe ihnen eingeredet, daß es das beste sei, es dir nicht mitzuteilen, bis es geschehen wäre. Gleich darauf kam ich zu dir herein und berichtete es dir. Aber nun kannst du tun, was du für richtig hältst – nein, tu, als ob du nichts wüßtest, oder du bringst Mami zum Weinen und hörst dir Vaters letzte Worte von Mann zu Mann an, die du doch nicht beherzigst. Um Mitternacht kannst du dann mit zerrütteten Nerven vielleicht wieder deine Vorbereitungen auf die Prüfung aufnehmen. Mach, wie es dir beliebt – jedenfalls habe ich es so eingerichtet, daß du dem aus dem Wege gehen kannst, wenn du willst. Auf jeden Fall wäre das für alle Betroffenen leichter. Ich für meine Person ziehe immer vor, mich wie eine Katze zu verabschieden.«

Rods Kopf war ein einziger Aufruhr. Nicht auf Wiedersehen zu sagen schien ihm unnatürlich, undankbar und untreu seiner Familie gegenüber – andererseits erschien ihm die Vorstellung eines Abschieds von den Eltern fast unerträglich. »Wie machen es denn die Katzen?«

»Wenn dich eine Katze begrüßt, veranstaltet sie ein großes Theater, indem sie mit dem Kopf stößt, an den Hosenbeinen zieht und schnurrt. Aber wenn sie verschwindet, zieht sie einfach ab und schaut nicht ein einzigesmal zurück. Katzen sind klug.«

»Nun . . .«

»Mir liegt daran«, fügte sie hinzu, »daß du daran denkst, daß sie das zu ihrem Nutzen tun, nicht zu deinem.«

»Aber Vater muß doch . . .«

»Gewiß, Vater muß es tun, wenn er wieder gesund werden will.« In diesem Augenblick fiel es ihr ein, daß die ungeheuren Kosten für den Zeitsprung Rod praktisch ohne jeden Pfennig zurücklassen würden, doch sie beschloß sogleich, diese Angelegenheit lieber unerwähnt zu lassen. »Aber Mami braucht nicht.«

»Sie muß mit Vater mitgehen!«

»So? Dann mach mal die Rechnung auf. Sie zieht vor, dich zwanzig Jahre allein zu lassen, um mit Vater zwei Wochen zusammen zu sein. Oder andersherum betrachtet: Sie zieht vor, dich für dieselbe Zeit zum Halbwaisen und sich selbst zur Witwe zu machen.«

»Das ist Mutter gegenüber unfair«, antwortete Rod langsam.

»Das sollte keine Kritik sein. Jedenfalls trifft sie die einzig richtige Entscheidung. Nichtsdestoweniger haben sie beide ein starkes Schuldbewußtsein dir gegenüber und . . .«

»*Mir* gegenüber?«

»Jawohl, dir gegenüber. Ich bin dabei nicht von Bedeutung. Wenn du aber darauf bestehst, ihnen auf Wiedersehen zu sagen, dann wird sich ihre Schuld als Selbstgerechtigkeit und Selbstrechtfertigung herausstellen, und sie werden Mittel und Wege finden, dich dafür büßen zu lassen, und wir alle werden miteinander eine böse Zeit haben. Und das will ich gerade vermeiden. Ihr seid meine Familie.«

»Auf solche Sachen verstehst du dich sicher besser als ich.«

»Ich habe nicht umsonst eine Eins in Logik und in militärischem Führungswesen bekommen. Der Mensch ist kein Vernunftgeschöpf, sondern nur ein vernünftelndes. Aber nun laß mich sehen, was du mitnehmen willst.«

Sie schaute sich die Aufstellung und die zurechtgelegte Ausrüstung an und gab leise ihrer Verwunderung Ausdruck: »Rod! Ich habe niemals soviel Plunder auf einem Haufen gesehen. Damit bist du völlig bewegungsunfähig. Wer bist du denn? Ein Hanswurst, der sich auf eine Schlacht vorbereitet, oder bist du der ›Weiße Ritter‹?«

»Ich wollte davon noch etwas weglassen«, erwiderte er.

»Das will ich meinen!«

»Vor allem, Schwester, was für eine Waffe soll ich mitnehmen?«

»Wozu, zum Teufel, brauchst du eine Waffe?«

»Natürlich um irgendwelchen Gefahren zu begegnen – wilden Tieren oder sonst was. Dekan Matson hat nicht in Abrede gestellt, daß wir mit gefährlichen Tieren rechnen müssen.«

»Ich zweifle wirklich, ob er euch geraten hat, eine Waffe mitzunehmen. Seinem Ruf nach ist Dr. Matson durchaus ein praktisch denkender Mensch. Sieh mal, Rod, bei diesem Unternehmen bist du das Kaninchen, das dem Fuchs zu entwischen versucht. Du bist nicht der Fuchs.«

»Wie soll ich das verstehen?«

»Dein einziges Ziel ist, daß du am Leben bleibst. Du sollst dich weder durch besondere Tapferkeit auszeichnen noch Wilde zähmen, du sollst bloß deinen Atem in Gang halten. In einem von hundert Fällen kann dir eine Pistole vielleicht das Leben retten; in den übrigen neunundneunzig Fällen aber wird sie dich nur zu Dummheiten verleiten. Sicher würde Matson eine Waffe mitnehmen, ich würde es auch tun. Aber wir sind von allen Hunden gehetzt, wir wissen, wann es angebracht ist, sie zu benutzen. Du aber mußt folgendes überlegen: Das Gelände wird ohne Zweifel von solchem Volk wimmeln, das ständig den Finger am Abzug trägt. Wenn einer auf dich zielt, nützt es dir gar nichts, daß du auch eine Waffe hast – weil du dann tot umfällst. Hast du eine Pistole in der Hand, dann neigst du zum Übermut und achtest nicht mehr auf die richtige Deckung. Wenn du aber keine hast, dann *weißt* du, daß du das Kaninchen bist, und du bist dementsprechend vorsichtig.«

»Hast du bei deiner Prüfung eine Pistole mitgehabt?«

»Ja, aber ich habe sie schon am ersten Tag verloren – was mir das Leben gerettet hat.«

»Wieso?«

»Weil ich, als ich in der Klemme steckte, einem Beßmerschen Drachen davonlief statt ihn niederschießen zu wollen. Du weißt, was ein Beßmerscher Drache ist? Die Geschichte ist jedenfalls die, daß er keine wirklichen lebenswichtigen Organe hat. Sein Nervensystem ist dezentralisiert. Wenn man ihn töten will, muß man ihn zu Schnitzeln zerhacken. Ein Geschoß vermag ihn nur zu kitzeln. Aber das wußte ich nicht. Hätte ich meine Pistole gehabt, so wäre es mir gewiß teuer zu stehen gekommen. So aber flüchtete ich mich drei Tage lang auf einen Baum, was meiner Figur gut tat und mir Zeit und Gelegenheit gab, über die Philosophie, Ethik und Pragmatik der Selbstbehauptung nachzudenken.«

Rod verzichtete darauf, mit seiner Schwester zu streiten, blieb aber der Überzeugung, daß eine Pistole doch eine ganz vernünftige Sache sei. Man fühlte sich besser, größer, stärker und selbstbewußter, wenn man sie an seiner Seite wußte. Man brauchte sie ja nicht zu benutzen – nur eben, wenn es nötig war. Und von Deckung und Tarnung wußte er wahrlich genug; niemand in der Klasse konnte so lautlos daherschleichen wie er. Wenn die Schwester auch ein tüchtiger Soldat sein mochte, so wußte sie schließlich doch nicht alles und ...

Aber seine Schwester redete immer noch. »Ich weiß, wie wohl man sich fühlt, wenn man eine Waffe bei sich hat. Da funkeln die Augen, da schwillt der Kamm, man fühlt sich drei Meter groß und unüberwindlich. Man ist zu allem bereit und hofft sogar darauf, einem Feind zu begegnen. Und darin liegt genau die Gefahr, denn du bist nichts von alledem. Du bist schwach, ein Embryo ohne Haare und schrecklich leicht aus der Welt zu schaffen. Selbst wenn du eine Waffe hättest, die auf zweitausend Meter auf den Millimeter genau trifft, so hättest du doch noch lange keine Augen im Hinterkopf wie ein Janusvogel und könntest noch lange nicht so im Dunkeln sehen wie die Pygmäen der Thetis. Der Tod schleicht sich hinter deinem Rücken heran, während du vorn auf irgend etwas zielst.«

»Aber deine eigene Kompanie trägt doch Pistolen!«

»Gewehre, Pistolen, Bomben, Gas, Flammenwerfer und andere Dinge, von denen wir leichtgläubig annehmen, daß sie geheim sind. Aber was sagt dir das! Du willst doch nicht eine Stadt stürmen. Junge – manchmal schicke ich ein Mädchen auf Patrouille aus mit dem einfachen Auftrag der Erkundung, und dann heißt es losziehen, Augen aufmachen und lebendig zurückkommen. Was meinst du, womit ich sie ausrüste?«

»Wie soll ich das wissen?«

»Macht auch nichts. Erstens nehme ich nicht einen übereifrigen jungen Rekruten, sondern eine unverwundbare alte Häsin. Die pellt sich dann bis auf ihr Unterzeug aus, malt sich dunkel an, wenn es noch nicht dunkel ist, und schwirrt los, mit bloßen Händen und Füßen – wie eine Mücke. Auf diese Weise habe ich noch keinen Kundschafter verloren. Wenn du nämlich hilflos und ohne Schutz bist, dann wachsen dir tatsächlich Augen im Hinterkopf, und deine Nerven bekommen Fühler, die alles um dich herum abtasten. Ich habe das selbst auch erst erfahren müssen, und zwar von einer alten Füchsin, die meine Mutter hätte sein können.«

Tief beeindruckt sagte Rod langsam: »Dekan Matson hat uns auch gesagt, daß er, wenn es nach ihm ginge, diese Prüfung ohne jede Hilfe durchführen lassen würde.«

»Da siehst du es, Dr. Matson ist ein Mann von Verstand.«

»Aber was würdest *du* nun an meiner Stelle tun?«

»Wie lauten denn eure Bedingungen?«

Rod zählte sie auf, und Kapitän Walker runzelte die Stirn. »Hmm . . . damit kann man wirklich nicht viel anfangen. Zwei bis zehn Tage bedeutet wahrscheinlich fünf. Das Klima dürfte nicht hoffnungslos extrem sein. Ich nehme an, du hast einen Feldanzug.«

»Den habe ich, ich wollte aber den Polaranzug noch mitnehmen. Sollte sich herausstellen, daß das Gebiet nicht zu kalt ist, dann kann ich ihn am Tor zurücklassen, obwohl ich ihn ungern verlieren würde, denn er wiegt nur ein halbes Kilo und kostet eine ganze Stange.«

»Das laß mal deine geringste Sorge sein. Im Limbus braucht man nicht unbedingt der bestgekleidete Geist zu sein. In Ordnung also, darüber hinaus würde ich vier Kilo Verpflegung, fünf Kilo Wasser, zwei Kilo Verschiedenes, wie Tabletten und Streichhölzer . . . und ein Messer mitnehmen.«

»Das scheint mir reichlich wenig für fünf Tage, geschweige denn für zehn.«

»Das ist gerade das, was du tragen kannst und was dich noch leicht beweglich macht. Laß mal dein Messer sehen, mein Lieber.«

Rod hatte mehrere Messer, aber eines davon war ›sein‹ Messer, mit einer 21-cm-Stahlklinge und allen möglichen zusätzlichen Einrichtungen. Es lag außerdem prächtig in der Hand. Er gab es seiner Schwester, die es mehrfach auf den Fingern ausbalancierte. »Hübsch!« sagte sie und schaute sich im Zimmer um.

»Da drüben neben dem Ausgang.«

»Ich sehe schon.« Sie riß das Messer an ihrem Ohr vorbei, ließ es fliegen, und die Klinge grub sich in das Ziel ein, summte auf und zitterte. Dann bückte sie sich und zog ihr eigenes Messer aus dem Stiefelschaft. »Das ist auch gut.« Sie warf, und es landete eine Klingenbreite von dem ersten.

Sie zog beide Messer heraus und prüfte sie, in jeder Hand eines, auf ihr Gleichgewicht. Plötzlich schwenkte sie das ihre so herum, daß der Griff auf Rod gerichtet war. »Das ist meine Lieblingsklinge, ›Lady Macbeth‹. Ich habe sie bei meiner Prüfung mitgehabt. Ich möchte gern, daß du sie auch bei deiner trägst.«

»Du willst einen Handel mit den Messern? Na schön.« Rod fühlte einen deutlichen Stich bei dem Gedanken, daß er sich von ›Colonel Bowie‹ trennen sollte, ja, er hatte sogar das unheimliche Empfinden, daß jedes andere Messer ihm Unglück brächte. Aber hier lag ein Angebot vor, das er einfach nicht ablehnen konnte. Es kam ja von seiner Schwester.

»Aber, aber, mein Lieber! Ich könnte dir niemals für deine Prüfung dein eigenes Messer wegnehmen. Ich möchte, daß du beide bei dir hast. Du wirst nicht an Hunger oder Durst sterben, aber ein Ersatzmesser kann dir mehr wert sein als sein Gewicht an Thorium.«

»Ach, Schwester! Dein Messer möchte ich dir nicht nehmen, du sagtest doch, daß du wieder mit Einsatz rechnest. Da kann ich doch eines von meinen Ersatzmessern nehmen.«

»Ich brauche es nicht. Meine Frauen haben es seit Jahren immer so einzurichten verstanden, daß ich ohne ›Lady Macbeth‹ auskam. Mir liegt aber sehr daran, daß du es bei der Prüfung bei dir hast.« Darauf zog sie die Scheide aus dem Stiefel, steckte die Klinge hinein und reichte sie ihm. »Trag das Messer und denk an mich, Bruder!«

3
Durch den Tunnel

Als Rod am nächsten Morgen am Templeton Gate ankam, war er weit davon entfernt, sich wohl zu fühlen. Er hatte eigentlich beabsichtigt, sich durch einen erholsamen, ausgedehnten Schlaf auf die Feuerprobe vorzubereiten, aber die Ankunft seiner Schwester in Verbindung mit den sich überstürzenden Ereignissen innerhalb der Familie hatte sein Vorhaben zunichte gemacht. Rod hatte einfach nur allein sein wollen. Eine ganze Stunde lang war sein Geist noch wie eine Maschine auf vollen Touren gelaufen. Er hatte sich nutzlos mit seines Vaters Krankheit herumgeschlagen, sich gefragt, wie es sein würde, wenn er seine Eltern nach zwanzig Jahren – im jetzigen Alter seiner Mutter – wiedersehen würde, und war dann dazu übergegangen, sich im Geist auf die unbekannten Prüfungsbedingungen vorzubereiten. Schließlich hatte er sich gesagt, daß er endlich schlafen müsse, hatte sich zu Entspannungsübungen gezwungen, seinen Geist von allen Gedanken befreit und sich hypnotisiert. Es hatte zwar länger als sonst gedauert, aber letzten Endes war er doch von einer großen, warmen, goldenen Wolke umfangen worden und war eingeschlafen.

Seine Alarmanlage am Bett hatte ihn zweimal wecken müssen. Und selbst nachdem er sich geduscht hatte, kam er sich immer noch triefäugig vor. Er hatte in den Spiegel geschaut und auf die Rasur verzichtet, da sie für sein Vorhaben nicht von Belang schien – außerdem war es schon spät –, und sich schließlich doch noch rasiert, da ihn sein spärlicher junger Bartwuchs genierte.

Genau im Augenblick, als er davongehen wollte, war Helen erschienen – zu seiner Überraschung völlig angekleidet.

»Guten Morgen.«

»Hallo, Schwester. Bestell du am besten auch gleich dein Frühstück. Mutter hat es nicht getan, und ich habe nicht gewußt, was du magst.«

»Nicht nötig, ich habe schon vor Stunden gegessen. Ich habe bloß darauf gewartet, dir auf Wiedersehen zu sagen.«

»Nun dann – leb wohl. Ich muß laufen, bin spät dran.«

»Ich will dich auch keineswegs aufhalten.« Damit trat sie an ihn heran und umarmte ihn. »Nicht die Nerven verlieren, mein Junge. Das ist das wichtigste. Mehr Menschen sterben vor Angst und Aufregung als eines gewaltsamen Todes. Wenn du aber doch gezwungen bist, mal zuzuschlagen, dann schlag richtig zu.«

»Ich will daran denken, Schwester.«

»Tu das. Im übrigen will ich sehen, daß ich meinen Urlaub heute verlängern lassen kann, damit ich hier bin, wenn du wieder zurückkommst.« Sie küßte ihn noch einmal. »Nun lauf aber!«

Dr. Matson saß an seinem Schreibtisch vor der ärztlichen Abteilung von Templeton Gate und strich die Namen der Ankommenden auf seiner Liste ab. Als Rod erschien, schaute er auf. »Hallo, Walker. Ich habe schon geglaubt, Sie wären unterdessen doch noch klug geworden.«

»Entschuldigen Sie bitte meine Verspätung – kam was dazwischen.«

Nun gehen Sie aber schnell hinein und lassen Sie sich untersuchen, ehe die Ärzte böse werden.«

Sie klopften ihn ab und durchleuchteten ihn und fotografierten die Wellenlinien seines Gehirns und veranstalteten all die unwürdigen Untersuchungen, die offensichtlich zu dem Handwerk gehören. Der Chefarzt persönlich horchte sein Herz ab und fühlte seine feuchte Hand. »Angst, mein Junge? «

»Natürlich habe ich Angst!« platzte Rod heraus.

»Gewiß, natürlich! Wenn Sie nein gesagt hätten, hätte ich Sie nicht durchgelassen. Was steckt hinter dem Verband da an Ihrem Bein?«

»Hm . . .« Er verbarg Helens Messer. »Lady Macbeth«, gestand Rod verlegen ein.

»Nehmen Sie den Verband ab.«

»Wie meinen . . .«

»Ich habe schon Kandidaten hier gehabt, die solche Kniffe gebrauchten, um irgendeinen Fehler zu verdecken. Lassen Sie mal sehen!«

Rod begann den Verband abzuwickeln, und der Arzt ließ ihn erst aufhören, als er sich überzeugt hatte, daß es tatsächlich ein

Versteck für eine Waffe war. »Dann ziehen Sie sich wieder an, und melden Sie sich bei Ihrem Leiter.«

Rod legte seine Felduniform an, die Taschen für die Verpflegung und allerlei Ausrüstungsgegenstände enthielt, und befestigte darunter seine Feldflasche, die die Form eines Gürtels hatte, dessen biegsames Material in Halbliter-Behältnisse aufgeteilt war. Das Gewicht hing an Schulterriemen, an deren linkem eine Rohrleitung mit Ansatzstück bis an den Mund führte, so daß er, ohne die Flasche loszumachen, trinken konnte. Er hatte vor, wenn möglich seinen bescheidenen Vorrat über die ganze Prüfung zu verteilen, damit er nicht der Versuchung erlag, über schmutziges oder verseuchtes Wasser herzufallen, außerdem hoffte er, gelegentlich auch frische Quellen zu finden.

Nachdem er sich zwanzig Meter Leinen – leichtes, starkes und dünnes – um die Hüfte gewickelt und Unterhose, Hemd, Hose und Schuhe angezogen hatte, steckte er ›Colonel Bowie‹ hinter das Koppel, während er den Polaranzug über den linken Arm nahm. Rod hatte schon frühzeitig im Rahmen seiner Ausbildung gelernt, daß Eskimos nicht zu schwitzen wagten. Sein Polaranzug aber, der mit seiner Haube, den Stiefeln, Handschuhen und Druckschläuchen aus einem Stück gefertigt war und seinem Träger die Hände frei ließ, war viel zu warm, als daß er ihn anzulegen gewagt hätte, bevor es nicht unbedingt nötig war.

Dr. Matson saß immer noch vor der Tür der ärztlichen Abteilung. »Der verspätete Herr Walker!« kommentierte er Rods Rückkehr, dann schaute er sich umständlich die füllige Gestalt des jungen Mannes an. »Alles Bewaffnung, Rod?«

»Nein, nur die Felduniform.«

»Wieviel Last tragen Sie denn?«

»Elf Kilo – hauptsächlich Wasser und Verpflegung.«

»Hmm . . . na schön, es wird noch schwerer werden, bevor es leichter wird. Keine Pionierausrüstung? Kein zusammenklappbares Patentzelt?«

Rod errötete. »Nein, habe ich nicht.«

»Den Polaranzug können Sie hierlassen, ich schicke ihn mit der Post nach Hause.«

»Schönen Dank auch.« Rod reichte ihm den Anzug hin und fügte hinzu: »Ich war mir nicht ganz sicher, ob ich ihn nicht eventuell brauchen könnte, darum habe ich ihn für den Fall der Fälle mitgebracht.«

»Das mußten Sie auch.«

»Wie bitte?«

»Ich habe schon fünf davongejagt, weil sie ›ohne‹ gekommen waren . . . und vier, weil sie mit Raumanzügen erschienen waren. Beides war gleichermaßen dumm. Schließlich sollten die Burschen soviel Verstand aufbringen, sich zu sagen, daß die Prüfungskommission sie nicht in ein Vakuum oder in eine Chloratmosphäre schickt, ohne entsprechende Hinweise zu geben, denn wir brauchen Nachwuchs und keine Toten. Andererseits liegt ein kaltes Klima durchaus im Bereich der Prüfungsbedingungen. Was für eine Pistole haben Sie denn bei sich?«

Rod bekam das Schlucken. »Ach . . . äh . . . ich war der Meinung, daß es besser sei, überhaupt keine mitzunehmen, Dekan – ich meine, Herr Doktor.«

»In zehn Tagen können Sie mich Dekan nennen, aber jetzt interessiert mich Ihre Begründung. Wie sind Sie zu diesem Entschluß gekommen?«

»Ja, sehen Sie, die Sache ist die . . . meine Schwester hat mir dazu geraten.«

»Ach! Ihre Schwester! Wird Zeit, daß ich sie kennenlerne. Wie heißt sie denn?«

»Sturmkapitän Helen Walker«, erwiderte Rod stolz, »vom Amazonenkorps.«

Matson schrieb sich alles auf. »Nun gehen Sie da hinüber. Sind schon alle fertig zur Verlosung.«

»Jawohl, Herr Doktor.« Sein Weg führte ihn an dem Schulwaffenwart vorbei, der einen Stand draußen aufgebaut hatte. Er war gerade dabei, eine Summerfield abzuwischen. Rod unterbrach ihn bei seinem Geschäft und fragte: »Wie geht's?«

»He, Rod. Bißchen spät, wie? Was soll's denn sein?«

Rods Augen überflogen die Reihe schöner Waffen. Ob er wohl eine Nadelpistole mit vergifteten Schrotkörnern nahm? Er brauchte sie ja nicht unbedingt einsetzen . . .

»Ach«, sagte er plötzlich entschieden, »danke, ich bin schon versehen.«

»Na, dann viel Glück und gute Heimkehr.«

»Vielen Dank.« Und damit ging er in die Halle, in der sich das Tor befand.

Die Schule hatte mehr als fünfzig Teilnehmer zur Prüfung gemeldet, jetzt warteten ihrer zwanzig auf den Beginn. Rod schaute sich um und wollte schon an das Tor herantreten, als er plötzlich von dem Toringenieur angehalten wurde. »Sie haben noch nicht gezogen. Da drüben, bitte.«

Die Lose befanden sich in einer Schale, in die Rod sofort hineinlangte. Einen Augenblick später hielt er eines davon in der Hand und öffnete es: »Nummer sieben.«

»Die glückliche Sieben! Wenn das nichts Gutes bedeutet! Ihr Name, bitte.«

Rod gab seinen Namen an, trat zur Seite und sah sich nach einer Sitzgelegenheit um, denn Nummer sieben bedeutete, daß er noch gute zwanzig Minuten zu warten hatte. Da er nichts in der Nähe fand, ging er ein Stück zurück und prüfte dabei mit großem Interesse, was seine Schulkameraden für dieses Unternehmen, das durch alle und keine Bedingungen eingeschränkt war, mitzunehmen für richtig befunden hatten.

Johann Braun saß ganz allein da, die Plätze zu seiner Rechten und zu seiner Linken waren frei. Der Grund dafür kauerte zu seinen Füßen – ein riesiger, hagerer, aber äußerst muskulöser Boxer mit höchst unfreundlichen Augen. Über Brauns Schulter hing eine General Electric Thunderbolt mit Teleskop und Streukontrolle, deren Energiequelle Braun in einem Rucksack trug. An seinem Gürtel befanden sich ein Feldstecher, ein Messer, eine Ausrüstung für Erste Hilfe und drei Beutel.

Rod blieb stehen und bewunderte die herrliche Waffe. Er fragte sich, was sie wohl gekostet haben mochte. Der Hund hob den Kopf und begann bedrohlich zu knurren.

Braun legte die Hand auf den Kopf des Hundes. »Komm nicht zu nahe!« warnte Braun. »Thor ist ein Ein-Mann-Hund.«

Rod trat einen Schritt zurück. »Mann, du bist ja toll ausgerüstet!«

Der große blonde Junge ließ ein selbstzufriedenes Lächeln sehen. »Thor und ich, wir werden die Sache schon machen.«

»Na, den brauchst du doch gar nicht – mit dieser Waffe!«

»Doch, den brauche ich schon. Thor bewahrt mich vor zudringlichen Burschen. Wenn er an meiner Seite liegt, kann ich ruhig schlafen. Du würdest staunen, was der alles kann. Thor ist schlauer als die meisten Menschen.«

»Das sollte mich nicht wundern.«

»Stell dir vor, der Dekan wollte mir Theater machen, weil wir beide eine ›Gruppe‹ bildeten, und uns voneinander trennen. Da habe ich ihm aber gesagt, daß Thor den, der versuchen würde, uns auseinanderzubringen, in Stücke reißen würde. Und da hat er davon abgelassen.« Braun kraulte die Ohren seines Hundes. »Kannst mir glauben, Thor ist mir mehr wert als ein ganzer Zug Sturmpioniere.«

»Sag mal, würdest du mich mal deine Maschine versuchen lassen? Wenn wir angekommen sind, meine ich natürlich.«

»Aber gewiß. Das ist wirklich ein Prachtstück. Damit kannst du ebenso sicher einen Spatzen vom Himmel schießen wie auf tausend Meter ein Elen. Aber du machst Thor nervös. Wir sehen uns später wieder.«

Rod verstand den Wink, zog weiter und nahm endlich Platz. Ihn beschäftigte immer noch der Gedanke, ob er nicht mit jemand zusammengehen könnte. Nahe dem Torbogen stand ein Priester, vor dem ein Junge kniete, während vier weitere noch warteten.

Der Junge, der den Segen empfangen hatte, erhob sich, und auch Rod stand eilig auf. »He! Jimmy!«

Jimmy Throxton blickte sich um, erspähte Rod, grinste und kam zu ihm hingelaufen. »Rod!« rief er aus. »Ich glaubte schon, du wolltest nichts mehr von mir wissen. Hast du dich schon mit jemand zusammengetan?«

»Nein.«

»Möchtest du noch?«

»Sicher.«

»Prima! Dann kann ich unsere Gruppe noch anmelden, sofern du nicht Nummer zwei hast. Hast du doch hoffentlich nicht?«

»Nein.«

»Gut! Ich habe nämlich . . .«

»Nummer eins!« rief der Toringenieur. »Throxton, James.«

Jimmy Throxton machte ein entsetztes Gesicht. »Na, dann los!« Er faßte an sein Koppel, wandte sich schnell um und rief

Rod noch über die Schulter zu:» Seh dich wieder auf der anderen Seite!« Jetzt stand er schon vor dem Tor, das sich vor ihm weit öffnete. Rod rief ihm nach: »He! Jimmy! Wie wollen wir uns denn treffen, wir haben doch noch gar . . .« Aber es war zu spät. Nun, wenn Jimmy im Augenblick des Starts nicht den Verstand verlor, dann würde er sich schon bei der Ankunft nach ihm umsehen.

»Nummer zwei! Mshiyeni, Caroline.« Auf der anderen Seite des Raumes erhob sich das große Zulumädchen, das Rod als mögliche Teamkameradin in Betracht gezogen hatte, und begab sich zum Tor. Sie war einfach gekleidet, in Hemd und Shorts, und trug nicht einmal Schuhe. Sie schien auch in keiner Weise bewaffnet zu sein, sie hatte nur einen Kulturbeutel bei sich.

Irgend jemand rief: »He! Carol! Was hast du denn in deinem Reisekoffer?«

Ein Lächeln flammte auf. »Pflastersteine.«

»Na, ich möchte wetten: Schinkenbrötchen. Heb mir eines auf.«

»Will gern einen Pflasterstein für dich aufbewahren, mein Lieber.«

Nur zu früh hörte Rod, daß seine Nummer aufgerufen wurde. *Nummer sieben!* Walker, Roderick.«

Rod schritt rasch auf das Tor zu. Der Wachtposten drückte ihm ein Stück Papier in die Hand und schüttelte sie dabei. »Viel Glück, mein Junge. Und halt immer schön die Augen offen.« Damit gab er Rod einen leichten Klaps ins Kreuz, der ihn gleichzeitig durch das Tor schob.

Rod befand sich auf der anderen Seite, aber, zu seiner Überraschung, noch innerhalb eines geschlossenen Raumes. Diese Überraschung traf ihn jedoch keineswegs so sehr wie das plötzlich auftretende Schwindelgefühl, das ihn überkam. Offensichtlich war die Gravitation hier wesentlich geringer als die der Erde. Er kämpfte um sein Gleichgewicht und versuchte sich über seine neue Situation klarzuwerden. Wo war er? Auf dem Mond? Auf einem von Jupiters Monden? Oder sonst irgendwo draußen?

Auf dem Mond, höchstwahrscheinlich auf dem Mond, der schon lange als Zwischenstation für die längeren Sprünge durch den Raum diente, da bei weiteren Entfernungen die Gefahr der

Abweichungen vom Ziel zu groß war. Aber sicher würde man ihn hier nicht lassen. Schließlich hatte Matson ihnen zugesagt, daß der Prüfungsbereich keine Druckveränderungen aufweise.

Am Boden lag ein offener Koffer, den einer seiner Vorgänger bei sich gehabt hatte. Endlich erinnerte er sich des Zettels, den man ihm in die Hand gedrückt hatte. Er schaute nach und stellte fest, daß er Anweisungen für die Prüfung enthielt. Sie lauteten:

Einzelprüfung auf Raumverwendungsfähigkeit
Bekanntmachung über Beginn und Ende der Prüfung

1. Jeder Prüfungsteilnehmer hat das Tor geradeaus innerhalb der vorgeschriebenen Drei-Minuten-Frist zu verlassen. Überschreiten der Zeit führt zur Disqualifikation.
2. Rückruf erfolgt durch die üblichen optischen und akustischen Signale. Es wird darauf aufmerksam gemacht, daß die Wahrnehmung der Signale noch keine Ausschaltung der Gefahren des Prüfungsbereiches bedeutet.
3. Das Ausgangstor entspricht nicht dem Eingangstor. Der Ausgang liegt etwa zwanzig Kilometer in der Richtung des Sonnenaufgangs.
4. Außerhalb des Tores gibt es keine neutrale Zone. Die Prüfung beginnt unmittelbar nach Verlassen des Tores. Achtung auf »Stobors«!

Viel Glück! B. P. M.

Rod war noch ganz und gar damit beschäftigt, mit der schwachen Gravitation fertig zu werden und den Inhalt der Mitteilungen aufzunehmen, als sich am fernen Ende des langen, engen Raumes, in dem er sich befand, die Tür öffnete. Ein Mann rief: »Nun aber los, sonst ist alles verloren.«

Rod zwang sich zur Eile, wankte, riß sich zusammen und wäre beinahe durch den jähen Ruck zu Fall gekommen. Er hatte niedrigen Druck zwar schon auf Versuchsfeldern erlebt, auch hatte seine Familie schon einmal die Ferien auf Luna verbracht, aber er war jetzt einfach nicht mehr daran gewöhnt, und so gelang es ihm nur mit äußerster Anstrengung, sich an die ferne Tür heranzuarbeiten.

Jenseits der Tür lag ein weiterer Torraum. Die Wache starrte nach dem Zeitnehmer über dem Tor und sagte: »Zwanzig Sekunden. Gib mir deinen Zettel – schnell.«

Rod wollte sich nocht nicht davon trennen. »Die zwanzig Sekunden kann ich noch zum Lesen gebrauchen. – *Etwa zwanzig Kilometer in der Richtung des Sonnenaufgangs.«* Das hieß also weiter nichts als ›Osten‹. Aber was bedeuteten die ›Stobors‹?

». . . drei – zwei – eins – a-a-b!« Die Wache riß Rod das Papier aus der Hand, die Torflügel gingen auseinander, und er wurde durch die Öffnung gestoßen.

Er fiel auf Hände und Knie; die Gravitation war jetzt annähernd die der Erde, doch der Wechsel war zu plötzlich gekommen. So blieb er zunächst einfach liegen, hielt sich ganz still und gab auch, während er sich umschaute, keinen Laut von sich. Er befand sich in einer weitläufigen Lichtung, die mit Gras bewachsen und mit Bäumen und Büschen durchsetzt war. Dahinter zog sich dichter Wald hin.

Er verrenkte sich fast den Hals, um sich einen schnellen Überblick zu verschaffen. Was fand er vor? Einen Planeten vom Erdtypus, fast normale Gravitation, demnach also wahrscheinlich eine Sonne vom G-Typ . . . üppige Vegetation, keine Fauna in Sicht – aber das mochte im Augenblick noch nichts besagen, Hunderte von Geschöpfen konnten sich durchaus in Hörweite aufhalten, selbst die ›Stobors‹, was sie auch sein mochten.

Das Tor lag hinter ihm – große dunkelgrüne Flügel, die in Wirklichkeit ein weites Stück entfernt waren und gleichsam ohne Fundament über das Gras hinausragten, eine Anomalie ohne jede Beziehung zu der ihn umgebenden Natur. Rod dachte daran, sich hinter das Tor zu schleichen, denn er wußte, daß die Berührung einseitig war und daß er das Feld von dort überschauen und jeden Ankommenden beobachten konnte, ohne selbst gesehen zu werden.

Überlegungen dieser Art brachten ihn jedoch darauf, daß er selbst von dort aus im Augenblick erkannt werden konnte, und er beschloß sofort, den momentanen Landeplatz zu verlassen.

Wo war Jimmy? Jimmy hätte eigentlich hinter dem Tor sein und sein Kommen beobachten müssen, oder hatte er einen anderen Posten bezogen? Die einzige sichere Aussicht, Rod zu treffen, hätte darin bestanden, hier auf ihn zu warten. Wie die Dinge aber nun lagen, wußte Rod nicht, wie er seinen Freund ausfindig machen sollte.

Rod schaute sich vorsichtig um und versuchte irgendeinen Anhaltspunkt für Jimmys Verbleib zu entdecken. Nichts . . .! Als sein prüfender Blick jedoch zu der Stelle zurückkam, wo sich das Tor befinden mußte, war nichts mehr davon zu sehen.

Rod wurde unheimlich zumute, ihm war, als ob ihm ein kalter Schauer den Rücken herabrieselte. Er erkannte aber sofort die Gefahr, die sich daraus ergab, wenn er die Nerven verlor. Darum zwang er sich eisern zur Ruhe, indem er sich klarmachte, daß das Verschwinden des Tores weiter nichts bedeutete, als daß man offensichtlich immer, wenn zwei Prüfungsteilnehmer gestartet waren, das Tor neu einstellte und daß sie aller Wahrscheinlichkeit nach auf diese Weise einige Kilometer auseinandergebracht wurden.

Aber nein! Das konnte auch nicht der Fall sein – denn ›zwanzig Kilometer in der Richtung des Sonnenaufgangs‹, das deutete schließlich nur auf einen kleineren Prüfungsbereich.

Oder war seine erste Vermutung doch richtig? Er erinnerte sich daran, daß die Orientierung, die man ihm mit auf den Weg gegeben hatte, keinesfalls die gleiche wie bei den anderen Prüflingen zu sein brauchte. Und damit kam er zu dem Ergebnis, daß er tatsächlich überhaupt nichts Genaues wußte – er wußte nicht, wo er noch wo Jimmy war, noch wo die anderen alle stecken mochten, und er wußte auch nicht, welcher Art dieser Ort war, außer daß er hier vielleicht überleben konnte, sofern er genug Intelligenz bewies und – ihm das Glück hold war.

Sein Hauptanliegen bestand jedenfalls darin, am Leben zu bleiben, und zwar während eines Zeitraumes, der ungefähr zehn Erdtagen entsprechen mochte. Damit schlug er sich Jimmy Throxton aus dem Sinn und zugleich auch alles, was ihn daran hätte hindern können, der Umgebung seine ganze Aufmerksamkeit zu widmen. Danach stellte er als erstes die Windrichtung fest, indem er die Grashalme beobachtete, und beschloß dann, mit dem Wind vorwärts zu kriechen.

Diese Entscheidung war ihm keineswegs leichtgefallen, denn sein erster Gedanke war natürlich der gewesen, gegen den Wind zu schleichen. Aber hatte sich der Rat seiner Schwester nicht schon bezahlt gemacht? Nackt und schutzlos, wie er ohne Waffe war, hatte er sich auf einmal darauf besonnen, daß er – wie seine Schwester gesagt hatte – nicht der Jäger war. Daß man Witterung von ihm bekäme, ließ sich niemals vermeiden. Ging er jedoch mit dem Wind, so hätte er wenigstens Aussicht auf das, was von vorn anschleichen mochte, während das Gelände hinter ihm verhältnismäßig sicher wäre.

Da! Rührte sich da nicht etwas im Gras?

Er erstarrte förmlich zu Eis und beobachtete. Es hatte sich so schwach bewegt, daß man es kaum wahrnehmen konnte; er wartete. Da war es wieder – von rechts nach links, ganz langsam. Es sah aus wie ein schwarzer Dorn, an dessen Spitze möglicherweise ein Schwanz, ein Tuff Haare aufragte.

Er konnte sich nicht entsinnen, je ein Tier gesehen zu haben, zu dem ein solcher Schwanz, sofern es einer war, passen mochte. Plötzlich blieb es an einem Punkt stehen, die genau in Windrichtung lag, dann machte es einen schnellen Satz, und Rod verlor es aus den Augen. Er wartete noch ein paar Minuten, und schließlich entschloß er sich weiterzukriechen.

Es war harte Arbeit, die er da verrichten mußte, der Schweiß rann ihm nur so herunter und durchtränkte Hemd und Hose. Er hätte gern einen Schluck getrunken, doch wie lange sollten fünf Liter Wasser reichen, wenn er schon in der ersten Stunde der Prüfung über seinen Vorrat herfiel? Der Himmel war zwar mit einer dünnen Zirrusschicht bedeckt, trotzdem brannte die ›Sonne‹ – wie er das sichtbare Gestirn einfach nannte – mit unbarmherziger Glut nieder. Sie hing tief am Himmel hinter ihm, und er fragte sich, wie es erst sein würde, wenn sie über ihm stünde. Ob das jemand lebend überstehen mochte? Gewiß war es da vorn in jenem Wald kühler, oder wenigstens wäre er dort nicht so der Gefahr eines Hitzschlages ausgesetzt. Also vorwärts!

Während er den vor ihm abfallenden Boden entlangkroch, beobachtete er plötzlich, daß genau über ihm habichtähnliche Vögel zu kreisen begannen. Er hielt inne und schaute nach oben. »Brüder«, sprach er leise vor sich hin, »wenn ihr den Geiern gleich seid, die ich von zu Hause her kenne, dann liegt hier vor mir irgendwelches Aas, und ihr wartet nur darauf, wenn es tot bleibt, zum Mittagsmahl darüber herzustürzen. Wenn dem aber so ist, dann verschwinde ich lieber, so schnell es geht, denn es sollte mich wundern, wenn hier nicht noch andere Wesen angelockt werden, mit denen ich besser nichts zu tun bekomme.«

Die leichte Brise schneidend, hielt er sich nach rechts und kam dadurch auf höheres Gelände, in dem vor ihm plötzlich ein Felsen auftauchte. Sogleich entschloß sich Rod, von dort aus festzustellen, was sich in der Tiefe verbarg, und unter Ausnutzung der sich bietenden Deckung arbeitete er sich bis an die äußerste Spitze vor. Was er unten entdeckte, sah aus wie ein Mensch, der ein Kind bei sich hatte. Rod langte in die Tasche, suchte eine Weile, brachte sein Fernglas hervor und legte es an. Der Mann war Johann Braun, das ›Kind‹ sein Hund. So grausam die Wahrheit war, aber sie waren beide tot, denn Braun lag wie eine zerfledderte Puppe da, deren Kopf man nach hinten geknickt hat, während ein Bein unter dem Rücken abgebogen war. Hals und Kopf wiesen einen dunkelroten Fleck auf.

Wie Rod noch hinschaute, kam ein hundeähnliches Tier angetrabt, schnupperte an dem Boxer und begann an ihm zu zerren ... und da landete auch schon der erste Geier, um sich dem Mahl zuzugesellen. Rod nahm das Glas vom Auge, er fühlte sich höchst elend. Johann Braun – ihm hatte man wahrlich keine lange Frist gelassen, und sein kluger Hund hatte ihm gar nichts genutzt. Ob das das Werk der ›Stobors‹ war? Jedenfalls war damit bewiesen, daß es hier Fleischfresser gab und daß es angebracht schien, vorsichtig zu sein, wenn einem nicht daran gelegen war, Schakalen und Geiern Gelegenheit zu Zank und Streit zu geben!

Dann fiel ihm plötzlich etwas ein, und er nahm noch einmal sein Glas vor das Auge. Johanns stolze Thunderbolt war nirgends zu sehen, und ebensowenig entdeckte er eine Spur von der Tasche, aus der sie mit Energie gespeist worden war. Johann hatte sie auf dem Rücken getragen. Wäre Rod nicht so vorsichtig gewesen, er hätte in diesem Augenblick ein leises Pfeifen durch die Zähne von sich gegeben. Das einzige Lebewesen, das daran interessiert sein konnte, eine Waffe zu stehlen, lief auf zwei Beinen umher! Rod erinnerte sich, daß die Thunderbolt auf jede Entfernung ihr Ziel erreichte – und jetzt hatte sie offensichtlich jemand in Besitz, der aus dem Fehlen von Gesetz und Ordnung in diesem Prüfungsgelände Kapital geschlagen hatte.

Nun, das einzige, was ihm zu tun übrigblieb, war, sich außer Sicht zu bringen. Und sogleich zog er sich von dem Felsvorsprung zurück und verschwand im Gebüsch.

Als er sich auf den Weg gemacht hatte, war ihm der Wald nicht weiter als zwei Kilometer entfernt vorgekommen. Als er ihn erreicht hatte, war jedoch, wie ihm unangenehm bewußt wurde, die Sonne schon beinahe untergegangen. Da er beabsichtigte, die Nacht auf einem Baum zu verbringen, wurde er jetzt weniger vorsichtig und eilte voran, so schnell er nur konnte. Er hätte auch hier draußen im Gras oder im Wald die dunklen Stunden überbrücken können, aber dieser Gedanke hatte ihm von Beginn an nicht behagt. Sicherer war es auf jeden Fall, auf einen Baum zu klettern. Dazu aber brauchte er unbedingt noch etwas Licht.

Natürlich hatte er keineswegs den ganzen Tag benötigt, um das Stück Wegs hinter sich zu bringen. Er war am frühen Morgen von Templeton Gate aus gestartet und hätte hinreichend Zeit gehabt, sich einen Platz zu suchen, nur hatte offenbar die hiesige Zeit nichts mit der Erdzeit zu tun. Er war gleich in den späten Nachmittag hineingekommen, so daß es jetzt schon fast dunkel war, als er die großen Bäume erreichte.

Ja, es war tatsächlich schon so dunkel geworden, daß er es für nötig hielt, die für seinen Plan erforderlichen Vorbereitungen zu treffen, bevor er in den Wald eintrat. So blieb er am Rand stehen und holte, durch das hohe Gras getarnt, aus einer seiner zahlreichen Taschen die Steigklammern hervor. Seine Schwester hatte ihm zwar von der Mitnahme der meisten von ihm vorgesehenen Instrumente, Werkzeuge oder Geräte abgeraten, gegen die Steigklammern hatte sie jedoch nichts einzuwenden gehabt. Wenn ihre äußere Form auch altmodisch anmutete, so entsprach das Material, aus dem sie gefertigt waren, doch den allerhöchsten Anforderungen: Die beiden Klammern wogen zusammen keine fünfzig Gramm, waren faltbar und, da sie aus einer Titanlegierung gegossen waren, härter und stärker als Stahl.

Er klappte sie auseinander, legte sie um Fuß und Schienbein und schnallte sie fest. Dann faßte er den Baum ins Auge, den er sich schon vorher ausgesucht hatte. Er hatte einen prächtigen

Stamm, der gerade so dick war, daß er ihn noch gut umfassen konnte, und der auch so stand, daß er, falls er einen Fluchtweg suchte, ohne Schwierigkeit auf einen anderen Baum übersteigen konnte.

Nachdem er seinen Weg festgelegt hatte, richtete er sich auf und steuerte im Trab auf den nächsten Baum zu. Er lief an ihm vorbei, bog nach links aus auf einen anderen Baum zu, ließ auch den hinter sich, hielt sich nach rechts und sah hier in einiger Entfernung den ausgewählten Stamm vor sich. Er war nur noch etwa fünfzehn Meter davon entfernt, als sich ihm etwas bedrohlich näherte.

Kurzentschlossen machte Rod einen jähen Satz, der der Ramsbothamschen Erfindung Ehre gemacht hätte, und hing einen Augenblick später am ersten Ast, so daß er vom Boden aus unangreifbar war. Von dort kletterte er, wie er es gelernt hatte, weiter nach oben, indem er seine Klammern, eine nach der anderen, in die weiche Borke des Baumes setzte. Bald standen die Zweige so eng, daß er auf ihnen wie auf einer Leiter emporsteigen konnte.

Etwa zwanzig Meter über dem Boden hielt er inne und schaute nach unten. Die Zweige schoben sich zwar vor sein Blickfeld, und außerdem war es hier inmitten der Bäume weit dunkler, als es draußen der Fall war, dennoch konnte er das Geschöpf, das ihn mit seiner Aufmerksamkeit beehrt hatte, einigermaßen erkennen.

Rod bemühte sich, es noch deutlicher vor die Augen zu bekommen, doch das Licht nahm zu schnell ab. Immerhin, soviel sah er unbestritten: Wäre er nicht sicher gewesen, auf irgendeinem unkolonisierten Planeten irgendwo draußen oder hinten zu sein, er hätte es als einen *Löwen* bezeichnet.

Außer daß es mindestens achtmal so groß aussah, wie ein Löwe hätte aussehen dürfen.

Was es auch darstellen mochte, er hoffte nur, daß es nicht auf Bäume klettern konnte. Aber diese Befürchtung war offenbar grundlos. Denn hätte es klettern können, so hätte er sicher schon vor fünf Minuten einen köstlichen Fleischschmaus abgegeben. Und schon kletterte er weiter und hielt Ausschau nach einer Stelle, die für eine Übernachtung geeignet war.

Er war schon drauf und dran, wieder nach unten zu steigen,

als er etwas fand, was ihm zusagte. Er brauchte nämlich zwei kräftige Zweige, die auf derselben Höhe weit genug auseinanderstanden, so daß er seine Hängematte ausspannen konnte. Jetzt ging er schnell ans Werk, denn er wollte auf jeden Fall noch den letzten Lichtschimmer ausnutzen. Im Nu hatte er die Matte heraus, die dünn, leicht und fest war wie Seide, rollte sie auseinander, befestigte ihre Enden und machte sich daran, hineinzuklettern. Ein Akrobat mit doppelten Gelenken und Greifzehen hätte wahrscheinlich keine Mühe dabei gehabt; ebenso wäre gewiß ein Drahtseilartist beschwingt auf die Matte getanzt, Rod indessen hatte das Gefühl, daß Himmelshaken für dieses Unternehmen gerade das Rechte gewesen wären. Es fehlte nicht viel, und er wäre vom Baum gefallen.

Die Hängematte war ein sehr praktisches Ausrüstungsstück, das Rod schon früher zum Schlafen gebraucht hatte. Seine Schwester hatte sie vor allem darum gebilligt, weil sie sofort bemerkt hatte, daß sie besser war als die Feldmatten, die sie ihren Amazonen zu geben pflegte. ›Setz dich aber nur nicht im Schlaf aufrecht hin‹, hatte sie bloß gemeint.

Und Rod hatte ihr versichert, daß er das nicht tun würde, ganz abgesehen davon, daß er gewohnt war, sich immer darin festzuschnallen.

In einer solchen Lage hatte er sich jedoch noch nie befunden. Es gab weder etwas, worauf er sich unterhalb der Matte hätte stellen können noch fand sich ein naher Ast, von dem aus er hätte hineinschlüpfen können. Nachdem er mehrere linkische und atemberaubende Versuche unternommen hatte, fragte er sich verzweifelt, ob er die Nacht nicht wie ein Vogel auf der Stange oder zwischen Stamm und Ast eingeklemmt verbringen sollte. Daß er außerdem die Nacht am Boden zubringen konnte, dieser Gedanke kam für ihn nicht mehr in Betracht – wie sollte er auch –, angesichts des Ungeheuers, das da unten herumstreunen mußte.

Er schaute erneut nach oben und entdeckte jetzt einen Ast fast unmittelbar über der Hängematte. Wie wäre es, wenn er das Ende seiner Leine darüber warf und sie dann benutzte, sich einen Halt zu verschaffen ...

Er versuchte es. Es war jedoch inzwischen so stockdunkel geworden, daß er ohne Zweifel das Ende der Leine verloren hätte, wenn sie rückwärtig nicht an der Matte befestigt gewesen wäre. Trotzdem kam er nicht zum Ziel und gab die Bemühung auf. Statt dessen riskierte er es noch einmal, ohne jede Hilfe mit allergrößter Vorsicht in die Matte zu kriechen. Er breitete die Arme weit aus, faßte die beiden Enden des Mattenseils und schob langsam und behutsam die Füße vor. Einen Augenblick später war er mit beiden Beinen und mit dem Gesäß drinnen. Jetzt kam es nur noch darauf an, daß er das Gleichgewicht behielt und keine plötzliche Bewegung machte, ehe er sich in den Kokon eingesponnen hatte.

Schließlich war es soweit, daß er sich geborgen fühlen konnte. Er atmete tief auf, stieß einen Seufzer aus und streckte entspannt alle Glieder von sich. Es war das erstemal, daß er sich, nachdem er durch das Tor gegangen war, einigermaßen beruhigt und behaglich fühlte.

Nachdem er einige Minuten die köstliche Ruhe genossen hatte, machte er den Stöpsel seiner Feldflasche frei und gestattete sich zwei Schluck Wasser. Dann ging er daran, für das Abendessen zu sorgen. Er fing wieder an, in seinen Taschen zu wühlen, und holte eine 250-g-Feldration hervor, die aus elfhundert Kalorien Protein, Fett, Stärke, Glukose und anderen Zusätzen bestand. Das im Dunkel der Nacht unlesbare Etikett versicherte außerdem noch, daß die Mischung ›schmackhaft, appetitanregend und bekömmlich‹ sei – in Wahrheit hätte ein Feinschmecker sich ebenso an einem alten Schuh delektieren können.

Der Bärenhunger, den Rod verspürte, ließ ihn alle anderen Delikatessen vergessen. Keine Krume ließ er entwischen und leckte schließlich sogar noch das Einwickelpapier ab. Einen Augenblick lang ging ihm durch den Kopf, ob er nicht noch ein zweites Paket aufmachen sollte, doch er drängte das Verlangen sofort zurück und begnügte sich mit einem weiteren Schluck Wasser aus seiner Flasche. Dann zog er sich das Moskitonetz seiner Hängematte über das Gesicht und befestigte es am Schulterriemen. Er war zwar immun gegen alle von Insekten übertragbaren Krankheiten und war sich auch angenehm der Tatsache bewußt, daß Erdmenschen gegenüber den Raumkrankheiten im allgemeinen unempfindlich waren, auf jeden Fall aber wollte er sich davor schützen, daß Nachtschwärmer sein Gesicht als Jungbrunnen benutzten oder gar als Paradeplatz.

Trotz seiner leichten Bekleidung war ihm entsetzlich heiß, und er überlegte, ob er nicht alles bis auf seine Shorts abwerfen sollte, denn dieser Planet – oder dieser Teil des Planeten – schien tropischen Charakter zu haben. Aber die Durchführung dieses Planes wäre doch zu umständlich gewesen, er mußte so bleiben wie er war, selbst wenn es bedeutete, daß er dabei eine Tagesration Wasser in Form von Schweiß verlor. Was mochte das nur für ein Planet sein? Und er versuchte einen Blick durch das Dach des Waldes zu werfen, um festzustellen, ob er irgendwelche Sterne ausmachen konnte. Aber entweder waren die Bäume zu dicht, oder der Himmel war bewölkt – er konnte nichts erkennen. Es blieb ihm nichts anderes zu tun übrig als alle Gedanken abzuschalten und sich dem Schlaf zu überlassen.

Zehn Minuten später war er wacher als zuvor. Während er sich mit seiner Hängematte und mit seiner Mahlzeit beschäftigt hatte, waren ihm alle fernen Laute entgangen. Jetzt wurde er auf einmal sämtlicher Stimmen der Nacht gewahr. Insekten summten und surrten und brummten, das Laub raschelte und rauschte, irgend etwas unter ihm hustete sogar, und das Husten fand noch Antwort in einem wahnsinnigen Gelächter, das völlig wirr an- und abschwoll und schließlich in asthmatischem Würgen erstarb.

Rod hoffte, daß es ein Vogel war.

Mit äußerster Gespanntheit verfolgte er jeden Laut, ob nah oder fern, und vergaß darüber völlig das Atmen. Als er sich dessen plötzlich bewußt wurde, konnte er sich eines gewissen Ärgers nicht erwehren. War er nicht zu neun Zehntel vor allen denkbaren Feinden sicher? Nicht einmal eine Schlange, sofern es hier überhaupt welche gab, hätte bis zu der Hängematte hinaufkriechen, geschweige denn ihn angreifen können, wenn er sich nur still verhielt. Schlangen hatten außerdem, mochten sie noch so gefräßig sein, gar kein Interesse daran, sich auf etwas zu stürzen, was für ihren Schlund zu dick war. Wer oder was konnte denn überhaupt von solcher Größe sein, daß es ihn hier oben in der Baumkrone anzufallen vermochte. Waren die Möglichkeiten dazu nicht gleich Null? Also, lieber Freund, vergiß die albernen

Geräusche und schlaf! Schließlich kommt ihnen doch keine größere Bedeutung zu als dem Verkehrslärm in einer Stadt.

Und er hätte es beinahe geschafft, wenn ihn nicht ein Lärm, der aus weiter Ferne zu ihm drang, erneut hochgerissen hätte. Sofort spitzte er wieder die Ohren. Es klang fast menschlich ... nein, es *war* menschlich – war der schreckliche Schrei eines erwachsenen Menschen, ein tiefes, verzweifeltes Stöhnen.

In wenigen Augenblicken war der Friede der Nacht dahin. Überall gab es nur Gestöhn und Geheul, als ob die lebendige Natur von Furcht, Todesangst und Todeskampf befallen war. Rod wußte jetzt mit völliger Sicherheit, daß das weder etwas Menschliches war noch etwas, was oder wovon er jemals zuvor gehört hatte. Und auf einmal war er sich auch klar darüber, daß dies die ›Stobors‹ waren, vor denen man ihn gewarnt hatte.

Aber wo steckten sie? Wie sollte er ihnen aus dem Weg gehen? Derjenige, dessen Stimme ihm am nächsten war, hatte offensichtlich einen noch höheren Posten als er bezogen und war bestimmt nicht weiter von ihm weg als der nächste Baum, wenn es – o Verzweiflung! – nicht sogar *sein* Baum war.

Und wenn er einem ›Stobor‹ im Dunkel begegnete, was sollte er dann tun? Sollte er ihm ins Gesicht spucken? Oder ihn zu einem Walzer auffordern?

Eines war gewiß: Alles, was im Dschungel solch einen Lärm machte, fürchtete sich vor nichts; um so mehr kam es ihm zu, sich zu fürchten. Da er im Augenblick jedoch nichts unternehmen konnte, lag er ruhig da, soweit es seine angespannten Muskeln, seine Gänsehaut und der kalte Schweiß, der ihm auf der Stirn stand, zuließen, indes das Höllenkonzert andauerte und der ›Stobor‹, der ihm am nächsten war, ihm offenbar noch mehr auf den Pelz rückte.

Wie aber konnte er sich gegen das Unbekannte schützen? Konnte der ›Stobor‹ – wie er ihn jetzt nur noch nannte – jetzt im Augenblick nicht dabei sein, sich an ihn heranzuschleichen, ihn mit seinen Augen zu erfassen, um ihn im nächsten Moment in sein Nest zu schleppen oder ihn auf der Stelle aufzufressen?

Was war ein Stobor? Wie kämpfte er? Wo und wann war er gefährlich? Der Dekan erwartete offensichtlich von seiner Klasse, daß sie wüßten, wie sie sich zu verhalten hatten. Ob sie die Stobors gerade behandelt hatten, als er nach Neujahr noch ein paar Tage zu Hause geblieben war? Oder hatte man überhaupt vergessen, sie mit ihnen zu besprechen, so daß sie das jetzt mit ihrer eigenen Haut bezahlen mußten? Rod konnte von sich behaupten, daß er in der Raumzoologie Bescheid wußte, aber es war auch kein Geheimnis, daß es da viel zuviel zu lernen gab, als daß es ein Mensch bewältigen konnte. Die Terrazoologie allein lieferte schon so viel Stoff, daß man damit nie fertig wurde. Wie konnte man erwarten, daß er alles im Kopf hatte, was die Zoologie von Dutzenden von Planeten betraf?

Es war nicht fair! Rod krümmte sich wie ein Wurm zusammen, legte die Hand auf ›Colonel Bowie‹ und versuchte zu schlafen. Der unheilige Chor machte es fast unmöglich, aber auf jeden Fall redete er sich ein, daß der Stobor auf seinem Baum – oder war es doch der nächste? – wenigstens nicht näher kam. Und daß er ihm nicht zu nahe kommen könnte, ohne daß er seinen Atem spüren mußte, ja daß er überhaupt nicht dazu aufgelegt schien, ihn anzugreifen.

Nach einer ganzen Weile fiel er in einen ruhelosen Schlaf, einen Schlaf, der keine Erholung bedeutete, da er davon träumte, daß er eine ganze Schar von stöhnenden, heulenden Stobors um sich hätte, die alle nur darauf warteten, daß er aufwachte und sich bewegte. Aber er war so eingerollt, daß er sich gar nicht bewegen konnte.

Das schlimmste von allem war jedoch, daß jedesmal, wenn er den Kopf wandte, um festzustellen, wie ein Stobor aussah, dieser im Dunkel entschwand und nur eine Vision von roten Augen und langen Zähnen zurückließ.

Mit einem eisigen Schock wachte er auf. Er versuchte, sich aufzurichten, wurde jedoch von seinem Schulterriemen zurückgehalten und zwang sich wieder in seine alte Lage. Was war los? Was war geschehen?

In Anbetracht seines Alarmzustandes dauerte es einige Zeit, bis er sich bewußt wurde, was anders war als vorher: Der Lärm hatte aufgehört. Weder nah noch fern konnte er das Geschrei auch nur eines einzigen Stobors hören. Und Rod fand diese völlige Stille unangenehmer als den Krach, da ein heulender Stobor seinen Standort verriet, wohingegen ein schweigender überall sein konnte – ja, der nächste saß im Augenblick vielleicht auf dem Zweig hinter seinem Kopf. Und schon verrenkte er sich den Hals und zog das Moskitonetz vom Gesicht, um besser sehen zu können. Doch es war zu dunkel; demnach hätte es auch möglich sein können, daß sie zu dritt hinter ihm Schlange standen.

Immerhin war das Schweigen dieser Unholde eine große Beruhigung für ihn. Von der entsetzlichen Spannung befreit, konnte er jetzt den anderen Geräuschen der Nacht seine Aufmerksamkeit schenken, Geräuschen, die nach dem Chor der Teufel geradezu freundlich wirkten. Außerdem gewann er den Eindruck, daß es auf den Morgen zuging und daß es daher nicht mehr verlohne, zu schlafen. Weshalb er auch im nächsten Augenblick schon eingeschlafen war.

Er erwachte mit der Gewißheit, daß irgend jemand ihn anblickte. Als er jedoch erneut erfaßte, wo er war, und daß es noch immer dunkel war, glaubte er, wieder einmal geträumt zu haben. Er versuchte sich umzudrehen und Umschau zu halten, aber alle seine Bemühungen waren nutzlos wie zuvor. Es war demnach am besten, sich erneut dem Schlaf zu überlassen.

Aber blickte ihn da nicht doch etwas an?

Tatsächlich! Seine Augen, die sich der Dunkelheit angepaßt hatten, entdeckten das Geschöpf, dessen verschwommene Umrisse sich auf dem Zweig zu seinen Füßen abhoben. Schwarz auf schwarz – das war schwer auszumachen, aber eines war sicher: Zwei schwach leuchtende Augen starrten, ohne zu blinzeln, in die seinen.

...da mir nichts weiter zu tun übrigbleibt, mache ich einfach ein Schläfchen! Aber es wurde nichts mit dem Schläfchen. Eine Zeit, die ihn Äonen lang dünkte, starrte ihn das Biest unverwandt an. Rod umklammerte den Griff seines Messers und wartete gespannt. Gleichzeitig versuchte er, das Hämmern seines Herzens unter Kontrolle zu bringen. Wie sollte er sich aus der Hängematte heraus zur Wehr setzen! Das unbeschreibliche Etwas aber rührte sich nicht und gab keinen Laut von sich – es starrte bloß und schien das die ganze Nacht tun zu wollen.

Gerade in dem Augenblick, als Rods Nerven so gespannt waren, daß er glaubte schreien zu müssen, um sich zu befreien, vernahm er plötzlich ein leichtes Kratzen. Das Geschöpf bewegte sich, schritt auf den Stamm zu und war weg. Rod merkte, wie der Zweig schwankte, und schloß daraus, daß es mindestens ebenso schwer sein mußte wie er selbst.

Wieder beschloß er, wach zu bleiben. Ließ die Dunkelheit nicht überhaupt schon nach? Er versuchte, es sich einzureden, wenn er auch immer noch nicht die Hand vor den Augen sehen konnte. Wenn er bis zehntausend gezählt hatte, würde die Dämmerung bestimmt da sein.

Irgend etwas Großes stieg sehr schnell den Baum hinunter, gleich darauf folgte ein zweites und dann noch ein drittes. Ohne von Rods Schlafgemach Notiz zu nehmen, kletterten sie stracks den Stamm hinab. Rod steckte sein Messer weg und brummte: »Solchen Krach zu machen! Gerade so, als ob hier das Auswanderertor wäre!« Er wartete noch eine Weile, aber die Prozession der Wahnsinnigen kehrte nicht mehr zurück.

Helles Sonnenlicht, das ihm ins Gesicht fiel, weckte ihn. Seine erste Reaktion war die, daß er niesen mußte. Dann versuchte er sich aufzurichten und verfing sich wieder in seinem Schulterriemen. Dadurch wurde er ganz wach und – bedauerte es. Seine Nase war verstopft, die Augen brannten, sein Mund schmeckte nach Gosse, die Zähne waren verschlammt, und der Rücken schmerzte. Als er die ersten Bewegungen machte, um die Übel abzustellen, merkte er, daß auch die Beine weh taten – und die Arme und ebenso der Kopf. Und der Hals wollte sich nicht mehr nach rechts drehen lassen.

Nichtsdestoweniger empfand er es als ein Glück, daß die lange Nacht vorüber war.

Das Aussteigen aus der Hängematte war fast ebenso schwierig wie das Einsteigen, zumal die schmerzenden Muskeln jede Bewegung übelnahmen. Schließlich schaffte er es jedoch – er stand auf dem Ast, schritt vorsichtig auf den Stamm zu, wo er sich zunächst einmal unter Beschwerden aufrichtete. Dann begann er mit verzerrtem Gesicht ein paar gymnastische Übungen zu machen, um die Starre zu vertreiben. Bald war alles wieder locker und gelöst, nur der Hals blieb steif und schmerzte.

Mit dem Rücken gegen den Stamm auf dem Ast sitzend,

machte er sich ans Frühstück. Da er der Überzeugung war, daß die Nachttiere sich unterdessen zu Bett begeben hätten und daß die Tagtiere, wenigstens die großen, kaum in den Baumspitzen promenieren würden, hielt er es dabei nicht für nötig, die Umgebung im Auge zu behalten.

Nachdem er mit Essen fertig war, blieb er noch ein Weilchen sitzen und überlegte, ob er sich noch etwas von dem kostbaren Wasser genehmigen konnte, ja, ob er nicht gar wieder in seine Hängematte zurückkriechen sollte. Trotz der längsten Nacht, die er je gehabt hatte, fühlte er sich hundemüde, zumal der Tag schon heiß, irgendwie schläfrig und feucht war. Warum sollte er sich nicht noch ein bißchen ausstrecken? Schließlich war sein einziges Anliegen, zu überleben. Was gab es zu diesem Zweck Besseres als zu schlafen und dabei noch Verpflegung und Wasser zu sparen!

Wenn er gewußt hätte, wie spät es war, hätte er diesem Verlangen ohne weiteres nachgeben können. Seine Uhr zeigte fünf Minuten vor zwölf an, aber er war sich nicht im klaren, ob es Sonntag mittag war oder die darauffolgende Mitternacht. Ohne Zweifel drehte sich dieser Planet langsamer als die Erde, denn die Nacht hatte wenigstens die Länge eines ganzen Erdentages gehabt. Aus diesem Grund mußte die Prüfung auch schon wenigstens sechsundzwanzig, wenn nicht sogar schon achtunddreißig Stunden im Gang sein, und nach achtundvierzig Stunden konnte man schon mit dem Rückruf rechnen. Vielleicht ist es schon heute abend vor Sonnenuntergang soweit, dachte er, und du hast noch alle Knochen beieinander, lebst noch und hast noch Futter und Wasser!

Ein Gefühl des Wohlbehagens überkam ihn. Was konnte schon ein Stobor aufweisen, das nicht vom Menschen an Zahl und Gewicht übertroffen würde! Abgesehen von der lauten Stimme – fügte er hinzu.

Aber das Tor für die Rückreise konnte gut zwanzig Kilometer ostwärts von der Stelle liegen, an der er gelandet war; deswegen mußte er unbedingt daran denken, so bald wie möglich einen Punkt zu erreichen, der wenigstens zehn Kilometer nach Osten lag. Er war dabei überzeugt, daß es dann bis zum Tor nicht weiter als ein bis zwei Kilometer wäre, denn zwanzig Kilometer waren als Maximum genannt worden. Also los denn! Eingepackt und dann nichts als warten – ein heißes Bad nehmen und schlafen, das könnte er wieder zu Hause!

Er begann die Hängematte loszumachen und erinnerte sich zugleich, daß er die Stunden zwischen Sonnenaufgang und Sonnenuntergang zählen mußte, damit er die Länge des hiesigen Tages kennenlernte. Da ihm das Zusammenlegen seiner Matte jedoch unerwartete Schwierigkeiten bereitete, vergaß er dieses Vorhaben wieder. Die M tte mußte nämlich sorgfältig gerollt werden, damit sie in die dafür vorgesehene Tasche seines Anzugs paßte. Er hätte das glatte Material eigentlich auf einem Tisch ausbreiten und dann falten und rollen müssen, wie sollte er das aber hier bewerkstelligen, wo die größte und ebenste Fläche, die ihm zur Verfügung stand, die seiner Hand war.

Aber er schaffte es. Wenn die Matte auch noch so unordentlich hineingestopft war, die Tasche war zu, und er konnte sich an den Abstieg machen. Auf dem untersten Zweig hielt er einen Augenblick inne und schaute um sich. Das überdimensionale hungrige Ungeheuer, das ihn den Baum hinaufgejagt hatte, schien zwar nicht da zu sein, aber da das Unterholz keinen freien Durchblick gewährte, war er seiner Sache doch nicht ganz sicher. Jedenfalls hatte er soviel gelernt, daß er immer daran denken mußte – diesen Tag und alle anderen –, daß er sich in der Nähe eines Baumes hielt, den er leicht erklimmen konnte; eine kleine Nachlässigkeit, eine kurze Träumerei konnten ihn den Kragen kosten.

Na, schön! Jetzt aber die Orientierung – also da war der Baum, den er sich gemerkt hatte. Oder konnte es möglicherweise auch der da drüben sein? Auf einmal wurde er ganz unsicher und verfluchte sich, nicht den Kompaß zu Rate gezogen zu haben – was aber daran lag, daß er ganz vergessen hatte, daß er überhaupt einen Kompaß bei sich hatte. Jetzt holte er ihn hervor, aber er sagte ihm gar nichts, da Osten auf dem Kompaß hier keine Beziehung zur Richtung des Sonnenaufgangs hatte und da die Strahlen des Gestirns nicht bis an seinen Standort vordrangen. Der Wald war getaucht in ein trübes, geheimnisvolles Licht, das keine Schatten auslöste.

Aber die Lichtung konnte ja nicht weit sein. Von dort wollte er das Weitere feststellen. Sofort stieg er das letzte Stück hinab, sprang auf einen schwammigen Boden und schlug die Richtung ein, die er als richtig vermutete. Dabei zählte er die Schritte und lugte nach Feinden aus.

Bei hundert machte er halt und ging auf seiner Spur wieder zurück. Und er fand ›seinen‹ Baum wieder. Diesmal sah er ihn sich genauer an. Ja, dort war er heruntergekommen – er konnte die Abdrücke seiner Krampen erkennen. Aber wo war er hinaufgestiegen? Da mußten doch ebenfalls Spuren sein!

Er fand auch welche . . . und war erstaunt über die Leistung, die er da vollbracht hatte: Sie begannen in der Höhe seines Kopfes. Da muß ich ja den Baum wie eine Katze angesprungen sein! Zugleich aber verrieten die Spuren auch die Richtung, aus der er gekommen war. Und so war er fünf Minuten später schon am Rand des offenen Landes, das er am Tage zuvor durchquert hatte.

Hier warf die Sonne Schatten, wie er sogleich an sich selbst feststellen konnte. Glücklicherweise zeigte ihm auch sein Kompaß an, daß Osten ›Osten‹ war, und so brauchte er nur seinem Kompaß zu folgen, um in den Wald zurückzufinden.

Er machte sich sofort auf und war darauf bedacht, sich so lautlos wie möglich zu bewegen, Deckung zu suchen und gleichzeitig die Augen hinten und vorn zu haben. Außerdem hielt er sich immer in der Nähe von Bäumen, die weder zu dick noch zu klein waren, was ihn natürlich auch noch zu ständiger Kontrolle durch den Kompaß zwang.

Dazu zählte er gleichsam im Unterbewußtsein noch die Schritte. Nachdem er fünfzehnhundert Schritte, die etwa einem Kilometer gleichkamen, zurückgelegt hatte, überlegte er, daß das Zehnfache ihn an das Tor bringen müßte, wo er bis zum Abruf seinen Wohnsitz nehmen wollte.

Aber trotz des Zählens der Schritte, der Beobachtung des Kompasses und der Acht auf Fleischfresser, Schlangen und sonstige Feinde konnte Rod dennoch die Freude an dem Tag und an der Gegend genießen. Die Angst vom Vorabend war überstanden, er fühlte sich frisch und munter, ja er war sogar schon wieder ziemlich keck. Wenn er nach wie vor auch auf der Hut blieb, so hatte er doch das ziemlich sichere Gefühl, daß ihm von der

Gegend her keine Gefahr drohte – ob mit oder ohne Stobors. Der Wald hatte zwar Urwaldcharakter, war jedoch nicht so dicht, daß man sich den Weg hätte freischlagen müssen. Es gab sogar ausreichend Wildpfade, aber diese mied er grundsätzlich, denn er befürchtete zu sehr, daß da irgendwelche Raubtiere liegen mochten, die über ihn herfallen könnten, und Rod hatte keine Lust, freiwillig sein Leben zu riskieren.

Wild schien es jedenfalls eine ganze Menge zu geben, vor allem von der Gattung der Antilopen, die offenbar in allen Formen und Größen vorhanden waren, wenn er auch kaum welche zu sehen bekam. Sie zogen sich in den Busch zurück und tarnten sich dort in der natürlichsten Weise. Immerhin genügten die flüchtigen Beobachtungen, die er machen konnte, um ihn zu überzeugen, daß ihr Bestand außerordentlich reich war. Da er hier jedoch nicht als Jäger auftrat und da er wußte, daß selbst solche Vegetarier, ob allein oder in der Herde, mit Hufen und Geweihen gefährlich werden konnten, mied er sie.

Unterdessen paßte er genau auf, wo er Hände und Füße hinsetzte, ging niemals unter einem tiefhängenden Zweig hinweg, ohne ihn vorher zu untersuchen, und spitzte Augen und Ohren wie ein Kaninchen. Jetzt erst verstand er in seiner ganzen Tragweite, was seine Schwester ihm gesagt hatte, in welchem Maße Waffenlosigkeit den Menschen zur Aufmerksamkeit zwang, und er wurde sich auch klar darüber, wie wenig er hier im Fall einer Überraschung mit einer Waffe anfangen konnte.

So waren es auch seine überwachen Sinne, die ihm plötzlich zu Bewußtsein kommen ließen, daß er beschlichen wurde.

Er dachte daran, sich auf einen Baum zurückzuziehen und abzuwarten. Aber das Verlangen, sein Ziel zu erreichen, brachte die Vorsicht zum Schweigen, er redete sich ein, daß er sicherer sei, wenn er weiterging. Noch wachsamer als vorher, vor allem nach hinten, schlich er voran, bis er auf einmal das bestimmte Gefühl hatte, daß man ihm nicht weiter folgte.

Als er der Schätzung nach vier Kilometer zurückgelegt hatte, begann er Wasser zu riechen. Kurz darauf stand er vor einer Schlucht, die sich quer zu seinem Weg hinzog. Wildspuren brachten ihn darauf, daß sie ihn wahrscheinlich zu einer Wasserquelle führen würde, die für ihn eine besondere Gefahrenquelle darstellte. Sie mußte er auf jeden Fall vermeiden. Im nächsten Augenblick jagte er den Hügel hinunter und auf der anderen Seite wieder hinauf. Dort gelangte er an eine Stelle, von der aus das Wasser zu überschauen war. Er konnte es sogar schon hören, ehe er es zu Gesicht bekam.

Hinter Buschwerk versteckt, hielt er Ausschau. Er war ungefähr zehn Meter über der Wasserhöhe. Zur Rechten und vor ihm fiel der Boden ab; dort lief die Schlucht ins Wasser hinein, das sich hier zu einem kleinen Becken ausweitete, wie er es erwartet hatte. Es waren zwar keine Tiere zu sehen, aber Anzeichen dafür gab es genug, denn der weiche Schlamm am Ufer trug zahllose Hufspuren.

Aber er hatte nicht die Absicht, hier, wo es allzu leicht war, sich durch einen Trunk zu erfrischen, ebenso leicht schien es auch, hier das Leben zu verlieren.

Rod dachte auch daran, ob es möglich sein könnte, über die Baumspitzen hinweg das Gewässer zu überqueren, aber sie standen zu weit auseinander. Er lag still und überlegte. Dann beschloß er, weiter aufwärts zu ziehen; er hoffte, daß der Fluß oben schmaler würde oder sich vielleicht gabelte, so daß er einen Lauf nach dem anderen mühelos überbrücken könnte ...

Als Rod später wieder zur Besinnung kam, war er sofort im Bilde; ein schakalartiges Tier schnupperte an ihm herum. Rod holte mit einer Hand aus und langte mit der anderen nach seinem Messer. Laut knurrend trat das Vieh seinen Rückzug an und verschwand in den Blättern.

Sein Messer war weg! Im Nu war er hellwach und richtete sich auf. Im selben Augenblick begann ihm der Kopf schwindlig zu werden und zu schmerzen. Er fühlte ihn ab, und seine Finger beschmierten sich mit Blut. Gleich darauf stellte er fest, daß er am Hinterkopf eine große Beule hatte und daß das Haar blutverklebt war. Ob eine Schädelfraktur vorlag, konnte er im Moment noch nicht entscheiden. Sollte er Dank sagen, daß er am Leben geblieben war? Im Augenblick brachte er es noch nicht über sich. Fest stand jedenfalls, daß der Schlag tödlich gemeint gewesen war.

Aber nicht nur sein Messer war weg. Mit Ausnahme der Shorts, die er noch anhatte, war er völlig nackt. Weg war das kostbare Wasser, die Tasche mit der Verpflegung, weg war ein gutes Dutzend unschätzbarer Dinge wie seine Antibiotika, das Salz, der Kompaß, die Steigklammern, die Streichhölzer, die Hängematte – alles, alles.

Und schon wich das erste Gefühl krankhaften Entsetzens dem Ärger. Daß man die Verpflegung und die Ausrüstung verlor, entsprach durchaus dem, was man zu gewärtigen hatte, wenn man so dumm war, nur nach dem Wasser Ausschau zu halten und das rückwärtige Gebiet unbeobachtet zu lassen – daß man ihm aber die Uhr nahm, die sein Vater ihm mitgegeben hatte, das war glatter Diebstahl. Dafür würde jemand bezahlen müssen! Sein Ärger tat ihm jedoch wohl, er fühlte sich bald besser, und da erst merkte er, daß sein Verband am linken Schienbein unverändert war.

Er fühlte ihn ab. Tatsächlich! Das Messer seiner Schwester war noch da! Wer es auch gewesen war, der ihn überfallen hatte – er hatte einen Verband nicht des Diebstahls für wert befunden. Rod wickelte die Binde ab, und einen Augenblick später hielt er ›Lady Macbeth‹ liebkosend in beiden Händen.

Es sollte dem Betreffenden nicht umsonst leid tun!

4
Hunger!

Rod Walker hockte auf einem Ast. Zwei Stunden lang hatte er sich schon nicht mehr bewegt, und möglicherweise mußte er noch zwei Stunden ausharren. In einer nahen Lichtung weidete eine kleine Antilopenherde von Jährlingen, die ihm reiche Mahlzeit versprachen.

Sollte es einem von ihnen einfallen, zu nahe zu kommen, so beabsichtigte er, sich einen zum Essen zu schnappen, denn sein Hunger plagte ihn entsetzlich.

Da er auch den ganzen Tag noch nichts getrunken hatte, war er außerdem schrecklich durstig, ganz abgesehen davon, daß ihn ein leichtes Fieber plagte, das er drei langen, noch nicht verheilten Schrammen am linken Arm verdankte. Aber ob Fieber oder Schrammen – Rod war es einerlei, das Entscheidende war, daß er noch lebte, und er hatte durchaus die Absicht, weiterhin am Leben zu bleiben.

Ein Bock kam ihm erfreulich nahe. Rod begann vor Jagdfieber zu zittern. Doch da warf das Tier den Kopf in die Höhe, schaute in Richtung auf den Zweig, auf dem Rod saß, und zog sich zurück. Es bestand kein Zweifel, daß es Rod überhaupt nicht gesehen hatte, aber vielleicht hatte es seine Mutter gelehrt, auf herabhängende Zweige besonders aufzupassen – oder vielleicht hatten auch hunderttausend Generationen, die ihre Erfahrungen im Lebenskampf gesammelt hatten, die entsprechende Weisung seinen Genen mit auf den Weg gegeben.

Rod fluchte leise vor sich hin, blieb aber weiter still liegen. Schließlich mußte einem von ihnen doch einmal ein Fehler unterlaufen. Und dann wäre es an ihm, den Nutzen daraus zu ziehen. Lange genug wartete er schon darauf. Seit Tagen schon hatte er nichts anderes mehr im Kopf als die Sorge um Nahrung . . . um Nahrung und natürlich noch um andere Dinge: wie er seine Haut heil hielt, wie er trinken sollte, ohne sich einem Angriff aus dem Hinterhalt auszusetzen, und wie er schlafen sollte, ohne überraschend im Bauch eines der hiesigen Urbewohner aufzuwachen.

Die mühsam heilenden Wunden an seinem Arm bewiesen,

wie teuer das Lehrgeld war, das er hatte bezahlen müssen. Ein einzigesmal hatte er sich zu weit von seinem Baum entfernt aufgehalten und nicht einmal mehr die Zeit gehabt, das Messer herauszureißen. Statt dessen hatte er einen unmöglichen Sprung gemacht und hatte sich dabei das Fell gewaltig geschunden. Das Biest übrigens, das ihn anzugreifen gedachte, war ihm ganz wie jenes vorgekommen, das ihn am Abend seiner Ankunft auf den Baum gescheucht hatte. Nach wie vor hielt er es für einen Löwen. Natürlich hatte er sich unterdessen auch eine Theorie zurechtgemacht, bisher nur noch nicht danach handeln können.

Er war förmlich zum Skelett abgemagert. Das schlimmste für ihn war jedoch die Tatsache, daß er jedes Zeitgefühl verloren hatte. So war er überzeugt, daß die Frist, die man für die Prüfung vorgesehen hatte, schon lange vorüber war, wenn er auch weder wußte, wie lange er, um auf die Heilung seines Armes zu warten, in einer Baumgabel gelegen hatte, noch wie lange es her war, daß er, von Hunger und Durst getrieben, sein Versteck verlassen hatte. Ebenso war er zu der Annahme bereit, daß das Rückrufsignal während der Zeit seiner Bewußtlosigkeit bereits gegeben worden war. Aber all diese Dinge vermochten ihn im Augenblick nicht mehr zu bedrücken, er dachte nicht einmal mehr daran. Was ging ihn jetzt noch die Prüfung an? Für ihn gab es nur noch ein Interesse, nämlich, das, am Leben zu bleiben.

Trotz seines geschwächten Zustandes waren seine Aussichten jetzt günstiger als zur Zeit seiner Ankunft. Er hatte bereits ein Großteil Erfahrung gesammelt, fürchtete sich nicht länger mehr vor Dingen, die ihm anfangs Angst und Schrecken eingejagt hatten, und gab um so mehr acht auf anderes, was ihm zu Beginn harmlos erschienen war. So regten ihn z. B. die Geschöpfe mit den abscheulichen Stimmen, die er immer nur als Stobors bezeichnet hatte, überhaupt nicht mehr auf, seitdem er einmal zufällig eines bei Tage im Schlaf gestört und es sich in der charakteristischen Weise zu erkennen gegeben hatte. Es war nicht einmal so groß wie seine Hand und erinnerte ihn, abgesehen davon, daß es die Lebensgewohnheiten eines Laubfrosches hatte, an eine gehörnte Eidechse. Seine hervorragendste Begabung lag in seiner Stimme, dergestalt, daß es eine Blase am Hals zu dreifacher

Größe aufblähen und ihre Luft mit jenem erschreckenden Geheul ablassen konnte.

Aber das war auch alles, wozu es imstande war.

Viel gelernt hatte er auch über eine Waldrebe, die sich in den verlockendsten Farben angeboten hatte, deren Blätter jedoch schlimmer als die einer Brennessel brannten und zudem durch ihre Toxine Benommenheit auslösten. Ein anderes Gewächs trug Früchte wie die Pampelmusen, die dem Gaumen höchsten Genuß bereiteten, dem Gedärm, wie Rod traurigerweise hatte erfahren müssen, aber gar nicht bekamen, indem es zu schrecklichen Blähungen getrieben wurde.

Er wußte aus eigener Erfahrung sowie aus Funden geschlagenen und halb gefressenen Wilds, daß es hier Fleischfresser gab, wenn er auch noch niemals einen richtig zu Gesicht bekommen hatte. Soweit ihm bekannt war, gab es unter ihnen jedoch keine Baumkletterer, die groß genug waren, einen Menschen anzugehen, aber konnte man wissen? Er hielt es jedenfalls für sicherer, immer mit einem offenen Auge zu schlafen.

Das Verhalten der Herde weckte in ihm die Vermutung, daß es unter den Fleischfressern welche gab, die Jagd auf sie zu machen pflegten, gerade so wie er es im Augenblick vorhatte. Der kleine Bock war schon überall in der Lichtung gewesen, war dicht an kleineren Bäumen vorübergegangen, doch hatte keines von den Tieren gewagt, sich dem Baum zu nähern, in dem Rod saß.

Ruhe, Ruhe, Junge ... jetzt kommt eines. Rod umklammerte ›Lady Macbeth‹ und machte sich bereit, im gegebenen Augenblick auf das Tier herabzuspringen. Fünf Meter vor seinem Baum blieb es jedoch stehen, zögerte, schien sich bewußt zu werden, daß es schon zu weit von seinen Artgenossen entfernt war, und schickte sich an, kehrtzumachen.

›Lady Macbeth‹ sauste durch die Luft.

Rod konnte deutlich hören, wie sich das Blatt ins Fleisch bohrte, und er konnte auch deutlich sehen, daß das Messer bis zum Heft in die Schulter eingedrungen war. Er sprang vom Baum herunter und raste los, um das Werk zu vollenden.

Der Bock riß den Kopf hoch, machte eine jähe Wendung und floh. Ehe Rod zum letzten Sprung ansetzte, war er weg. Als Rod wieder hochkam, war die Lichtung leer, und ihm blieb nichts anderes als sich bittere Vorwürfe zu machen. Wie oft hatte er sich geschworen, niemals das Messer zu werfen, wenn es keine Möglichkeit gab, es wiederzubekommen. Doch es hatte keinen Zweck, sich von bitteren Gedanken lähmen zu lassen; er mußte sehen, daß er irgendwie die Spur des schweißenden Tieres fand.

Der Bock hatte nicht gleich angefangen zu schweißen, und seine Spuren waren mit Hunderten von anderen Tieren vermischt. Rod mußte dreimal zur Lichtung zurückkehren und von vorn zu suchen anfangen, ehe er die erste Blutspur entdeckte. Danach war es viel leichter für ihn, aber er war weit hinter ihm zurück, zumal das erschreckte Tier viel schneller laufen konnte als er. Der Bock hatte inzwischen die Herde wieder erreicht und war mit ihr gelaufen, bis sie nach einem halben Kilometer einen neuen Weidegrund erreicht hatte. Als Rod heran war, hielt er sich in Deckung und suchte die Herde ab. Sein Bock schien nicht dabeizusein.

Aber Blutspuren führten untrüglich in die Herde hinein. Er folgte ihnen, und die Tiere jagten erneut davon. Rod hatte Mühe, die Fährte seines Bockes zu finden, doch als er sie endlich hatte, wies sie ins Unterholz, anstatt bei der Herde zu bleiben. Das machte ihm seine Aufgabe zugleich leichter und schwerer. Leichter insofern, als er die Spur nicht immer erst von den anderen zu sondieren brauchte, und schwerer insofern, als das Eindringen in das Unterholz an sich schon schwieriger und gefährlicher war, denn er durfte in keinem Augenblick vergessen, daß er nicht nur Jäger, sondern auch Gejagter war, und weil zudem hier das dichte Gestrüpp die Verfolgung der Fährte fast unmöglich machte. Immerhin – er wußte, daß nur ein verwundetes Tier die Herde verließ und sich zu verstecken suchte. Darum war er sicher, daß er es über kurz oder lang finden würde, und dieser Gedanke beflügelte ihn außerordentlich.

Aber das Tier fiel nicht; es schien einen ebenso starken Lebenswillen zu haben wie er. Es blieb ihm nichts anderes übrig als endlos der Spur zu folgen. Was aber sollte werden, wenn die Dunkelheit hereinbrach, ehe der Bock aufgab? Egal – weiter! Auf alle Fälle mußte er das Messer wiederhaben.

Plötzlich stellte er fest, daß es zwei Spuren gab.

Irgend etwas war neben der frischen Fährte der kleinen Antilope gelaufen; irgend etwas hatte auf einen Blutstropfen getreten. Rods unterbewußtes Buschradar stellte sich automatisch ein, mit äußerster Wachsamkeit schritt er jetzt nur noch langsam voran und entdeckte neue Spuren – die eines Menschen!

Spuren eines beschuhten menschlichen Fußes! Und so wild war er in den vergangenen Tagen oder Wochen schon geworden, daß diese Entdeckung ihn keinen Trost, keine Erleichterung empfinden ließ, sondern daß sie ihn nur um so vorsichtiger machte.

Zwanzig Minuten später fand er sie – den Menschen und den Bock. Der Bock lag am Boden, entweder vor Erschöpfung verendet oder von seinem zweiten Verfolger zur Strecke gebracht. Der Mensch, den Rod für etwas jünger und kleiner hielt, als er selbst war, kniete über ihm und schlitzte ihm den Bauch auf. Rod zog sich ins Dickicht zurück und beobachtete und dachte nach. Der andere Jäger schien sehr beschäftigt bei seiner Arbeit . . . und der Ast da genau über ihm? Wenn das nicht eine Gelegenheit war!

Ein paar Minuten später hing Rod wieder in einem Baum, diesmal jedoch ohne Messer, dafür aber mit einem langen Dorn, den er zwischen den Zähnen hielt. Er blickte nach unten, sah, daß sein Rivale fast genau unter ihm stand und nahm den Dorn in die rechte Hand. Dann wartete er.

Der Jäger am Boden legte das Messer beiseite und machte sich daran, das Tier umzuwenden. In diesem Augenblick ließ sich Rod fallen.

Und im gleichen Moment spürte er, daß sein Gegner unter dem Hemd eine kugelsichere Weste trug. Darauf packte er ihn mit der einen Hand sofort an der Kehle, während er mit der anderen den Dorn gegen die Wirbelsäule stieß. »Halt still oder du bist erledigt!«

Der Körper unter ihm gab plötzlich den Widerstand auf.

»Gut so«, sagte Rod zustimmend, »aber sag noch ›pax‹!«

Keine Antwort. Rod stieß wieder mit dem Dorn zu. »Ich spiele hier kein Theater, verstehst du?« schrie Rod ihn an. »Eine Chance, am Leben zu bleiben, gebe ich dir, aber sag ›pax‹ und halt dich auch daran. Dann können wir *beide* essen. Widersetzt du dich aber, ißt du nie wieder etwas in deinem Leben – das eine bedeutet das andere, hörst du?«

Einen Augenblick zögerte der andere noch, dann flüsterte er kaum hörbar »pax«.

Ehe Rod jedoch den Dorn vom Nacken nahm, langte er nach dem Messer, das noch in dem Fleisch des Bockes steckte. Er erkannte sofort, daß es seine ›Lady Macbeth‹ war. Er steckte es weg und begann, den Körper, auf dem er lag, abzutasten. Wie erwartet, bekam er bald ein neues Messer zu spüren, zog es hervor und hielt es in der Hand. Jetzt nahm er den Dorn weg und erhob sich.

»Du kannst jetzt aufstehen.«

Der junge Bursche sprang sogleich hoch und starrte ihn mit finsterer Miene an. »Gib mir mein Messer wieder!«

»Später ... wenn ich gesehen habe, daß du ein guter Junge bist.«

»Ich habe ›pax‹ gesagt.«

»Stimmt. Aber nun dreh dich erst mal um, ich möchte nämlich gern wissen, ob du vielleicht noch eine Pistole bei dir hast.«

»Die habe ich ... ich habe nichts als mein Messer. Gib es mir.«

»Wo hast du sie, wo?«

Sein Gegenüber antwortete nicht. So blieb Rod nichts anderes übrig als mit dem geborgten Messer zu drohen und ihn noch einmal aufzufordern, sich umzudrehen. Und diesmal gehorchte er ihm. Rod befühlte ihn sogleich von oben bis unten und stellte dabei fest, daß der Junge nicht nur unter dem Hemd, sondern am ganzen Oberkörper kugelsicher bekleidet war, während er selbst mit nichts anderem als nackter Haut, Schrammen, Narben und zerrissenen, dreckigen Shorts aufzuwarten hatte. »Findest du deinen Panzer nicht ein bißchen zu heiß bei diesem Wetter?« fragte er belustigt. »So – nun kannst du dich wieder umdrehen, aber bleib mir vom Leibe.«

Der junge Bursche kam der Aufforderung nach, sein Gesicht trug immer noch den verdrossenen Ausdruck. »Wie heißt du denn, Kleiner?«

»Wie ich heiße? Jack.«

»Jack, und weiter? Ich heiße Rod Walker.«

»Jack Daudet.«

»Und von welcher Schule kommst du, Jack?«

»Vom Ponce-de-Leon-Institut.«

»Und ich von der Patrick-Henry-Oberschule.«

»Aus dem Seminar von *Matson*?«

»Genau daher.«

»Von Dekan Matson habe ich schon gehört.« Jack schien beeindruckt zu sein.

»Wer hätte das nicht? Aber ich denke, wir hören jetzt mal mit der Quasselei auf, sonst haben wir bald das ganze Paradies hier auf dem Hals. Ran ans Essen. Paß du hinter mir auf und ich hinter dir.«

»Gut, aber gib mir mein Messer. Ich brauche es zum Essen.«

»Nicht so hastig. Ich schneide dir selbst eine ordentliche Scheibe ab oder, wenn du willst, auch zwei. Echtes Tatar!«

Rod setzte den Einschnitt, den Jack begonnen hatte, fort, legte die rechte Schulter frei und säbelte ein paar Riesenscheiben heraus, von denen er Jack eine reichte. Dann begann er an seinem Stück zu kauen, wobei er gleichzeitig scharf Ausblick hielt. »Hältst du auch deine Augen offen?« fragte er.

»Gewiß.«

Rod riß einen großen Happen warmen Fleisches aus seiner Scheibe heraus, kaute eine Weile darauf herum, dann sagte er: »Jack, ich möchte bloß wissen, wie sie es über sich gebracht haben, ein Küken wie dich an einer solchen Prüfung teilnehmen zu lassen? Du hast doch bei weitem noch nicht das nötige Alter dafür.«

»Ich wette, ich bin so alt wie du.«

»Das möchte ich bezweifeln.«

»Nun – auf jeden Fall habe ich die Qualifikation.«

»Danach siehst du aber gar nicht aus.«

»Immerhin – ich bin hier und ich *lebe*.«

Rod mußte lachen. »Damit beseitigst du jeden Einwand, und ich werde in Zukunft nicht mehr davon anfangen.«

Sie aßen schweigend weiter. Als Rod seine Portion im Magen sicher geborgen wußte, stand er auf, spaltete dem Tier den Schädel und holte das Gehirn heraus. »Willst du auch eine Handvoll?«

»Sicher.«

Rod hielt ihm eine stattliche Portion als Dessert hin, Jack nahm sie entgegen, zögerte, dann platzte er heraus: »Willst du Salz?«

»*Salz?* Du hast *Salz*?«

Jack schien seine Indiskretion schon zu bedauern. »Hm ja, ein bißchen. Nicht so stürmisch.«

Rod streckte ihm die offene Hand entgegen. »Gib mir, soviel du entbehren kannst.«

Jack holte zwischen Hemd und Panzer einen Salzstreuer hervor, streute ein wenig auf Rods Stück, zuckte die Schultern und schüttelte den Streuer noch einmal kräftig, so daß Rod großzügig bedient war. »Hast du denn kein Salz mitgenommen?«

»Ich?« Rod fiel es schwer, sich von dem Anblick, der ihm das Wasser im Munde zusammenlaufen ließ, loszureißen. »Natürlich hatte ich welches mit, bloß – ich hatte hier einen . . . Unfall.« Er hielt es nicht für angebracht, einzugestehen, daß er infolge Unvorsichtigkeit angegriffen worden war.

Jack legte den Streuer ostentativ außer Sicht. Dann kauten sie unter ständiger Beobachtung ihrer Umgebung, ohne ein Wort zu reden, weiter. Nach einer Weile kam es leise von Rod. »Schakal hinter dir, Jack.«

»Sonst nichts?«

»Nein. Aber ich glaube, es ist Zeit, daß wir den Rest aufteilen und uns aus dem Staub machen. Wir scheinen schon Aufmerksamkeit zu erregen. Wieviel kannst du gebrauchen?«

»Eine Keule und ein Stück Leber. Mehr kann ich nicht tragen.«

»Und außerdem kannst du auch nicht mehr essen, bis es verdirbt.« Und Rod machte sich daran, die Stücke herauszuschneiden. Dann nahm er ein Stück Fell, warf seinen Teil hinein und hängte es sich um den Hals. »So – das wär's denn, Jack. Hier ist dein Messer. Und schönen Dank auch für das Salz.«

»Schon in Ordnung.«

»Hat jedenfalls großartig geschmeckt. Nun halt aber auch immer schön die Augen offen.«

»Tu ein Gleiches. Viel Glück!«

Doch Rod blieb stehen. Er schien noch einen Augenblick mit sich zu kämpfen, dann sagte er plötzlich: »Hör mal, Jack, hättest du nicht Lust, mit mir zusammenzubleiben?« Kaum hatte er zu sprechen begonnen, da bedauerte er es schon wieder, denn im gleichen Augenblick erinnerte er sich, wie leicht er mit dem jungen Burschen fertig geworden war.

»Nun, gut – gib mir die Hand darauf.«

Damit war der Vertrag zwischen beiden abgeschlossen, und Rod übernahm sofort die Führung. Ohne weitere Auseinandersetzung. Rod ordnete an, und Jack nahm es hin. »Du gehst voraus«, befahl Rod, »und ich übernehme die Deckung nach hinten.«

»Okay. Und wohin wollen wir?«

»Nach der Höhe flußabwärts, da gibt es gute Bäume. Die sind besser für die Nacht als das, was hier herumsteht. Vor allem möchte ich noch etwas Zeit haben, damit wir uns vor der Dunkelheit einrichten – also ab denn und vor allem Ruhe!«

Jack zögerte. »Sag mal, bist du unbedingt darauf aus, die Nacht in einem Baum zu verbringen?«

Rod verzog spöttisch den Mund. »Willst du sie etwa auf dem Boden verbringen? Wie hast du es eigentlich fertiggebracht, daß du so lange am Leben geblieben bist?«

»Ich habe auch ein paar Nächte in den Bäumen gesessen«, antwortete Jack eingeschüchtert, »jetzt habe ich aber einen besseren Platz gefunden, denke ich.«

»So? Und was für einen?«

»Eine Art Höhle.«

Rod überlegte einen Augenblick. Höhlen konnten ausgesprochene Todesfallen sein. Andererseits hatte die Aussicht, endlich einmal die Glieder von sich strecken zu können, etwas sehr Verlockendes an sich.

»Nun, ansehen schadet nichts, wenn's nur nicht so weit ist.«

»Es ist nicht weit.«

5
»... es sind nicht unsere Sterne!«

Jacks Versteck lag in einer steilen Uferwand, von wo aus man den Flußlauf, an dem Rod überfallen worden war, überschauen konnte. An dieser Stelle war das Tal gleichsam von hohen Mauern umgeben, und der Fluß schlängelte sich unten zwischen Alluvialbildungen hindurch. Die Höhle selbst wurde von einem Überhang aus Kalkstein gebildet, der einen vom Wasser ausgespülten Raum überdachte. Die Wand nach unten war zu steil, als daß man sie hätte erklettern können, während der überhängende Kalkstein nach oben Schutz bot. Die einzige Möglichkeit, diese Stelle zu erreichen, bestand darin, daß man der Uferwand weiter flußaufwärts folgte, bis man an eine Schieferwand kam, deren Höhe man ohne große Mühe überwinden konnte.

Vorsichtig gingen sie die Wand an, drückten sich oben an einem Überhang vorbei und kamen auf einem harten schiefrigen kleinen Platz heraus. Der Raum war auf der einen Seite offen und ziemlich lang und tief, hatte eingangs jedoch nur ein hüfthohes Loch. Erst am hinteren Ende weitete sich der Raum so, daß man aufrecht stehen konnte. Jack nahm einen Kiesel auf, warf ihn in das dunkle Loch hinein und wartete, das offene Messer stoßbereit in der Hand. »Scheint niemand zu Hause zu sein.« Damit ließen sie sich auf Hände und Knie nieder und krochen hinein. »Na, wie gefällt's dir?«

»Ganz prima ... vorausgesetzt, daß wir Wache halten. Schließlich kann jemand denselben Weg nehmen, den wir heraufgekommen sind. Du hast bisher entschieden Glück gehabt.«

»Das mag wohl sein.« Jack begann, im Dunkel umherzutasten, zog trockene Zweige eines Dornbusches hervor und blockierte den Eingang, indem er sie unter den Überhang stemmte. »Das ist meine Alarmeinrichtung.«

»Die würde aber niemanden aufhalten, wenn er von dir Wind bekommen hätte und dir unbedingt einen Besuch abstatten wollte.«

»Das nicht. Aber ich würde zumindest aufwachen und ihn mit ein paar scharfen Steinen ins Gesicht begrüßen. Ich habe mir einen schönen Vorrat zurechtgelegt, außerdem besitze ich auch noch ein paar Schreckkapseln.«

»Ich dachte ... sagtest du nicht, du hättest eine Pistole?«

»Das habe ich zwar nicht gesagt, aber ich habe eine. Immerhin ist sie zwecklos, wenn man nicht sehen kann.«

»Das sieht ja alles ganz ordentlich aus, ja, es sieht sogar sehr vielversprechend aus. Da ist tatsächlich auch noch was für mich herausgesprungen – bei unserem Vertrag.« Rod schaute sich um. »Du hast sogar schon mal Feuer gemacht!«

»Ja, ich habe es schon ein paarmal bei Tage riskiert, ich konnte einfach das rohe Fleisch nicht mehr vertragen.«

Rod seufzte tief. »Ich weiß. Aber sag mal, wie wäre es denn, wenn wir jetzt ...«

»Es ist schon beinahe dunkel. Ich habe noch niemals eines angemacht, wenn man es hätte weit sehen können. Wollen wir uns die gebratene Leber nicht lieber zum Frühstück aufheben? Mit Salz?«

Rod lief das Wasser im Mund zusammen. »Hast recht, Jack. Auf jeden Fall aber muß ich noch etwas trinken, bevor es ganz dunkel wird. Wie ist es, kommst du mit – zur Deckung?«

»Nicht nötig. Ich habe für diesen Zweck einen vollen Lederbeutel. Bedien dich.«

An Schlaf war jedoch noch nicht gleich zu denken. Sie setzten sich im Dunkel nieder und begannen zu erzählen. Jacks Gruppe war einen Tag früher durch das Tor gegangen und hatte dieselben Anweisungen mit auf den Weg bekommen. Auch Jack war der Meinung, daß die Frist für den Rückruf schon lange überfällig war.

»Ich vermute, daß ich ihn verpaßt habe, als ich die Besinnung verloren hatte«, erklärte Rod. »Ich habe keine Vorstellung, wie lange ich umnebelt war ... Wahrscheinlich bin ich überhaupt nur haarscharf am Ende vorbeigegangen.«

»Deine Annahme stimmt nicht, Rod.«

»Warum nicht?«

»Ich bin die ganze Zeit über auf Deck gewesen und habe die Stunden gezählt. Die Sache ist die, daß überhaupt kein Rückruf erfolgt ist.«

»Bist du sicher?«

»Wie hätte ich ihn denn verpassen sollen? Die Sirene ist auf zwanzig Kilometer zu hören, außerdem benutzen sie bei Tage ein Rauchfeuer und bei Nacht einen Scheinwerfer. Darüber hinaus besagen die Vorschriften, daß diese Signale, solange nicht alle zurückgekehrt sind, wenigstens acht Tage ständig wiederholt werden müssen ... und das war unter keinen Umständen der Fall.«

»Vielleicht sind wir aber auch zu weit weg. Allerdings – ehrlich gesagt, wenn du nicht weißt, wo wir sind –, ich habe keine Ahnung.«

»Ich aber. Ich bin genau vier Kilometer von der Stelle entfernt, wo unsere Gruppe herausgekommen ist; ich könnte dir die Stelle zeigen. Wir müssen also die Dinge so sehen, wie sie sind, Rod. Irgend etwas ist schiefgegangen. Und darum können wir auch nicht sagen, wie lange wir noch hier draußen bleiben müssen.« Und Jack fügte bedächtig hinzu: »Darum habe ich auch gedacht, es wäre ein guter Gedanke, wenn wir uns zusammentäten.«

Rod brauchte eine Zeit, bis er Jacks Ausführungen verdaut hatte, dann hielt er es für angebracht, seine eigene Theorie zu entwickeln. »Ging mir genauso.«

»Jawohl. Für ein paar Tage ist das Alleinsein besser und sicherer. Wenn wir hier aber unbegrenzt aushalten sollen, dann ...«

»Das wollte ich gar nicht sagen, Jack.«

»Wieso, was meintest du?«

»Weißt du, was für ein Planet das hier ist?«

»Nein. Natürlich habe ich darüber nachgedacht. Auf jeden Fall ist es einer von den neuentdeckten und paßt zu ...«

»Ich *weiß,* was für einer es ist.«

»Was? Welcher denn?«

»Die Erde! Terra in höchsteigener Person!«

Es herrschte langes Schweigen. Schließlich fragte Jack: »Rod, geht's dir wieder besser? Oder hast du noch Fieber?«

»Seitdem ich ordentlich gegessen und getrunken habe, fühle ich mich wie neugeboren. Aber nun hör mal zu, Jack. Ich weiß, es klingt albern, aber ich will dir meine Begründung nicht schuldig bleiben. Wir sind auf der Erde, und ich denke, ich weiß auch wo. Und darum meine ich auch, daß sie gar nicht die Absicht hatten, uns wieder zurückzurufen; wir sollen selbst feststellen, wo wir sind, und dann nach Hause zurückkehren. Das ist so ein typischer Dreh von Dekan Matson, wie er ihn liebt.«

»Aber . . .«

»Sei still. Mußt immer wie ein kleines Mädchen dazwischenplatzen. Planet vom Erdtypus, stimmt's?«

»Ja, aber . . .«

»Ruhe! Laß mich jetzt reden. Stern vom G-Typ. Planetenumdrehung wie die der Erde.«

»Nein, eben nicht!«

»Den Fehler habe ich auch zu Anfang gemacht. Die erste Nacht kam mir so lang wie eine Woche vor. Wahrheit aber ist, daß ich einfach zu aufgeregt war, um das richtige Zeitgefühl zu haben. Darum schien mir die eine Nacht auch endlos. Jetzt weiß ich es besser. Die Umdrehung stimmt ganz genau zu der der Erde.«

»Nein, das tut sie nicht. Meine Uhr zeigt, daß sie ungefähr sechsundzwanzig Stunden beträgt.«

»Na, dann laß deine Uhr in Ordnung bringen, wenn wir wieder zu Hause sind. Wahrscheinlich hast du sie gegen einen Baum oder sonstwas geknallt.«

»Aber – na, rede ruhig weiter, bis die Leier abgelaufen ist.«

»Nun hör doch mal! Die Flora stimmt. Die Fauna stimmt! Ich weiß auch, wie sie darauf gekommen sind und wo sie uns hingesteckt haben. Es ist weiter nichts als eine Sparmaßnahme.«

»Wie bitte?«

»Es ist eine Sparmaßnahme. Zu viele Menschen beklagen sich darüber, daß die Schulsteuern zu hoch sind. Und das nicht ohne Grund. Denn solch ein interstellares Tor aufrechtzuerhalten, kostet Unsummen, und Uran wächst bekanntlich nicht auf Bäumen. Darum ist mir ihr Standpunkt auch klar. Natürlich ist Dekan Matson anderer Meinung. Gewiß sagt auch er, daß es kostspielig ist, aber er sagt auch, daß das einzige, was kostspieliger ist als ein gediegen ausgebildeter Forscher oder Pionier, ein mangelhaft ausgebildeter ist, der ins Gras beißt.

Eines Tages erzählte er uns mal«, fuhr Rod fort, »daß die Pfennigfuchser beabsichtigen, Ausbildung und Prüfung in besonderen Gebieten auf der Erde durchzuführen, während er den Standpunkt verträte, daß das Wesentliche an den Prüfungen draußen auf den Planeten sei, mit Geschick dem Unbekannten zu begegnen. Er sagte, daß die Kandidaten, falls die Tests auf der Erde stattfänden, nur noch die Verhältnisse auf Terra studieren würden. Jeder Pfadfinder könnte die sechs elementaren Erdverhältnisse und wie man damit fertig wird, aus einem Buch lernen . . . aber es wäre ein Verbrechen, wenn man so etwas eine Raumausbildung nennen wollte und wenn man solche Prüflinge dann beruflich in die unbekannten Welten hinausschicken würde. Das sei ebenso lächerlich, wie wenn man einen kleinen Jungen das Schachspiel lehrte und dann in ein Duell schickte.«

»Da hat er durchaus recht«, antwortete Jack. »Kommandant Benboe sagt genau dasselbe.«

»Und ob er recht hat! Darum hat er auch geschworen, daß dies, falls sie diese Politik durchsetzen, das letzte Jahr wäre, das er noch lehren würde. Aber sie haben ihm schön eins ausgewischt.«

»Wieso?«

»Und gar nicht mal schlecht. Was der Dekan vergessen hat, ist nämlich, daß eine Umgebung so unbekannt ist wie die andere, wenn man nicht die geringste Ahnung davon hat, wo man ist. Darum haben sie es so eingefädelt, daß wir nicht so ohne weiteres dahinterkommen konnten. Erst haben sie uns nach Luna ›geschossen‹. Da die Mondtore immer offen sind, kostet sie das keinen Pfennig extra. Natürlich hatten wir den Eindruck, daß wir einen weiten Sprung zu gewärtigen hatten. Außerdem hat uns das vollkommen irre gemacht, denn wir konnten uns einfach nicht denken, daß man uns in das Gravitationsfeld zurückbringen würde, das wir eben verlassen hatten. Das aber war es gerade, was sie als nächstes taten: Sie schickten uns nach der Erde zurück. Und wohin? Ich würde sagen: nach Afrika. Sie haben die Zwischenstation auf Luna nur benutzt, um uns nach dem Witwatersrand-Tor außerhalb von Johannesburg zu bringen und von dortaus irgendwo im Busch abzusetzen – vielleicht im Tshaka-Gedenkpark oder in irgendeinem anderen Reservat. Wenn du dir das richtig überlegst, stimmt alles ganz genau dazu: die große Mannigfaltigkeit an Antilopen, die Fleischfresser, die davon leben – ich habe sogar ein paar Löwen gesehen und . . .«

»Du hast Löwen gesehen?«

»Also jedenfalls halte ich sie so lange für Löwen, bis ich nicht einem das Fell abgezogen habe. Ganz abgesehen davon, daß man uns auch noch ganz andere Dinge aufgetischt hat, um uns durcheinanderzubringen. Wenn wir den Himmel sehen könnten, insbesondere wenn wir nur einmal den Mond richtig sehen könnten, wäre ihr ganzer Spuk durchschaut. Was aber haben sie getan? Sie haben uns in eine Wolkenschicht gehüllt, die – daran habe ich keinen Zweifel – von ein paar Generatoren hier in der Nähe produziert wird. Und dann noch etwas. Haben sie euch auch vor den ›Stobors‹ gewarnt?«

»Aber gewiß.«

»Na und? Hast du welche gesehen?«

»Hm – ich bin mir nicht im klaren, was die Stobors sind.«

»Siehst du, das ist es eben, kein Mensch weiß das. Meiner Meinung nach sind die Stobors nichts weiter als Teufel, die man uns an die Wand gemalt hat, damit wir Angst haben und aufpassen. Da es auf Terra keine Stobors gibt, mußten wir natürlich annehmen, daß wir irgendwo anders abgesetzt waren. Selbst wenn man noch so mißtrauisch war, mußte man irregeführt werden, und ich bin wahrlich sehr mißtrauisch. Aber trotzdem darauf hereingefallen. Ich habe sogar etwas entdeckt, war mir unbekannt war, und habe es ›Stobor‹ genannt.«

»Ich muß schon sagen, es klingt alles ganz logisch, Rod.«

»Natürlich! Weil es eben logisch ist. Wenn du dir nur einmal richtig vorstellst, daß dies hier die Erde ist« – er schlug dabei mit der Hand auf den Boden –, »und daß sie das bloß so gemacht haben, um uns zu täuschen, dann hat alles hier seinen richtigen Platz. Und dementsprechend müssen wir uns verhalten. Wenn ich nicht meinen schlimmen Arm gehabt hätte, so hättest du mich hier nicht mehr getroffen, so aber können wir die Sache gemeinsam machen. Mein Plan ist nämlich der: Ob das hier nun Afrika ist oder Südamerika oder sonstwo in den Tropen, spielt keine Rolle. Fest steht, daß wir dem Flußlauf folgen müssen. Natürlich heißt es, die Augen dabei offenhalten, denn Überraschungen gibt es auch hier ebenso wie draußen im Raum. Eines Tages aber, ob es eine Woche oder auch einen Monat dauert, müssen wir an eine Brücke kommen. Dann gehen wir den Weg entlang, den uns diese Brücke anzeigt, und schließlich müssen wir ja mal jemand treffen. Sind wir dann erst in der Stadt, setzen wir uns mit den Behörden in Verbindung, die schicken uns nach

Hause … und wir haben dann unser Zeugnis. Ganz einfach, was?«

»Es klingt zu einfach«, kam es langsam von Jack.

»Sag das nicht. Wir werden schon unsere Nöte haben. Aber wir werden es schaffen. Die Hauptsache ist nämlich, daß wir erst mal wissen, was wir zu tun haben. Nun folgendes – ich wollte die Sache bisher noch nicht anschneiden: Hast du Salz genug, daß wir ein paar Kilo Fleisch einpökeln können? Wenn wir nämlich nicht jeden Tag auf Jagd gehen müssen, können wir wesentlich schneller vorwärts kommen. Oder hast du vielleicht sogar ›Schnellpökler‹ mitgenommen?«

»Habe ich, aber …«

»Gut.«

»Augenblick mal, Rod. Das hilft uns gar …«

»Wie bitte? Nun hör doch mal zu, Jack …«

»Du meinst, daß der Himmel uns die nötige Klarheit geben würde, wenn sie uns nicht in eine Wolkenhülle getaucht hätten.«

»Stimmt. Haben sie auch, wenigstens in der Nacht. Wenn sie uns nämlich klares Wetter gelassen hätten, wäre ihr ganzer Spuk sogleich zusammengefallen.«

»Siehst du – und ich muß dir nun sagen, daß der Spuk nicht zusammengefallen ist. Der Himmel ist nämlich nachts nicht immer bedeckt gewesen. Wenn du ihn vielleicht im Inneren des Waldes nicht hast sehen können und die paarmal, wo es klar war, verpaßt hast, so habe ich ihn doch beobachten können, Rod, und ich habe seine Sterne studiert.«

»Na und?«

»Es sind nicht *unsere* Sterne, Rod. Leider muß ich dir das sagen.«

Rod kaute verlegen an der Unterlippe. »Kennst du denn die südlichen Konstellationen so genau?« wandte er schließlich zögernd ein.

»Ich kannte das Kreuz des Südens schon, ehe ich lesen konnte. Es sind nicht unsere Sterne, Rod. Ich weiß es. Da, wo die Sonne untergeht, steht ein Pentagon von leuchtenden Sternen. So etwas gibt es von der Erde aus nicht zu sehen. Und außerdem würde man ohne weiteres Luna erkennen, wenn sie da wäre.«

Rod überlegte, welche Phase der Mond im Augenblick haben müßte. Da er jedoch nicht wußte, wieviel Zeit inzwischen vergangen war, gab er seine Bemühungen wieder auf. Trotzdem meinte er: »Vielleicht liegt das auch daran, daß wir Neumond haben.«

»Auch das stimmt nicht. Ich habe *unseren* Mond nicht gesehen, Rod, aber ich habe dafür *Monde* gesehen ... zwei ganz kleine, die sich schnell bewegten, wie die Monde vom Mars.«

»Du willst doch nicht etwa sagen, daß das hier der Mars ist?« fuhr Rod ihn höhnisch an.

»Hältst du mich für so dumm? Immerhin – die Sterne sehen vom Mars genauso aus wie von der Erde. Aber wozu streiten wir uns hier herum? Als die Sonne unterging, sah es so aus, als ob es aufklaren würde. Kriechen wir also hinaus und sehen wir nach. Vielleicht wirst du dann deinen Augen Glauben schenken.«

Rod sagte nichts mehr, sondern machte sich sofort daran, Jack zu folgen. Von innen war nichts als die dunklen Bäume jenseits des Wassers zu erkennen, am Ausgang der Höhle lag jedoch der ganze Himmel vor ihnen frei. Rod blickte hinauf und mußte für einen Augenblick die Augen zukneifen.

»Paß auf den Rand auf!« warnte Jack vorsichtig.

Rod antwortete nicht. In dem Ausblick, den ihm die Wand im Rücken und die Bäume auf der anderen Seite ließen, entdeckte er ein Muster von sechs Sternen, ein schiefliegendes Pentagon mit einem Stern in seinem Zentrum. Die sechs Sterne strahlten so hell und unverkennbar wie die sieben Sterne des Großen Bären – das war aber auch die einzige Ähnlichkeit, denn eine solche Konstellation gab es sonst von der Erde aus niemals zu sehen.

Rod starrte unverwandt nach oben, gleichzeitig jedoch fiel seine mühsam erworbene Überzeugung in sich zusammen. Er kam sich völlig verloren und verlassen vor. Selbst die Bäume gegenüber schienen ihm jetzt Schrecken einzujagen. Als er sich wieder Jack zuwandte, war von seiner Selbstsicherheit nichts mehr zu spüren. »Du hast mich überzeugt«, sagte er fast tonlos. »Was wollen wir jetzt machen?«

»Was wir machen? Genau das, was wir bisher gemacht haben. Essen, schlafen und am Leben bleiben. Das ist hier doch ein bekannter Planet. Wenn es uns also gelingt, unsere Atmung in

Gang zu halten, dann wird schon irgendwann hier mal einer aufkreuzen. Möglicherweise liegt weiter nichts vor als eine Strompanne, und sie kommen uns schon morgen holen.«

»In dem Falle könnten wir . . .«

» . . . uns hinlegen und schlafen.«

6
»Der lebt nicht mehr!«

Rod erwachte von himmlischen Düften. Er rollte sich auf die Seite, blinzelte bei dem hereinfallenden Licht und konnte sich nur unter großer Mühe auf die neue Situation besinnen. Da entdeckte er Jack, der am Boden hockte und an einem kleinen Feuer hantierte. Der betörende Wohlgeruch kam von gebratener Leber.

Jack schaute auf. »Ich dachte schon, du würdest den ganzen Tag verschlafen. Putz dir die Zähne, kämm dir das Haar, nimm eine Dusche und dann nichts wie raus! Das Frühstück ist fertig.« Jack warf ihm noch einen zweiten Blick zu und meinte: »Vielleicht rasierst du dich auch noch.«

Rod grinste und ließ die Hand über das Kinn gleiten. »Du bist bloß auf meinen Bart eifersüchtig, mein Lieber. Wart noch ein bis zwei Jahre, und du wirst dahinterkommen, wie gräßlich solch ein Gewächs ist. Mein Vater sagte immer: ›Rasieren, Kälte und Steuern, das sind die ewigen drei Probleme, die die Menschheit nie lösen wird.‹« Kaum hatte Rod seines Vaters gedacht, als es ihm plötzlich einen Stich gab, das Gewissen rührte sich, weil er die ganze Zeit über noch nicht ein einzigesmal an seine Eltern gedacht hatte. »Kann ich dir irgendwie helfen, Freund?«

»Setz dich hin und nimm dir Salz. Das Stück hier ist für dich.«

»Wollen wir es nicht lieber teilen?«

»Iß und red nicht. Ich mache mir schon was.« Rod nahm die angekohlte, rauchende Scheibe entgegen, wechselte sie von einer Hand in die andere und pustete darauf. Wo war das Salz? Er schaute sich um und sah Jack ein zweites Stück abschneiden. Seine Augen folgten den flinken Bewegungen von Jacks Händen. Plötzlich erstarrte er zu einer Säule.

Das Messer, das Jack benutzte, war ›Colonel Bowie‹.

Sehen und Handeln war eins. Rods Hand schoß hervor und packte Jacks Handgelenk mit einem eisernen Griff. »Du hast mir mein Messer gestohlen!«

Jack rührte sich nicht. »Rod ... bist du wahnsinnig geworden?«

»Du also warst es, der über mich herfiel und mir das Messer nahm.«

Jack traf keine Anstalten, sich frei zu machen oder sich gar zur Wehr zu setzen. »Du bist wohl noch nicht ganz wach, wie? Dein Messer steckt doch im Gürtel, Rod. Das hier ist ein anderes – es ist meines.«

Rod hielt es nicht für nötig, nach unten zu blicken. »Das Messer, das ich trage, ist Lady Macbeth. Ich meine das Messer, das du benutzt, Colonel Bowie, *mein* Messer.«

»Laß mein Handgelenk los.«

»Und du laß das Messer los!«

»Rod ... du kannst mich natürlich dazu zwingen, daß ich das Messer fallen lasse, du bist größer und hast mehr Erfahrung. Aber gestern hast du mit mir Freundschaft geschlossen, und jetzt torpedierst du sie. Wenn du jetzt nicht zu dir kommst, dann ist es aus mit uns, und dir bleibt nichts anderes übrig, als mich zu töten. Tust du das nicht, dann lauere ich dir auf, und zwar so lange, bis ich dich einmal im Schlafe erwische. Und dann ist es um dich geschehen.«

Sie saßen sich am kleinen Feuer gegenüber – und schlossen die Augen. Rod atmete schwer und bemühte sich, Klarheit zu gewinnen. Die Tatsachen sprachen gegen Jack. Aber sollte dieser kleine Bursche wirklich den Angriff gewagt und ihm sein ganzes Hab und Gut gestohlen haben? Es sah ganz so aus.

Und dennoch hatte er das Gefühl, daß es nicht so war. Was sollte er tun? Nun – zunächst mußte er ihn wohl erst einmal anhören, er konnte sich ihn dann immer noch vornehmen. Er ließ Jacks Handgelenk los. »Nun gut«, sagte er böse, »dann erzähl mir mal, wie du zu dem Messer gekommen bist.«

Jack fuhr fort, an der Leber herumzuschneiden. »Da gibt's nicht viel zu erzählen – zumindest weiß ich nicht, daß es *dein* Messer ist. Meines war es allerdings zunächst auch nicht – du hast ja inzwischen meines gesehen. Das hier benutzte ich nur als Küchenmesser. Sein Gleichgewicht stimmt nicht.«

»Was? Colonel Bowies Gleichgewicht stimmt nicht? Das ist das beste Messer, das ich jemals gesehen habe.«

»Möchtest du mich vielleicht weiter anhören? Es war mitten im Busch, als ich auf das arme Opfer stieß. Die Schakale waren gerade dabei, sich darüber herzumachen. Wer es war, der es zur Strecke brachte, weiß ich nicht, vielleicht der Stobor, es war jedenfalls schon ganz schön mitgenommen und zur Hälfte vertilgt. So viel weiß ich jedoch, daß der Betreffende nicht zu meiner Gruppe gehörte, denn sonst hätte ich ihn kennen müssen. Er trug eine Thunderbolt und . . .«

»Augenblick mal! Eine Thunderbolt?«

»Genau das habe ich gesagt – oder nicht? Ich nehme an, daß er sie einsetzen wollte, damit aber kein Glück gehabt hat. Jedenfalls nahm ich mir das, was ich gebrauchen konnte – dieses Messer und noch ein paar andere Dinge, die ich dir zeigen werde. Die Thunderbolt aber ließ ich zurück, denn die Batterie war verbraucht.«

»Jack, schau mich mal an. Lügst du auch nicht?«

Jack zuckte die Schultern. »Ich kann dir genau die Stelle zeigen. Vielleicht ist jetzt auch nichts mehr von ihm übrig, aber die Thunderbolt müßte auf jeden Fall noch da sein.«

Rod streckte ihm die Hand entgegen. »Tut mir leid, daß ich so voreilig gewesen bin.«

Jack blickte auf die Hand, ergriff sie jedoch nicht. »Ich halte nichts mehr von einer Kampfgemeinschaft mit dir. Wir sind wohl miteinander fertig.« Das Messer flog herüber und landete vor Rods Zehen. »Da, nimm das Ding und verschwinde.«

Rod rührte das Messer nicht an. »Bitte, Jack, sei nicht so empfindlich. Ich habe zwar einen Fehler begangen, aber er ist durchaus verständlich.«

»Jawohl, einen Fehler, der mir sagt, daß du mir nicht traust, und der mir auch das Vertrauen zu dir nimmt. Auf so etwas kann man keine Freundschaft gründen.« Jack zögerte. »Iß dein Frühstück auf und dann geh, bitte. Es ist besser so.«

»Jack, es tut mir wirklich aufrichtig leid. Ich entschuldige mich in aller Form. Aber es war ein Fehler, den auch jeder andere hätte machen können – du hast ja noch gar nicht gehört, wie ich dazu gekommen bin.«

»Und du hast mich nicht zu Ende reden lassen!«

»Auch das war unrecht von mir, hörst du, ich sage, daß es unrecht von mir war.« Doch noch im selben Atemzug fuhr er fort zu berichten, wie ihm seine gesamte Ausrüstung abhanden gekommen war. »... und so ist es doch wohl ganz natürlich, daß ich in dem Augenblick, als ich Colonel Bowie in deinen Händen sah, annehmen mußte, daß du mich überfallen hättest. Das ist doch logisch, nicht wahr?« Jack antwortete nicht. Rod aber drang in ihn: »Na, stimmt's nicht?«

Die Antwort kam nur langsam. »Du hast wieder mal das Wort ›logisch‹ gebraucht – in dem Sinn, wie du es verstehst. Rod, du gebrauchst es in derselben Weise, wie andere Leute Opium nehmen. Warum gebrauchst du statt dessen nicht deinen Verstand?«

Rod lief rot an, blieb jedoch ruhig. Und Jack fuhr fort: »Wenn ich dir wirklich das Messer weggenommen hätte, hätte ich es dich dann sehen lassen? Und hätte ich mich dann dir angeschlossen?«

»Nein, vermutlich nicht. Jack, ich sagte schon – ich war voreilig, ich habe die Nerven verloren.«

»Kommandant Benboe sagte immer«, antwortete Jack frostig, »wer die Nerven verliert und voreilig handelt, nimmt den kürzesten Weg zum Friedhof.«

Rod machte ein schafsdummes Gesicht. »Dekan Matson sagte genau dasselbe.«

»Und sicher haben sie recht. Also – tun wir's nicht noch einmal, hörst du? Jeder Hund bekommt mal einen Biß – aber nur einen.«

Rod schaute auf und sah Jacks schmutzige Hand der seinen entgegengestreckt.

»Du willst also, daß wir zusammenbleiben?«

»Schlag ein. Es ist besser so, schließlich haben wir keine Wahl.« Rod griff zu und schüttelte ihm feierlich die Hand. Dann nahm er Colonel Bowie auf, blickte ihn sehnsüchtig an und reichte ihn, den Knauf zuerst, Jack hin.

»Das gehört dir ja nun wohl.«

»Wie meinst du? Nein, keinesfalls. Ich freue mich, daß du es wieder hast.«

»Nein«, beharrte Rod. »Du bist auf rechtmäßige Weise in seinen Besitz gekommen, also gehört es dir.«

»Nun red keinen Unsinn, Rod. Ich habe meinen ›Bluebird‹, und das ist gerade das rechte für mich.«

»Es ist deins. Ich habe ja noch Lady Macbeth.«

Jack runzelte die Stirn. »Wir sind doch wohl jetzt ein für allemal Teilhaber, nicht wahr?«

»Gewiß sind wir das.«

»Das heißt also, daß wir alles miteinander teilen. Bluebird gehört dir ebenso wie mir. Und Colonel Bowie gehört uns beiden. Aber du bist an den Umgang mit ihm gewöhnt, und darum ist es für unsere Gemeinschaft das beste, wenn du ihn trägst. Geruht dein logischer Dickschädel das nun endlich zu verstehen?«

»Wenn du . . .«

»Dann halt jetzt die Klappe und iß dein Frühstück. Soll ich dir ein neues Stück braten? Das da dürfte kalt geworden sein.«

Rod nahm die schmutzige Scheibe vom Boden auf und rieb die Asche ab. »Die geht schon noch.«

»Ach, wirf sie ins Wasser und nimm ein heißes Stück. Die Leber hält sich sowieso nicht lange.«

Wohlig gesättigt und erwärmt von dem Bewußtsein einer neu gewonnenen Freundschaft, streckte sich Rod nach dem Frühstück auf dem schmalen Vorplatz ihrer Höhle aus und starrte zum Himmel. Jack löschte das Feuer aus und warf die Überreste ihres Mahles in den Fluß. Im gleichen Augenblick, als die Leber auf die Oberfläche auftraf, teilte sich das Wasser, und irgend etwas schnappte danach. Jack wandte sich an Rod. »So – und was machen wir heute?«

»Hmm . . . was wir noch in unserer Speisekammer haben, dürfte für morgen früh noch ausreichen. Demnach brauchten wir heute nicht auf Jagd zu gehen.«

»Seitdem ich diesen Platz hier gefunden habe, bin ich auch nur jeden zweiten Tag losgezogen. Fleisch vom zweiten Tag ist besser als vom ersten, aber vom dritten an – pfui!«

»Sicher. Aber was möchtest du denn heute tun?«

»Ich meine, wir sollten auf Menschenjagd gehen.«

Rod spitzte die Ohren. »Sag das noch mal, bitte.«

»Wir sollten den Tag damit verbringen, Menschen zu jagen.«

»Ganz netter Zeitvertreib. Und was machen wir mit ihnen, wenn wir welche finden? Skalpieren oder den Tarzanschrei ausstoßen?«

»Skalpieren scheint mir solider zu sein. Rod, sag mal, wie lange sind wir wohl schon hier?«

Rod schaute Jack überrascht an. »Das einzige, was wir wissen, ist, daß irgend etwas mit dem Rückruf schiefgegangen sein muß. Du meintest ja, es seien inzwischen drei Wochen vergangen. Mir kommt die Zeit zwar länger vor, aber du hast ja einen Kalender geführt. Deswegen . . .« Er hielt jäh inne.

»Deswegen was?«

»Nichts. Es ist natürlich durchaus möglich, daß sie eine Panne gehabt haben, daß sie sie heute noch in Ordnung bringen und uns zurückrufen. Vielleicht haben auch Dekan Matson und seine zu Späßen aufgelegten Kollegen geglaubt, daß es mal ganz lustig wäre, die Frist einfach zu verdoppeln und nichts davon zu sagen. Vielleicht hat aber auch der Dalai-Lama die Schnurrbärte von der übrigen Welt mit einer Bombe weggefegt, und die Tore sind jetzt nur noch radioaktive Ruinen. Oder aber die dreiköpfigen Schlangenmenschen der ›Kleinen Magellanischen Wolke‹ sind gelandet und beherrschen jetzt das Feld. Wenn man keine Anhaltspunkte hat, ist jede Vermutung unlogisch. Es besteht also durchaus die Möglichkeit, daß wir hier unseren Lebensabend beschließen müssen.«

Jack nickte zustimmend. »Ganz meine Meinung.«

»Und weiter?«

»Darum meine ich folgendes: Für ein paar Wochen mag unsere Zwei-Mann-Gemeinschaft wohl angehen, aber nehmen wir an, es werden Monate und Monate daraus? Stell dir mal vor, einer von uns bricht sich das Bein. Aber selbst wenn das nicht der Fall ist – wie lange mag unsere Alarmeinrichtung ihren Zweck erfüllen? Ich glaube, wir müssen den Pfad, der hierherführt, durch eine Mauer versperren und uns durch eine Strickleiter Zugang verschaffen, was natürlich heißt, daß immer einer hierbleiben muß, um die Leiter herunterzulassen. Außerdem müssen wir sehen, daß wir eine Salzleckstelle finden, Häute präparieren und dergleichen mehr – mein Wasserbeutel wird von Tag zu Tag schlechter. Sollten wir hier also länger bleiben müssen, so meine ich, müßten wir wenigstens vier sein.«

Rod kratzte sich nachdenklich die mageren Rippen. »Ich verstehe. Ich habe gestern abend, nachdem du meine optimistische

Theorie zum Einsturz gebracht hattest, auch schon daran gedacht. Ich habe nur darauf gewartet, daß du damit herauskamst.«

»Wieso?«

»Das hier ist deine Höhle. Du hast nicht nur deine ganze Ausrüstung, deine Pistole und Pillen und noch vieles mehr, was ich noch nicht gesehen habe. Du hast auch Salz. Was ich besitze, das ist ein Messer – das heißt dank dir sind es zwei Messer. Es wäre demnach höchst merkwürdig, wenn ich mir einfallen lassen wollte, dir vorzuschlagen, daß du viermal teilen solltest.«

»Aber wir sind doch eins, Rod.«

»Na ... gut. Stellen wir uns also beide vor, wir wollen unser Team mit ein paar Rekruten auffüllen. Wieviel sind wohl da draußen?« Eine Kopfbewegung nach der jenseits des Wassers liegenden Wand aus Grün unterstrich seine Frage.

»Von meinem Seminar gingen siebzehn Jungen und elf Mädchen durch das Tor. Kommandant Benboe verriet uns, daß insgesamt vier Abteilungen in dem gleichen Gelände abgesetzt würden.«

»Da hat uns der Dekan weit weniger mitgeteilt. Immerhin weiß ich soviel, daß von uns zwanzig an der Prüfung teilgenommen haben.«

Jack blickte nachdenklich drein. »Das macht insgesamt ungefähr hundert Menschen.«

»Ohne Berücksichtigung der Ausfälle.«

»Ohne Berücksichtigung der Ausfälle. Und die Zusammensetzung? Wahrscheinlich zwei Drittel Jungen und ein Drittel Mädchen. Gibt eine schöne Auswahl, wenn wir sie finden.«

»Keine Mädchen in unserer Gruppe, Jack.«

»Was hast du gegen Mädchen?«

»Ich? Nichts, gar nichts. Mädchen sind herrlich beim Camping, sie sind gerade das Richtige an langen Winterabenden. Ich gehöre bestimmt zu den begeistertsten Verehrern des weiblichen Geschlechts. Für eine derartige Panne wie die hier sind sie jedoch das reinste Gift.«

Da Jack nichts erwiderte, fuhr Rod fort: »Überleg bloß mal, Jack. Ein solches Täubchen hier in unserer Gemeinschaft, und wir haben mehr Kummer als uns draußen der Stobor oder sonst wer bereiten kann. Streit, Eifersucht und Messerstecherei unter den Burschen. Ich glaube, wir haben auch so schon genug, womit wir fertig werden müssen.«

»Na ja, wenn schon«, antwortete Jack nachdenklich, »wenn nun aber der erste Mensch, dem wir begegnen, ein Mädchen ist? Was willst du dann machen? An deinen Hut tippen und sagen: ›Schönes Wetter heute, nicht wahr, gnädige Frau? Nun machen Sie sich aus dem Staub und kommen Sie mir nicht mehr unter die Augen‹?«

»Ich weiß nicht«, sagte er langsam. »Wollen wir hoffen, daß unsere Gruppe steht, bevor wir einer begegnen. Am besten wäre es, wenn sie ihre eigenen Gemeinschaften bildeten.«

»Ich bin auch der Meinung, wir sollten eine ganz bestimmte Politik verfolgen.«

»Laß mich mit Politik in Ruhe. Eben noch hast du mir vorgeworfen, daß ich immer zu ›logisch‹ bin. Hast du überhaupt eine Vorstellung, wie wir jemand finden könnten?«

»Schon. Ich habe einmal einen stromaufwärts jagen sehen.«

»Ach? Weißt du, wer es ist?«

»Ich habe ihn nur aus der Ferne gesehen. Keiner von meiner Gruppe. Einen halben Kopf kleiner als du, blondes Haar, rosige Haut – und einen furchtbaren Sonnenbrand. Sagt dir das etwas?«

»Die Beschreibung könnte auf jeden passen«, antwortete Rod, hatte dabei jedoch das Gefühl, daß sich irgend etwas Bekanntes dahinter verbarg. »Wollen wir nicht versuchen, ob wir ihn zu Gesicht bekommen?«

»Das macht keine Schwierigkeiten, ich weiß, wo er ist. Ich bin mir nur nicht sicher, ob wir ihn gebrauchen können.«

»Warum nicht? Wenn er so lange am Leben geblieben ist, dann muß er durchaus tüchtig sein.«

»Ehrlich gesagt, ich weiß nicht, wie er das fertiggebracht hat. Wenn er sich bewegt, macht er nämlich einen Heidenlärm, und außerdem hat er die ganze letzte Woche auf einem Baum verbracht.«

»Das ist nicht grundsätzlich falsch.«

»Nein, nur dann, wenn man Knochen und sonstige Überreste nach unten wirft. Was mich auf die Spur gebracht hat, waren die Schakale, die um seinen Baum kreisten.«

»Hmm ... ich meine, wenn wir ihn nicht mögen, brauchen wir ihn ja nicht einzuladen.«

»Na gut.«

Ehe sie aufbrachen, verschwand Jack noch einmal im Dunkel der Höhle und kam mit einem Kletterseil heraus. »Könnte das deins sein, Rod?«

Rod schaute es sich an. »Sieht ganz wie meines aus. Warum?«

»Ich habe es auf die gleiche Weise bekommen wie Colonel Bowie. Aber wenn es auch nicht deins ist, so ist es wenigstens ein Ersatz.« Jack kroch noch einmal zurück und erschien mit einem weiteren Seil, das er, obwohl ihm seine Schutzweste lästig sein mußte, ebenfalls noch um den Oberkörper wand. Rod vermutete auch, daß er mit seiner Schutzweste geschlafen hatte, sagte jedoch nichts. Wenn Jack einen solchen Schutz für wichtiger hielt als Beweglichkeit, so war das seine Angelegenheit. Jeder hatte seine eigenen Methoden, pflegte der Dekan zu sagen.

Der Baum stand in einer halbkreisförmigen Lichtung. Jack kroch mit Rod jedoch durch das Gebüsch heran, das sich fast bis an den Stamm hinzog und nur ein wenig Robben auf dem Bauch erforderlich machte. Jack zog Rods Kopf an sich heran und flüsterte ihm ins Ohr: »Wenn wir drei bis vier Stunden still liegen, wette ich, daß er entweder herunterkommt oder hinaufklettert.«

»In Ordnung. Paß du nach hinten auf.«

Eine Stunde lang geschah nichts. Rod bemühte sich, die winzigen Fliegen zu ignorieren, die alle bissig zu sein schienen. Einmal drehte er sich ganz vorsichtig herum, um das Einschlafen seines Beines loszuwerden, und ein andermal mußte er seine ganze Energie aufbieten, um ein Niesen zu unterdrücken. Schließlich sagte er: »Psst!«

»Wo die beiden Zweige da oben zusammenkommen, könnte das sein Bau sein?«

»Durchaus.«

»Siehst du eine Hand herausragen?«

»Wo? Ah ja, ich sehe, was du meinst. Könnten auch Blätter sein.«

»Ich halte es für eine Hand, und ich glaube sogar, daß er tot ist. Seit wir hier sind, hat sie sich noch nicht bewegt.«

»Vielleicht schläft er?«

»Wenn einer schläft, hält die Hand nicht so lange still. Ich klettere hinauf. Gib Deckung. Wenn sich die Hand bewegt, ruf mich an.«

»Du solltest es lieber lassen, begibst dich bloß unnütz in Gefahr, Rod.«

»Halt du nur die Augen offen.« Und damit kroch er auch schon los.

Der Besitzer der Hand war Jimmy Throxton, wie Rod nach der Beschreibung sogleich vermutet hatte. Jimmy war nicht tot, aber bewußtlos, und Rod konnte ihn nicht aufrichten.

Jim lag in einem Horst, der zur Hälfte natürlich, zur Hälfte künstlich war. Rod sah, daß Jim kleine Zweige abgeschnitten und mit ihnen die Astgabel am Stamm vervollständigt hatte. Er lag wie in einer Wiege und ließ eine Hand heraushängen.

Ihn herunterzubringen, war keine leichte Aufgabe, denn er wog ebensoviel wie Rod.

Rod legte eine Schlinge unter Jims Armhöhlen, führte die Leine um einen Ast herum und bereitete so, unter Ausnutzung der Reibung, die Bergung vor. Das schlimmste war für Rod jedoch, ihn aus dem verästelten Nest herauszubekommen, ohne ihn dabei fallen zu lassen.

Auf halbem Weg nach unten verhedderte sich die Last, blieb hängen, und Jack mußte hinaufklettern, um Jim wieder freizubekommen. Doch schließlich gelangten alle drei, wenn auch schweißgebadet, am Boden an. Und Jim atmete noch.

Rod mußte ihn tragen. Jack hatte zwar vorgeschlagen, sich mit ihm darin abzuwechseln, doch war der Gewichtsunterschied zwischen den beiden zu groß, als daß Jack ihn hätte bewältigen können. So forderte Rod Jack nur energisch auf, nach vorn und hinten und allen Seiten zu sichern. Denn Rod war natürlich völlig hilflos, falls sie das Glück hatten, von einem der Löwen angefallen zu werden.

Am schwierigsten erwies sich jedoch das letzte Stück, auf dem Rod über losen Untergrund seine Last zur Höhle hinauftragen mußte. Nachdem Rod den schlaffen, schweren Körper mehr als einen Kilometer geschleppt hatte, mußte er erst mal eine Ruhe einlegen, ehe er sich an diese harte Arbeit machen konnte. Als er sie endlich in Angriff nahm, sagte Jack voller Angst: »Laß ihn bloß nicht ins Wasser fallen! Es lohnte nicht mehr, ihn herauszufischen! Ich weiß Bescheid!«

»Ich auch. Gib keine albernen Ratschläge.«

»Entschuldige.«

Und Rod machte sich an den Anstieg, ebensosehr besorgt um die eigene Haut wie um die Jims. Wenn er auch nicht wußte, was für Tiere im Wasser herumschwammen, so wußte er doch zu genau, daß sie immer hungrig waren. Einen ganz schlimmen Augenblick gab es für ihn, als er an die Stelle kam, wo das vorspringende Gestein es notwendig machte, sich zu bücken, um den Vorplatz zu erreichen. Er ließ sich nieder, soweit es ging, machte einen Versuch, fühlte, wie sich die Last auf seinem Rücken an dem Fels scheuerte, ging noch tiefer und kroch förmlich weiter.

Jacks Hände halfen nach und schoben gleichsam von hinten. Einen Augenblick später hatten sie es geschafft, und Rod keuchte und bemühte sich, seine zitternden Glieder unter Kontrolle zu bringen.

Danach betteten sie Jimmy, und Jack prüfte den Puls. »Schnell und flattrig. Ich glaube nicht, daß er das übersteht.«

»Was für Medikamente hast du?«

»Zwei Neosulfas und Verdomycin. Aber ich weiß nicht, was ich ihm geben soll.«

»Gib ihm alle drei Mittel und sprich ein Gebet.«

»Und wenn er einem gegenüber allergisch ist?«

»Dem Tod gegenüber ist er jedenfalls allergischer. Er hat bestimmt 40 Grad Fieber. Also los!«

Rod stützte Jim an der Schulter, kniff ihm ins Ohrläppchen und brachte ihn halbwegs wieder zu Bewußtsein, wenigstens so lange, daß sie ihm die Tabletten in den Mund stecken konnten, daß er einen Schluck trank und sie hinunterspülte. Danach blieb ihnen nichts anderes zu tun, als ihn ruhen zu lassen.

Während der Nacht wechselten sie sich beide mit der Wache ab. Gegen Morgen fiel das Fieber ganz überraschend, Jim richtete sich auf und verlangte zu trinken. Rod hielt ihn, während Jack mit dem Wasserbeutel hantierte. Jim trank gierig, dann fiel er wieder in Schlaf.

Sie ließen ihn niemals allein. Jack übernahm die Pflege, und Rod ging jeden Tag auf Jagd und war dabei bemüht, für den Gaumen seines Patienten nur das Allerzarteste und Schönste auszusuchen. Am zweiten Tage war Jim, obgleich noch schwach und hilflos, schon in der Lage zu sprechen, ohne daß er in der Mitte des ersten Satzes bereits wieder einschlief. Als Rod am Nachmittag mit seiner Beute heimkehrte, einem kleinen Tier, das eine mißlungene Kreuzung von Katze und Kaninchen darstellte, kam ihm Jack entgegen, der gerade Wasser holen wollte. »Hallo!«

»Hallo! Ich sehe, du hast Glück gehabt. Du, Rod, paß bloß auf, wenn du ihm das Fell abziehst. Wir brauchen unbedingt einen neuen Wasserbeutel. Ist es sehr zerschnitten?«

»Überhaupt nicht. Ich habe das Tier mit einem Stein erschlagen.«

»Prima!«

»Wie geht es dem Patienten?«

»Immer besser. Ich komme gleich nach.«

»Soll ich nicht sichern, während du den Beutel füllst?«

»Ich paß schon auf. Geh nur schon hinauf zu Jim.«

Rod zog seines Wegs, legte die Beute am Vorplatz ab und kroch hinein. »Na, fühlst du dich besser?«

»Ausgezeichnet. In drei Tagen mache ich mit dir einen Ringkampf.«

»Na, sagen wir nächste Woche. Hat dich Jack gut versorgt?«

»Und ob! Du, Rod, ich weiß überhaupt nicht, wie ich euch beiden danken soll.«

»Ach, Unsinn! Laß es nur gut sein, du schuldest mir nichts, niemals, und da Jack mein Partner ist, stimmt auch die Rechnung mit Jack.«

»Jack ist prächtig.«

»Ja, Jack ist ein guter Junge. Man kann keinen besseren finden. Er und ich, wir werden mit allem prima fertig.«

Jim machte ein überraschtes Gesicht, öffnete den Mund und schloß ihn wieder ganz plötzlich. »Was ist los?« fragte Rod. »Beißt dich was, oder fühlst du dich auf einmal wieder schlechter?«

»Was hast du von Jack gesagt?« fragte Jim langsam.

»Was ich gesagt habe? Ich habe gesagt, man kann keinen besseren finden. Wir beide passen zusammen wie Speck und Ei. Ein unübertrefflicher Junge.«

Jimmy Throxton blickte Rod mit großen Augen an. »Rod ... bist du so dumm auf die Welt gekommen? Oder fehlt es dir vielleicht sonst an etwas?«

»Wieso?«

»Jack ist doch ein *Mädchen*!«

7
»Ich hätte einen Kuchen backen sollen!«

Es folgte ein langes Schweigen. Endlich kam es von Jim: »Nun mach schon deinen Mund zu, sonst fliegt was rein.«

»Jimmy, du bist immer noch nicht bei Verstand.«

»Schon möglich, daß ich noch nicht bei Verstand bin, aber soweit habe ich ihn beieinander, daß ich ein Mädchen von einem Jungen unterscheiden kann. Sollte der Tag einmal kommen, an dem ich das nicht mehr kann, dann bin ich nicht bloß krank, sondern – tot.«

»Aber ...«

Jim zuckte mit den Schultern. »Na, dann frag sie doch selber.«

Ein Schatten fiel über den Eingang; Rod wandte sich um und sah Jack den Pfad zum Vorplatz heraufklimmen. »Frisches Wasser, Jimmy!«

»Schönen Dank!« Und zu Rod gewandt fuhr er fort: »Na, los, du Träumer!«

Jack blickte von einem zum anderen. »Warum solche Pantomime? Was starrst du so, Rod?«

»Jack«, sagte er langsam, »wie ist dein Name?«

»Jack Daudet. Das habe ich dir doch bereits gesagt.«

»Nein, nein! Wie ist dein voller Name, dein offizieller Name?«

Jack schaute von Rod zu Jimmy hinüber, dessen Gesicht ein verschmitztes Lächeln zeigte, dann blickte sie wieder zu Rod zurück.

»Mein voller Name lautet ... Jacqueline Marie Daudet – wenn es dich etwas angeht. Willst du vielleicht Gebrauch davon machen?«

Rod machte einen tiefen Atemzug. »Jacqueline«, sagte er zart, »das habe ich nicht gewußt. Ich ...«

»Das hat auch keiner von dir erwartet.«

»Ich – hör bitte zu – sollte ich dich irgendwie beleidigt haben ... es lag bestimmt nicht in meiner Absicht.«

»Du hast nichts gesagt, womit du mich kränken oder beleidigen konntest, du großer dummer Junge du. Außer mit deinem Messer.«

»Ach, das meinte ich gar nicht.«

»Du meinst wegen der Mädchen, die das reinste Gift sind? Aber sag mal, bist du eigentlich schon einmal auf die Idee gekommen, daß auch Jungen das reinste Gift sein können? Unter solchen Umständen wie diesen hier? Nein, natürlich nicht, wie solltest du auch. Jedenfalls macht es mir jetzt gar nichts mehr aus, daß du Bescheid weißt . . . wo wir doch jetzt drei sind.«

»Aber, Jacqueline . . .«

»Nenn mich bitte Jack.« Zugleich verzog sie merkwürdig die Schultern, und im nächsten Augenblick meinte sie auch schon: »Jetzt, wo du sowieso im Bild bist, brauche ich ja wohl auch nicht mehr diesen Panzer zu tragen. Los! Dreht euch rum, ihr beiden.«

»Wenn's sein muß . . .« Und Rod wandte ihr den Rücken zu, während Jimmy die Augen auf die Wand richtete.

Ein paar Sekunden später ließ sich Jacqueline wieder vernehmen. »In Ordnung!« Rod drehte sich wieder herum. In Hemd und Hosen, ohne den Panzer, waren ihre Schultern schmaler, und sie selbst erschien auch viel schlanker und ließ zudem liebliche Formen erkennen. Das erste, was sie tat, war, daß sie sich an den Rippen kratzte. »Seitdem ich dich getroffen habe, Rod Walker, habe ich mich nie so richtig kratzen können«, sagte sie vorwurfsvoll. »Manchmal wäre ich fast gestorben.«

»Ich habe dir doch nicht befohlen, ihn zu tragen.«

»Und wenn ich ihn nicht angehabt hätte? Hättest du dann mit mir ein Team gebildet?«

»Ach so – ich verstehe – darum also. Ich . . .« Er unterbrach sich.

»Na und?« fragte sie verdrossen. »Sind wir noch Partner?«

»Wie? O ja, natürlich, sicher!«

»Dann wollen wir das noch einmal bekräftigen. Und Jimmy schließt sich diesmal mit an, nicht wahr, Jimmy?«

»Und ob, Jack!«

Sie legten ihre Hände zusammen und schüttelten sie gegenseitig.

Am nächsten Tag übernahm Jimmy den Haushalt, während Jack und Rod gemeinsam auf Jagd gingen. Jim hatte sie natürlich begleiten wollen, war aber einem doppelten Veto begegnet. Von einer Jagd zu dreien war kein besonderer Vorteil zu erwarten, außerdem verstanden sich Jack und Rod dabei so gut, daß eine Jagd bei ihnen niemals Stunden des Wartens bedeutete, sondern nur davon abhing, wie schnell sie auf Wild trafen. Jack pflegte dabei zu treiben und Rod zu töten. Wenn sie sich erst einmal ihr Stück ausgesucht hatten, schlich Jack um die Herde herum, sprang plötzlich auf, jagte der Herde einen Schreck ein und trieb zumeist das auserkorene Stück in Rods Arme.

Sie gingen immer noch mit dem Messer auf Jagd, obwohl Jacks Waffe eine Art Luftdruckgewehr war, das vergiftete Pfeile abschoß und daher für den primitiven Existenzkampf gut gewählt war. Da man die Pfeile wiederbekommen und neu vergiften konnte, war es außerdem ein Instrument, das man unbegrenzt verwenden konnte. Aus diesem Grunde hatte Jack dieser Waffe vor allen anderen den Vorzug gegeben.

Rod bewunderte sie sehr, hatte sich jedoch trotzdem gegen eine Verwendung bei der Jagd entschieden. »Der Luftdruck kann mal versagen, und dann stehst du da«, hatte er gemeint.

»Das war bisher noch nie der Fall. Außerdem kann man den Schaden äußerst schnell wieder reparieren.«

»Hmm – mag schon sein. Wenn wir das Gewehr aber täglich benutzen, dann geht uns bestimmt der eine oder andere Pfeil dabei verloren, auch wenn wir noch so vorsichtig sind, und dann haben wir eines Tages keinen mehr. Das ist möglicherweise gerade der Tag, an dem wir dringend davon Gebrauch machen wollen. Wer weiß, wie lange wir noch hierbleiben müssen, also schlage ich vor, wir heben uns die Waffe lieber auf. Was meinst du dazu?«

»Du bist der Chef, Rod!«

»Nein, das bin ich nicht. Wir haben alle die gleiche Stimme.«

»Doch bist du der Chef. Jimmy und ich, wir waren darin einer Meinung. Irgendeiner muß Chef sein.«

Jeden zweiten Tag verbrachten sie ungefähr eine Stunde mit der Jagd. Die übrigen Stunden des Tages benutzten sie dazu, sich nach weiteren Kameraden umzusehen, indem sie das ganze Gelände systematisch absuchten.

Als sie wieder einmal, nach einer Woche fruchtlosen Suchens, an einem Nachmittag heimkehrten, schaute Jimmy von dem

Feuer auf, das er gerade angelegt hatte, und fragte: »Was macht die Volkszählung?«

»Frag nicht so dumm«, gab Rod unwirsch zurück und ließ sich müde zu Boden fallen.

»Jim«, sagte Jack, »wir sollten versuchen, aus dem Lehm Töpfe herzustellen.«

»Das habe ich schon. Ist bloß nichts geworden beim ersten Versuch. Ich kriege aber den Dreh noch heraus. Aber sagt mal, Freunde, ist euch noch niemals der Gedanke gekommen, daß ihr bei euren Unternehmungen vielleicht den falschen Weg eingeschlagen habt?«

»Wieso den falschen Weg?« fragte Rod.

»Fang bloß nicht gleich wieder an zu schulmeistern. Rod, ich meine folgendes: Tag für Tag rast ihr durch die Gegend und bringt euch in Schweiß, und all das für nichts und wieder nichts. Wäre es nicht besser, wenn ihr die Hände in den Schoß legt und abwartet, bis sie zu euch kommen?«

»Wie sollen sie denn das?«

»Indem wir ein Rauchsignal geben.«

»Aber darüber haben wir doch schon gesprochen. Schließlich wollen wir nicht jeden x-beliebigen hier haben, und außerdem wollen wir auch nicht verraten, wo wir leben. Wir wollen Kameraden, die unser Team verstärken.«

»Das ist genau das, was Soldaten Selbstverstümmelung nennen würden. Der Supermensch, den du haben möchtest, den wirst du am allerwenigsten finden, wenn du auf ihn Jagd machst. Dafür aber wird er *dich* finden, wenn du voller Lärm durch den Busch ziehst, gegen Steine schlägst, auf Zweige trittst und Vögel aufscheuchst. Er wird dir folgen wie dein Schatten, aber *du* wirst ihn nicht finden.«

»Rod, das kann man nicht von der Hand weisen«, schaltete sich Jack ein.

»*Dich* haben wir immerhin leicht genug gefunden«, hielt Rod Jim entgegen. »Aber sicher bist du auch nicht der Typ, den wir brauchen.«

»Ich war nicht ganz bei mir«, antwortete Jim mit sanfter Stimme. »Wart aber erst mal ab, wenn ich wieder bei Kräften bin und meine wahre Natur zutage tritt. Uuh-Uuh, der Affenmensch, das bin ich. Halb Neandertaler und halb Leopard.« Dabei schlug er sich mit der Hand gegen die Brust und hustete.

»So setzt du dich zusammen? Ich glaube eher, daß der Neandertaler überwiegt.«

»Sei nicht respektlos. Denk gefälligst daran, daß du mein Schuldner bist.«

»Ich bin schon lange der Meinung, daß du die Rückseiten deiner Karten lesen kannst. Allmählich sind sie ja schon weich wie Waffeln.« Es hatte sich nämlich herausgestellt, daß Jim im Besitz von Spielkarten war, die er für einen notwendigen Bestandteil seiner Prüfungsausrüstung angesehen hatte.

Welches auch seine Gründe für die Mitnahme von Karten gewesen sein mochten, jedenfalls hatte Jim welche, und die drei spielten jeden Abend wie eine Familie nach dem Abendbrot, wobei jede verlorene Partie eine Million Plutons zählte. Bei Jacqueline hatten sich Gewinn und Verlust annähernd die Waage gehalten, während Rod Jim mehrere hundert Millionen schuldete. An diesem Abend ging jedoch die Auseinandersetzung während des Spielens weiter. Rod beharrte nach wie vor dabei, daß sie ihr Versteck nicht preisgeben dürften.

»Das einzige, was ich für halbwegs ratsam halte: daß wir an irgendeiner anderen Stelle ein Signal geben«, sagte er nachdenklich. »Und dann könnten wir von einem sicheren Platz aus beobachten. Heb ab, Jim.«

»Hat aber auch seine Nachteile – ach, eine Fünf, genau, was ich brauche! Wenn man das Feuer so weit entfernt anlegt, daß dieser Platz hier geheim bleibt, dann bedeutet das ein dauerndes Hin und Her, wenigstens zweimal am Tage. Bei all dieser Rennerei aber forderst du dein Glück heraus, und eines Tages wirst du nicht mehr zurückkehren. Ich sage das nicht, weil ich nach dir verrückt bin, sondern weil es dann mit dem Spielen aus wäre.«

»Wer ist dran?«

»Jack. Wenn wir aber das Feuer hier in der Nähe abbrennen, so daß wir es von hier aus sehen können, dann kann uns nichts passieren, und wir können hier weiter gemütlich zusammen sein. Ich brauche mich nur mit dem Rücken gegen die Wand zu setzen, den Blick auf den Eingang zu heften und Jacks ›Ffft-Kanone‹ in den Schoß zu nehmen. Wagt es dann jemand, sein unfreundliches Gesicht hereinzustecken – wumms, geht die Maschine los, und wir haben was zum Mittagessen. Sollten sie uns aber zusagen, laden wir sie zu einem Spielchen ein. Und was hältst du von meinem Vorschlag?«

Sie nahmen ihn an, was ihnen zugleich noch mehr Zeit zum Kartenspiel ließ und Rods Schulden auf Milliarden erhöhte. Das Signalfeuer wurde auf dem Vorplatz zwar so angelegt, daß der Wind den Rauch nicht in die Höhle treiben konnte – drehte er sich jedoch gelegentlich, wurde es für sie unerträglich. Die Augen begannen zu tränen, und es blieb ihnen nichts anderes übrig als fluchtartig das Feld zu räumen.

Das ereignete sich dreimal an vier Tagen. Da ihre Reklame keine Kunden anzog, wurden sie es bald müde, ständig trockenes Holz als Brennstoff und grüne Zweige zum Qualmen heranzuschleppen. Als sie zum drittenmal vor dem Rauch flohen, sagte Jimmy: »Rod, ich gebe auf. Du hast gewonnen. So dürfen wir es nicht machen.«

»Nein!«

»Aber Rod! Hab ein Herz, Junge. Ich kann nicht von Rauch leben – ohne Vitamine. Hissen wir statt dessen lieber eine Flagge. Ich spendiere dazu mein Hemd.«

Rod dachte nach. »Na schön, können wir ja machen.«

»He, nicht so schnell. Ich habe nur rhetorisch gesprochen. Ich bin eine zarte Natur und kriege leicht Sonnenbrand.«

»Keine Angst, deine Haut wird sich schon daran gewöhnen. Jedenfalls hast du dein Hemd zur Verfügung gestellt, und wir nehmen es. Aber wir wollen auch das Feuer weiter unterhalten – bloß nicht auf dem Vorplatz, sondern weiter unten. Vielleicht da an der Schlammstelle.«

»Damit wir den Rauch direkt in unser Gartenhäuschen kriegen.«

»Na gut, dann noch weiter unten. Dafür wollen wir das Feuer aber wesentlich größer machen, damit die Rauchsäule weit zu sehen ist. Die Flagge können wir ja genau über unserer Höhle hissen.«

»Und dadurch große, behaarte Individuen, die kein Gefühl für Eigentumsrechte haben, einladen, uns von hier zu vertreiben.«

»Diese Gefahr haben wir schon auf uns genommen, als wir

uns zu dem Rauchsignal entschlossen. Also los, ran an die Arbeit!«

Rod suchte sich einen großen Baum an der Vorderseite ihres Daches aus und kletterte hinauf, bis der Stamm so dünn wurde, daß er ihn gerade noch trug. Dann zog er sein Messer heraus und verbrachte eine mühsame Stunde damit, das obere Ende anzuspitzen. Daran band er den Ärmel von Jims Hemd fest, kletterte wieder hinunter und hieb dabei die Äste ab, die den Blick nach oben versperrten. Bald wurden sie jedoch so stark, daß er mit seinem Messer nichts mehr ausrichten konnte, und er begnügte sich damit, sie von dem hinderlichen Blattwerk zu befreien, so daß der Stamm mehrere Meter völlig kahl aufragte. Das Hemd aber war flußaufwärts wie -abwärts aus weiter Entfernung zu sehen, zumal sich der Wind darin fing und es aufblähte. Rod stellte befriedigt, wenn auch von der Anstrengung müde, fest, daß sie jetzt ohne Frage eine richtige Signalflagge besaßen.

Jimmy und Jacqueline hatten unterdessen weiter unten eine neue Qualmanlage geschaffen, indem sie das Feuer vom Vorplatz abtransportierten. Jacqueline besaß außerdem noch ein paar Streichhölzer und Jim eine Fackel, die bei weitem noch nicht abgebrannt war. Trotzdem bewirkte der Gedanke, man habe sie hier einfach sitzenlassen, daß sie sich hundeelend fühlten. Als Rod seine Arbeit vollbracht hatte, ging er hinunter zu ihnen und stellte fest, daß der Rauch jetzt, wo er nicht mehr durch den Vorplatz eingeengt war, viel höher aufstieg. Erfreulich war auch die Tatsache, daß es bei weitem nicht mehr so schwierig war, Brennmaterial heranzuschaffen.

Rod faßte mit zu, war bald ebenso schmutzig und versengt wie die beiden anderen, freute sich aber dermaßen, wie er es seit Beginn der Prüfung nicht mehr getan hatte. Erst als die Sonne hinter den Baumspitzen verschwand, ließen sie davon ab, das Feuer noch größer und qualmiger zu machen. Nur widerstrebend traten sie den Rückweg an. Und erst in diesem Augenblick wurde sich Rod bewußt, daß er ganz vergessen hatte, auf die Höhle achtzugeben.

Doch da besann er sich darauf, daß wilde Tiere Feuer mieden. Er konnte also beruhigt sein.

Während sie beim Essen saßen, konnten sie beobachten, wie

auch das sterbende Feuer noch Rauch nach oben schickte. Nach dem Mahl holte Jim seine Karten hervor, glättete sie und fragte: »Na, Interesse an einem friedlichen Spielchen? Zum üblichen kleinen Einsatz!«

Jacqueline wollte gerade antworten, als Rod ein Zeichen zum Schweigen gab. »Psst! Ich habe eben etwas gehört.«

Den beiden anderen lief es plötzlich eiskalt über den Rücken, doch fast im gleichen Augenblick langten sie auch schon nach ihrem Messer. Rod steckte Colonel Bowie zwischen die Zähne und kroch nach vorn. Der schmale Gang war leer, und auch die Barrikade aus Dornengestrüpp schien unberührt. Am Eingang der Höhle lehnte er sich hinaus, suchte die Umgebung mit den Augen ab und bemühte sich, das Geräusch zu lokalisieren.

»Ahoi!« rief von oben eine Stimme nicht gerade laut. Rods Körper spannte sich. Er blickte zurück, sah Jimmy in der Diagonale hinüberkriechen, um den Pfad zu sichern, und erkannte auch Jacqueline, die ihr Luftdruckgewehr geholt hatte und im Augenblick eifrig daran herumhantierte.

Rod antwortete: »Wer ist da?«

Einen Augenblick herrschte völliges Schweigen, dann antwortete die Stimme: »Bob Baxter und Carmen Garcia. Und wer seid ihr?«

Rod atmete erleichtert auf. »Rod Walker, Jimmy Throxton. Und noch einer, aber nicht von uns . . . Jack Daudet.«

Baxter schien einen Moment nachdenken zu müssen. »Sagt mal, können wir zu euch hinunterkommen! Wenigstens für heute nacht?«

»Aber sicher!«

»Wie machen wir das am besten? Carmen kann nicht gut klettern, sie hat einen bösen Fuß.«

»Seid ihr genau über uns?«

»Ich kann euch zwar nicht sehen, aber ich denke schon.«

»Dann bleibt an eurem Platz, ich komme hinauf.« Rod wandte sich mit lachendem Gesicht den beiden zu. »Besuch zum Abendbrot! Los, mach Feuer, Jimmy.«

Jimmy begann wie eine Glucke zu jammern. »Und fast nichts im Haus. Ich hätte einen Kuchen backen sollen!«

Als sie zurückkehrten, hatte Jimmy bereits auf dem Rost gebratenes Fleisch für sie bereit. Carmens Zustand hatte die Verzögerung bewirkt. Sie hatte sich zwar nur den Knöchel verstaucht, aber ihre Schmerzen waren so groß, daß sie auf den Händen kriechen mußte und daher nur sehr langsam vorankam.

Als sie sah, daß der ›Fremde‹ in der Gesellschaft ein Mädchen war, brach sie in Tränen aus. Jackie blickte mit einem merkwürdigen Ausdruck, den sich Rod nicht erklären konnte, die Jungen an und führte Carmen in die äußerste Ecke der Höhle, wo sie selbst zu schlafen pflegte. Dort begannen sie zu flüstern, während Bob Baxter mit Rod und Jim von seinen Erlebnissen sprach.

Bob und Carmen war nichts Ungewöhnliches zugestoßen, nur hatte sich Carmen vor zwei Tagen den Knöchel verknackst. Natürlich hatten auch sie erkannt, daß irgend etwas schiefgegangen sein mußte und sie hier gleichsam ausgesetzt waren. »Ich muß euch sagen«, erzählte Bob in aller Offenheit, »daß ich jeden Halt verlor, als mir bewußt wurde, daß man uns nicht zurückrief. Aber Carmen hat mich wieder auf die Beine gebracht. Carmen vesteht sich aufs Praktische.«

»Das tun Mädchen immer«, pflichtete Jimmy bei. »Nimm mich zum Beispiel – ich hab's mit der Poesie.«

»Halt den Mund, Jimmy. Eine Frage, Bob – wollt ihr beide, du und Carmen, nicht bei uns bleiben? Wie mir scheint, können wir vorerst noch nicht damit rechnen, daß wir wieder nach Hause kommen. Deswegen sollten wir Pläne für die Zukunft machen.«

»Da hast du sicher recht.«

»Rod hat immer recht«, stimmte Jimmy zu. »Pläne für die Zukunft – hmm, ja ... Bob, spielen du und Carmen Karten?«

»Nein.«

»Macht nichts. Das bringe ich euch schon bei.«

8
»Entweder – oder«

Über die Frage, ob sie weiterhin das Rauchsignal geben und möglichst Unterstützung heranziehen sollten, wurde niemals abgestimmt, sie regelte sich von allein. Rod hatte die Absicht gehabt, am nächsten Morgen die Sache vorzubringen. Als er jedoch feststellte, daß Jimmy und Bob beim Wasserholen auch gleichzeitig das Feuer neu entfachten, ließ er es dabei bewenden. Der Erfolg war, daß ihnen an diesem Tage nacheinander noch zwei Mädchen zuliefen.

Es gab auch keine formellen Vertragsabschlüsse mehr, und ebensowenig war von der Wahl eines Chefs die Rede. Rod behielt die Führung weiter in der Hand, und Bob Baxter fügte sich willig drein. Da Rod zu beschäftigt war, dachte er auch nicht weiter darüber nach. Die Fragen der Verpflegung, Unterbringung und Sicherheit für die wachsende Bevölkerung ließen ihm keine Zeit mehr zum Grübeln.

Durch die Ankunft von Bob und Carmen war die Speisekammer im Nu leer geworden, es war dringend erforderlich, auf Jagd zu gehen. Bob Baxter bot sich sofort an, doch Rod entschied sich, wie bisher Jackie mitzunehmen.

Jack und Rod zogen ab und brachten ihre Opfer schnell zur Strecke. Aber Rods Stoß mit dem Messer hatte diesmal nicht ganz ausgereicht, und als Jacqueline herankam, um Rod zu helfen, bekam sie von dem um sich schlagenden wunden Bock einen Stoß in die Rippen. Sie behauptete zwar, nicht verletzt zu sein, nichtsdestoweniger tat ihr am nächsten Morgen die Seite weh, und Bob Baxter war der Meinung, daß sie sich eine Rippe gebrochen hatte.

So standen jetzt, wie Rod feststellen mußte, drei auf der Krankenliste, und außerdem waren noch zwei neue hungrige Mäuler dazugekommen. Aber eines davon war ein großes lachendes, das zu Caroline Mshiyeni gehörte. Sie war es auch, die Rod jetzt zum Waidgenossen erwählte.

Bis zum Ende der Woche blieben die Mädchen in der Mehrheit. Die Höhle, die für drei bequem war und für zweimal drei gerade noch ausreichte, füllte sich durch die Zahl der täglich neu Hinzukommenden derart, daß sie einfach nicht mehr ausreichte. Rod entschloß sich daher, sie zum Schlafraum für die Mädchen zu machen und die Jungen ins Freie, aufs Feld am Fuß des Pfadanstiegs, umzuquartieren. Die Stelle war zwar gegen Witterung und gegen Tiere nicht geschützt, von hier aus konnte man aber wenigstens den Zugang zur Höhle im Auge behalten.

Eine Woche, nachdem Jims Hemd beschlagnahmt worden war, tauchte eine Gruppe von vier Jungen auf, wodurch sich die Zahl auf fünfundzwanzig erhöhte und sich gleichzeitig das Verhältnis zugunsten der Jungen verschob. Da die neu Hinzugekommenen alle zwei bis drei Jahre älter waren als der Durchschnitt, hätte man sie eher als Männer denn als Jungen bezeichnen können. Drei von den vier Klassen, die hier eingesetzt waren, standen erst vor dem Übergang zur Universität, während die vierte Gruppe, der diese vier angehörten, bereits die Universität besuchte. Sie kamen vom Outlands Arts College der Teller-Universität.

Die vier waren Jock McGowan, ein muskulöser Bursche, der nur aus Händen und Füßen zu bestehen schien, sein jüngerer Bruder Bruce sowie Chad Ames und Dick Burke. Sie waren spät am Abend angekommen, und Rod hatte noch nicht die Zeit gehabt, sich mit ihnen bekannt zu machen, zumal am Morgen unerwartet noch eine Gruppe von vier Mädchen und fünf Jungen eingetroffen war. Damit aber hatten die administrativen Probleme für ihn einen Punkt erreicht, über den es nicht mehr hinausging. Vier Mädchen noch, und die Höhle reichte nicht einmal mehr für diese aus. Es war unbedingt notwendig, daß man entweder ein neues Obdach fand oder baute.

Rod ging zu den vier jungen Männern hinüber, die um das Feuer herum saßen. Er hockte sich nieder und fragte: »Versteht sich einer von euch aufs Bauen?«

Er wandte sich zwar an alle zusammen, doch warteten die anderen, bis Jock McGowan die Antwort gab. »Schon«, erwiderte Jock. »Ich denke, ich könnte alles bauen, was ich will.«

»Ist nichts Besonderes nötig«, erklärte Rod. »Bloß ein paar Steinmauern. Schon mal gemacht?«

»Sicher. Warum fragst du?«

»Ja, die Sache ist nämlich die: Wir brauchen unbedingt bessere Wohnverhältnisse – wir können uns vor Menschen nicht mehr retten. Zunächst müssen wir von der Wand ans Wasser eine Mauer ziehen, und dann müssen wir Hütten bauen. Das allerwichtigste ist jedoch ein Kral, damit wir gefährliche Tiere fernhalten.«

McGowan lachte. »Die Mauer wird wenig Sinn haben! Hast du schon das Biest gesehen, das einem langgezogenen Löwen ähnelt? Eines von seinen Jungen macht aus deiner Mauer Kleinholz, ehe du auch nur ›scht‹ gemacht hast.«

»Ich kenne sie«, gab Rod zu, »und ich liebe sie nicht im geringsten.« Ehe er weiterredete, mußte er sich die langen weißen Narben am linken Unterarm kratzen. »Die können über jede Mauer, ganz gleich wie hoch, hinwegsetzen. Deswegen müssen wir für sie noch eine Überraschung bereithalten.« Damit hob er einen Zweig auf und begann im Staub am Boden zu zeichnen. »Wir bauen die Mauer . . . und führen sie hier herum. Dann stellen wir auf etwa sechs Meter spitze Pfähle auf. Alles, was über die Mauer kommt, wird sich daran das Gedärm aufreißen.«

Jock McGowan blickte auf die Zeichnung. »Läppisch.«

»Albern«, stimmte ihm sein Bruder zu.

Rod lief im Nu rot an, antwortete jedoch ruhig: »Hast du eine bessere Idee?«

»Das steht nicht zur Debatte.«

»Nun«, entgegnete Rod langsam, »wenn nicht irgend jemand einen besseren Vorschlag macht oder wenn wir nicht wirklich gute Höhlen finden, müssen wir diesen Fleck hier so gut wie möglich befestigen . . . daran gibt es nichts zu ändern. Die Mädchen müssen die Pfähle schneiden und anspitzen, und wir anderen machen uns an die Mauer. Wenn wir die Arbeit richtig aufteilen, dürften wir bis zur Dunkelheit schon ein ganzes Stück geschafft haben. Wollt ihr vier zusammenarbeiten? Eine Gruppe muß Steine heranholen und eine andere Lehm graben und Mörtel machen. Ihr könnt's euch aussuchen.«

Wieder warteten die drei. Jock McGowan aber legte sich nach hinten zurück und verschränkte die Hände unter dem Kopf. »Bedaure. Ich bin heute zur Jagd verabredet.«

Rod merkte, wie ihm erneut das Blut in den Kopf stieg. »Wir

brauchen heute nicht zu jagen«, brachte er ganz vorsichtig heraus.

»Du warst gar nicht gefragt, Küken.«

Rod fühlte, wie sich in ihm kaltes Jagdfieber regte. Zugleich stellte er zu seinem Unbehagen fest, daß sich eine beträchtliche Zuhörerschaft um sie versammelt hatte. Er bemühte sich, die Stimme fest zu halten, und sagte: »Möglicherweise habe ich einen Fehler gemacht. Ich . . .«

»Das hast du.«

»Ich glaubte nämlich, daß ihr euch unserer Gemeinschaft anschließen wolltet. Also?«

»Vielleicht. Vielleicht auch nicht.«

»Entweder oder! Wenn ihr hierbleiben wollt, müßt ihr wie jeder andere mithelfen und arbeiten. Wenn nicht, dann seid ihr zum Frühstück und zu gelegentlichem Besuch eingeladen, im übrigen aber sucht euch woanders einen Platz. Auf keinen Fall aber möchte ich, daß ihr hier herumlungert, während die anderen sich abschuften.«

Jock sog an den Zähnen und bohrte mit der Zunge in einem Loch. Seine Hände waren noch hinter dem Kopf geschlossen. »Was du nicht verstehst, Grünschnabel, ist, daß es niemand gibt, der den McGowans Befehle zu erteilen hätte. Niemand. Stimmt's, Bruce?«

»Stimmt, Jock.«

»Und was meint ihr, Chad? Dick?«

Die beiden gaben grunzend ihre Zustimmung, und McGowan fuhr fort, zum Himmel hinaufzuschauen. »Nun hör mal zu«, sagte er leise, »ich gehe, wohin es mir beliebt, und ich bleibe, solange ich will. Die Frage heißt gar nicht, ob wir uns euch anschließen wollen, sondern wen wir eventuell aufzunehmen bereit sind. Dich aber bestimmt nicht, Muttersöhnchen, du bist ja nicht mal trocken hinter den Ohren.«

»Steh auf und mach, daß du rauskommst!« Rod schickte sich an, sich zu erheben. Er hatte zwar wie immer Colonel Bowie bei sich, aber er griff nicht danach, sondern richtete sich aus seinem Schneidersitz auf.

Jock McGowans Augen blitzten den Bruder an. Im nächsten Augenblick hatte Rod einen Tiefschlag weg . . . lag flach auf dem

Gesicht und rang nach Atem. Ein scharfes Messer legte sich ihm an die Rippen, er hielt still, und Bruce rief aus: »Was hältst du davon, Jock?«

Rod konnte zwar Jock McGowan nicht sehen, aber er hörte ihn sagen: »Wart mal erst noch ab.«

»Gut, Jock.«

Jock McGowan trug Pistole und auch Messer bei sich. Darum wohl hörte ihn Rod auch sagen: »Na, sonst noch wer, der ein Tänzchen wagen möchte? Oder ist euch Affen der Appetit vergangen?«

Rod konnte zwar Jock immer noch nicht sehen, doch entnahm er dem entsetzten Ausdruck von einem Dutzend Herumstehender, daß sich McGowan offensichtlich erhoben hatte und sie mit seiner Pistole in Schach hielt. Wenn auch alle Lagerinsassen Messer trugen, die meisten ebenfalls noch ihre Pistolen besaßen und, wie Rod beobachten konnte, Roy Kilroy – obwohl die Schußwaffen gewöhnlich in der Höhle von Carmen in einem kleinen Arsenal verwahrt wurden – seine Pistole bei sich hatte, so war im Augenblick weder das eine noch das andere von Nutzen. Der Übergang vom Wortgefecht zum offenen Angriff – ohne jede Warnung – war zu plötzlich gekommen. Von der Stelle, an der er lag, konnte Rod außerdem keinen von seinen engeren Freunden sehen, und diejenigen, die er sah, schienen nicht geneigt zu sein, ihr Leben für seine Befreiung aufs Spiel zu setzen.

Jock McGowan wandte sich an Chad und Dick: »Haltet ihr sie in Schach?«

»Ja, Boß.«

»Dann macht mal weiter, und ich nehme mich inzwischen dieses Großmauls an.« Damit erschienen seine behaarten Beine auch schon vor Rods Gesicht. »Hattest du ihm schon die Zähne gezogen, Bruce?«

»Noch nicht.«

»Dann will ich das mal tun. Dreh dich herum, mein Söhnchen, und laß mich an dein Messer. Gib ihn einen Augenblick frei, Bruce.«

Bruce McGowan richtete sich ein wenig über Rod auf, und Jock beugte sich nieder. Im gleichen Augenblick, als er nach

Rods Messer langte, öffnete sich an Jocks Seite unterhalb der Rippen eine winzige stählerne Blüte. Rod hörte nichts, nicht einmal das schwache Zischen, welches das Geschoß kurz vor dem Auftreffen gemacht haben mußte. Jock fuhr mit einem Schrei auf und faßte sich an die Seite.

Bruce brüllte auf: »Jock! Was ist los?«

»Es hat mich erwischt.« Damit sackte er zusammen wie ein inhaltloses Kleidungsstück.

Rod hatte zwar noch einen Mann auf seinem Rücken sitzen, aber ein winziger Augenblick reichte aus. Er riß sich herum, packte mit einem verzweifelten Griff zu, und schon hatte sich das Blatt gewendet: Bruce' rechtes Handgelenk war von Rods Faust umklammert, Colonel Bowie bedrohte Bruce' Gesicht.

Eine laute Altstimme schallte ihnen entgegen: »Ihr da unten! Habt keine Angst! Wie geben euch Deckung.«

Rod warf einen Blick nach oben und sah Caroline auf der höchsten Stelle des Platzes vor der Höhle stehen. Sie hatte ihr Gewehr an der Schulter. Ihr gegenüber saß Jacqueline, die kleine Luftdruckbüchse im Schoß. Sie arbeitete wie wild an der Luftpumpe, legte die Waffe an und zielte auf jemand, der hinter Rod stehen mußte.

Rod rief sofort: »Nicht schießen!« Dann drehte er sich um und sagte: »Werft sie weg, ihr beiden!«

Als Chad Ames und Dick Burke die Waffen fallen ließen, rief Rod: »Roy! Grant Cowper! Hebt das Spielzeug auf. Nehmt ihnen auch die Messer ab.« Dann kehrte er sich Bruce McGowan zu, faßte ihn unter das Kinn und sagte: »Los! Gib uns dein Messer.« Bruce machte es los, Rod nahm es entgegen und stand auf.

Alles, was in der Höhle gewesen war, kam jetzt nach unten gelaufen, Caroline an der Spitze. Jock McGowan wand sich am Boden, das Gesicht war blau angelaufen. Unter der Wirkung des beim Pfeil angewandten Giftes rang er nach Atem, als ob er einen schweren Anfall erlitten hätte. Auch Bob Baxter kam herbeigeeilt, warf einen Blick auf ihn und sagte zu Rod: »Ich kümmere mich gleich um deine Schnittwunde.« Damit wandte er sich schon wieder Jock McGowan zu.

Caroline fuhr entrüstet auf: »Du willst ihn doch nicht etwa retten?«

»Natürlich.«

»Warum? Werfen wir ihn einfach ins Wasser.«

Baxter blickte Rod an. Rod fühlte sich im ersten Augenblick versucht, Carolines Vorschlag ausführen zu lassen, doch dann antwortete er: »Tu für ihn, was du kannst, Bob. Wo ist Jack? Jack – du hast doch für deine Pfeile ein Gegengift, nicht wahr? Hol es.«

Jacqueline warf dem Opfer am Boden einen spöttischen Blick zu. »Wozu? Er ist doch nicht verwundet.«

»Was?«

»Ist doch bloß ein kleiner Kratzer. Ich hatte ja nur einen Übungspfeil zur Hand. Meine richtigen Jagdpfeile sind so untergebracht, daß sich niemand verletzen kann – um sie herauszuholen, hatte ich aber nicht die Zeit.« Sie stieß Jock mit einer Zehe an. »Der ist nicht vergiftet. Dem ist bloß vor Todesangst so.«

Caroline lachte laut auf und schwenkte dabei das Gewehr, das sie trug. »Und das hier ist leer. Ist nicht mal als Keule zu gebrauchen.«

»Stimmt das auch wirklich?« wandte sich Baxter an Jackie. »Die Symptome sehen ganz typisch aus.«

»Aber sicher! Sieh dir doch den Stempel auf dem herausstekkenden Ende an. Es ist ein Übungspfeil, weiter nichts.«

Baxter neigte sich über seinen Patienten und gab ihm einen Klaps ins Gesicht. »Nun mach Schluß mit dem Theater, McGowan! Steh auf. Ich will den Pfeil herausziehen.«

McGowan erhob sich unter Stöhnen, und Baxter nahm das Geschoß zwischen Daumen und Zeigefinger, ruckte ein paarmal daran und bekam es frei. Jock schrie, und Baxter versetzte ihm erneut einen Schlag.

»Nun fall mir bloß nicht noch in Ohnmacht!« brüllte er ihn an. »Hast Glück gehabt. Laß es ruhig ein bißchen bluten, ist bald wieder in Ordnung.« Damit wandte er sich Rod zu: »So, du bist der nächste.«

»Wieso? *Ich* habe doch nichts.«

»Der Stoff über deinen Rippen ist blutig.« Er blickte sich um. »Carmen, hol doch mal mein Verbandzeug.«

»Habe ich schon mitgebracht.«

»Gut. Rod, setz dich hin und lehn dich ein bißchen vor. Es wird ein wenig weh tun.«

Und es tat weh. Doch Rod bemühte sich, durch besondere Redseligkeit sich nichts anmerken zu lassen. »Carol«, fragte er, »ich verstehe nicht, wie ihr, du und Jackie, so schnell euren Plan habt machen können. Es klappte ja wie am Schnürchen.«

»Wir haben keinen Aktionsplan entworfen, wir haben einfach das getan, was wir konnten, und zwar so schnell wie möglich.« Sie drehte sich nach Jacqueline um und gab ihr einen Schlag auf die Schulter, der sie beinahe umgeworfen hätte. »Auf die kann man sich verlassen, Roddie, wirklich!«

Jacqueline brauchte einen Augenblick, bis sie sich wieder erholt hatte. Innerlich beglückt, zugleich jedoch bemüht, es nicht zu zeigen, sagte sie: »Aber Carol!«

»Jedenfalls danke ich euch beiden herzlichst.«

»Es war uns ein Vergnügen. Ich wünschte nur, daß meine Büchse richtig geladen gewesen wäre. Was wirst du nun mit ihnen anfangen, Rod?«

»Ja, ich . . . au!«

»Schon gut, schon gut!« sagte Baxter hinter ihm. »Hab ja gewußt, daß es weh tun würde. Am besten wäre es, ich legte noch eine Klammer an. Außerdem müßte auch ein richtiger Verband drauf, aber wir haben keinen. Das heißt also, daß du jetzt eine Weile keine schwere Arbeit tun darfst und daß du auf dem Bauch schlafen mußt.«

»Au!« kam es erneut von Rod.

»Jetzt bin ich aber wirklich fertig. Du kannst aufstehen. Du brauchst keine Angst zu haben, es ist nicht so schlimm, aber du mußt es auch ruhig heilen lassen.«

»Mir geht immer noch durch den Kopf«, beharrte Caroline, »daß wir sie eigentlich im Fluß schwimmen lassen sollten. Wir könnten dann auch Wetten abschließen, ob einer von ihnen am anderen Ufer ankommt oder nicht.«

»Carol, du benimmst dich sehr unzivilisiert.«

»Ich habe nie Anspruch erhoben, als zivilisiert zu gelten. Aber ich weiß, welches Ende mit dem Schwanz wedelt und welches beißt.«

Rod schenkte ihren Worten keine Bedeutung, sondern ging zu

den Gefangenen hinüber. Roy Kilroy hatte sie gezwungen, sich übereinander hinzulegen, was sie völlig würdelos und hilflos machte. »Laß sie sich aufrichten.«

Kilroy und Grant Cowper hatten bei ihnen Wache gehalten. Jetzt sagte Cowper: »Ihr habt den Boß gehört. Richtet euch auf!« Mit finsterer Miene kamen sie der Aufforderung nach.

Rod wandte sich an Jock McGowan. »Was meinst du, sollen wir mit euch anfangen?«

McGowan sagte nichts. Aus der Wunde an seiner Seite sikkerte Blut, und er sah blaß aus. Rod fuhr fort: »Einige sind der Meinung, wir sollten euch ins Wasser werfen. Das wäre dasselbe, wie wenn wir euch zum Tode verurteilten. Wenn wir uns dazu entschlössen, könnten wir euch auch ebensogut erschießen oder erhängen. Es widerstrebt mir, jemand bei lebendigem Leib auffressen zu lassen. Sollen wir euch aufhängen?«

Bruce McGowan platzte heraus: »Wir haben ja nichts getan!«

»Nein. Aber ihr habt es versucht. Und ihr werdet euch auch in Zukunft nicht ändern.«

Irgend jemand rief: »Halten wir uns doch nicht so lange mit ihnen auf, erschießen wir sie!« Rod hörte jedoch darüber hinweg. Einen Augenblick später trat Grant Cowper an Rod heran und sagte: »Wir sollten darüber abstimmen, ja, wir sollten sogar eine richtige Verhandlung durchführen!«

Rod schüttelte den Kopf. »Nein.« Er wandte sich wieder den Gefangenen zu. »Mir liegt es nicht, euch zu bestrafen, aber wir können es nicht riskieren, daß ihr hier irgendwo in der Umgebung herumstreunt.« Er drehte sich brüsk zu Cowper herum und sagte: »Gib ihnen ihre Messer.«

»Rod? Du willst doch nicht etwa mit ihnen kämpfen?«

»Natürlich nicht.« Und zu McGowan gewandt, fuhr er fort: »Ihr könnt eure Messer haben, eure Pistolen behalten wir aber hier. Wenn wir euch freilassen, lauft flußabwärts und bleibt nicht stehen. Bleibt mindestens eine Woche lang nicht stehen. Wenn wir euch jemals wieder zu Gesicht bekommen, erübrigt sich jede weitere Erklärung. Hast du mich verstanden?«

Jock McGowan nickte. Dick Burke würgte erst eine Weile, bis er herausbrachte: »Wenn ihr uns bloß mit unseren Messern losschickt, ist es dasselbe, wie wenn ihr uns gleich umbringt.«

»Blödsinn! Pistolen gibt es nicht. Und ich erinnere noch einmal daran: Kommt ihr hierher zurück, und sei es auch nur, um zu jagen, so gibt's keinen Pardon mehr. Irgendeiner wird euch immer auf der Spur sein – und zwar mit einer Pistole.«

»Die dann geladen sein wird!« fügte Caroline hinzu. »He, Roddie, kann ich das Geschäft nicht übernehmen? Laß mich! Bitte.«

»Halt den Mund, Carol. Roy, du und Grant, ihr könnt sie jetzt auf den Weg bringen.«

Als sich die Verbannten und die Wachen plus Schaulustige aufmachten, stießen sie auf Jimmy Throxton, der ins Lager zurückkam. Er blieb stehen und machte ein erstauntes Gesicht. »Was bedeutet denn diese Prozession? Rod ... was ist mit deinen Rippen, Junge? Hast du dich wieder gekratzt?«

Obwohl mehrere zugleich zu erzählen begannen, bekam er das Wesentliche doch mit, und er schüttelte sogleich sorgenvoll den Kopf. »Und ich redlicher Tölpel war inzwischen draußen und suchte passende Steine für unsere Gartenmauer. Jedesmal, wenn was los ist, vergißt man es, mich zu fragen. Wenn das nicht entwürdigend ist!«

»Laß das, Jim. Wahrlich kein Anlaß zum Spaßen.«

»Genau das, was ich gesagt habe. Es ist entwürdigend.«

Mit einer guten Stunde Verspätung, die den Verlust kostbaren Tageslichts bedeutete, brachte Rod die Gruppe endlich dazu, die Arbeit an der Mauer in Angriff zu nehmen. Er versuchte, sich trotz der medizinischen Verordnungen Bob Baxters selbst daran zu beteiligen, aber er mußte bald feststellen, daß er nicht so konnte, wie er wollte. Nicht allein, daß seine Wunde schmerzte, auch die Nachwirkung der Aufregungen machte sich bemerkbar. Er fühlte sich bedenklich schwach.

Um Mittag suchte ihn Grant Cowper auf. »Rod«, begann er, »kann ich dich mal sprechen? Privat?«

Rod zog sich mit ihm an einen stillen Platz zurück. »Was hast du denn auf dem Herzen?«

»Hmm ... Rod, du hast heute morgen Glück gehabt. Das weißt du sicher auch, nicht wahr? Nimm's mir nicht übel, wenn ich das sage.«

»Natürlich weiß ich das. Aber wozu sagst du das?«

»Nun, bist du dir im klaren, *warum* du in diese Lage kamst?«

»Was? Sicher weiß ich das – wenigstens jetzt. Ich vertraute jemand, dem ich nicht hätte vertrauen sollen.«

Cowper schüttelte den Kopf. »Das ist es nicht, Rod, hast du dich einmal mit der Theorie der Regierungsformen beschäftigt?«

Rod machte ein erstauntes Gesicht. »Ich habe die üblichen Vorlesungen über Staatskunde gehört. Wieso?«

»Nun, ich habe es bisher noch nicht erwähnt – meine Hauptvorlesung an der Teller-U ist Kolonialverwaltung. Eine der Fragen, die wir studieren, ist die, wie sich Autorität entwickelt und wie sie aufrechterhalten wird. Ich möchte dich nicht kritisieren, aber um es geradeheraus zu sagen: Du hättest heute morgen beinahe dein Leben verloren, weil du niemals solche Dinge studiert hast.«

Rod wurde unbehaglich zumute. »Worauf willst du eigentlich hinaus?« fragte er mit erhobener Stimme.

»Bitte, bleib ruhig«, erwiderte Grant betont beschwichtigend. »Sieh mal, die Tatsache als solche, daß du keine Autorität hattest, läßt sich nicht aus der Welt schaffen. McGowan wußte das und hat darum von dir auch keine Befehle entgegengenommen. Aber auch alle anderen wußten das. Und so war sich, als es zu dem Krach kam, auch keiner im klaren, ob er dich unterstützen sollte oder nicht. Und zwar einfach aus dem Grund, weil du nicht ein Milligramm wahrer Autorität besitzt.«

»Augenblick mal! Willst du damit sagen, daß ich nicht Chef dieser Gemeinschaft bin?«

»De facto bist du der Chef, daran gibt es keinen Zweifel. Aber du bist niemals dazu gewählt worden. Und darin liegt deine Schwäche.«

Rod mußte das erst einen Augenblick verdauen. »Ich weiß«, sagte er langsam. »Es liegt einfach daran, daß wir so verdammt viel zu tun hatten.«

»Gewiß, gewiß, und ich bin auch der letzte, der sich eine Kritik erlauben würde. Nichtsdestoweniger bedarf es für einen solchen Posten einer offiziellen Bestätigung.«

Rod seufzte. »Ich hatte schon die Absicht, eine Wahl durchzuführen, aber mir schien der Bau der Mauer vordringlicher zu sein. Immerhin – du hast recht, und darum wollen wir sie auch gleich zusammenrufen.«

»Aber, aber! Das braucht doch nicht schon in diesem Augenblick zu sein.«

»Wieso nicht? Je eher, desto besser. Das liegt doch auf der Hand.«

»Heute abend, wenn es zu dunkel ist zum Arbeiten, bleibt auch noch Zeit dazu.«

»Na schön . . . machen wir's so.«

Als sie zum Abendbrot zusammenkamen, kündigte Rod an, daß nach dem Essen noch eine Versammlung über Organisations- und Planungsfragen stattfände. Obwohl er zu niemand darüber gesprochen hatte, schien kein Mensch davon überrascht zu sein. Um so überraschter, ja verärgert war er selbst, bis er sich schließlich sagte, daß es nichts Geheimnisvolles daran gäbe; Grant war in keiner Weise verpflichtet, Schweigen zu bewahren. Nachdem er die Wachen für das Lager und für das Feuer aufgestellt hatte, trat er in die Mitte des Platzes und rief im Schein der Flammen aus: »Nun seid mal ruhig! Wir wollen anfangen. Wenn ihr, die ihr auf Posten steht, nichts verstehen könnt, dann meldet euch bitte.«

Er zögerte einen Augenblick.

»Es handelt sich um folgendes: Wir wollen eine Wahl durchführen. Irgend jemand hat nämlich darauf hingewiesen, daß ich niemals richtig zum Anführer dieser Gemeinschaft gewählt worden bin. Nun, wenn ich irgendeinen von euch vor den Kopf gestoßen habe, so tut mir das sehr leid. Ich habe jedenfalls mein möglichstes getan. Aber natürlich habt ihr das Recht, den zum Chef zu wählen, den ihr haben wollt. So! – Wen schlagt ihr also vor?«

Jimmy Throxton brüllte: »Ich schlage Rod Walker vor!«

Carolines Stimme antwortete: »Ich auch! Und ich beantrage, keine weiteren Nominierungen zuzulassen.«

Rods Reaktion war urplötzlich: »Carol, dein Antrag ist unstatthaft.«

»Wieso?«

Ehe er antworten konnte, meldete sich Roy Kilroy. »Willst du mir bitte das Wort erteilen? Dringlichkeitsantrag!«

Rod wandte sich um und entdeckte, daß Roy neben Grant Cowper am Boden hockte. »Sicher. Bringe dein Anliegen vor.«

»Es handelt sich um eine Verfahrensfrage. Das erste, was wir tun müssen: einen einstweiligen Versammlungsleiter wählen.«

Rod überlegte schnell. »Natürlich! Du hast recht. Jimmy, deine Nominierung entfällt damit zunächst. Ich bitte um Nominierungen für den einstweiligen Versammlungsleiter.«

Man wählte Roy Kilroy. Da Roy über keinen Hammer verfügte, nahm er zum Symbol seiner Würde einen Stein in die Hand und kündigte an:

»In meiner Eigenschaft als Versammlungsleiter erteile ich hiermit Grant Cowper das Wort zu einer grundsätzlichen Erklärung über Zweck und Ziel dieser Versammlung.«

Cowper stand auf. Das rote Licht der Flammen brachte sein Gesicht mit dem lockigen kurzen Bart vorteilhaft zur Geltung. »Freunde«, sagte er, »wir sind hier versammelt, nicht um den Führer ehemaliger Prüfungsteilnehmer zu wählen, sondern um eine neue Nation zu gründen.«

Er machte eine Pause, um den Gedanken zur Wirkung kommen zu lassen. »Ihr kennt die Lage, in der wir sind. Wir alle hoffen inständig, daß wir daraus befreit werden, niemand mehr als ich. Ich möchte sogar so weit gehen zu sagen, daß ich der Meinung bin, wir werden befreit werden – wenigstens eines Tages. Aber wir wissen es nicht genau, und wir haben auch keine Anhaltspunkte, auf die wir unsere Vermutungen und Hoffnungen gründen könnten, vor allem haben wir keine Vorstellung davon, wann der Tag der Befreiung kommen kann.

Es kann morgen sein ... es kann aber auch erst für unsere Nachfahren in tausend Jahren sein.

Wenn aber die Hauptmasse unserer Rasse eines Tages die Verbindung zu uns herstellt, zu unserer kleinen Gruppe, so wie sie hier heute abend versammelt ist, dann wird es an uns sein, ob sie eine zivilisierte Gesellschaft vorfindet ... oder von Flöhen gebissene Tiere ohne Sprache, ohne Kunst, ohne das Licht einer strahlenden Vernunft ... oder überhaupt keine Überlebenden mehr, sondern nur sauber abgenagte Knochen.«

»Meine aber nicht!« rief Caroline aus, worauf Kilroy ihr einen unfreundlichen Blick zuwarf und um Ruhe bat.

»Deine nicht, Caroline«, pflichtete Cowper ernst bei, »und auch meine nicht. Von keinem von uns. Denn wir wollen heute abend gerade die Maßnahmen treffen, die dafür bürgen, daß wir alle am Leben bleiben. Uns fehlen viele materielle Dinge, wir sind arm. Aber wir sind reich an Wissen, denn wir haben das elementare Wissen unseres Volkes mit uns genommen. Wir müssen es bewahren ... und wir *wollen* das auch!«

Caroline konnte nicht umhin, Cowpers dramatische Pause in der Art eines Volksgemurmels auszufüllen: »Spricht gut, nicht wahr? Vielleicht heirate ich ihn noch einmal.«

Cowper gab sich diesmal keine Mühe, diese Zwischenbemerkung in seine Rede mit aufzunehmen. »Welches aber ist jenes elementarste Wissen, das sich unsere Menschheit erworben hat? Dasjenige, ohne welches alles übrige nutzlos ist? Welche Flamme müssen wir wie die vestalischen Jungfrauen hüten?«

Irgend jemand rief: »Das Feuer!« Doch Cowper schüttelte den Kopf.

»Die Schrift!«

»Das Dezimalsystem.«

»Die Atomlehre!«

»Das Rad – natürlich.«

»Nein, nichts davon. Alle diese Dinge sind wichtig, aber sie sind nicht der Kern. Die größte Erfindung der Menschheit ist, daß sie sich selbst regiert, und das ist die allerschwerste Aufgabe, die sie zu bewältigen hatte. Obwohl wir individualistischer sind als Katzen, haben wir es nichtsdestoweniger gelernt, wirksamer zusammenzuarbeiten als Ameisen, Bienen oder Termiten. Obwohl wir wilder, blutdürstiger und raubgieriger sind als Haie, haben wir es gelernt, friedlich wie die Lämmer zusammenzuleben. Aber alle diese Dinge sind keineswegs einfach und harmlos. Darum wird das, was wir heute abend hier tun, entscheidend sein für die Zukunft ... und vielleicht auch für die Zukunft unserer Kinder, unserer Kindeskinder, unserer Nachfahren bis ins Dunkel der Zeit. Darum wählen wir heute abend auch nicht nur den Vorsitzenden eines Vereins ehemaliger Examenskandidaten, sondern wir schaffen die Grundlage für eine Regierung. Das aber müssen wir mit höchster Sorgfalt tun. Wir müssen einen Präsidenten für unsere neue Nation wählen, einen Bürgermeister für unseren Stadtstaat. Wir müssen eine Verfassung aufstellen, Artikel unterzeichnen, die uns aneinander binden. Wir müssen organisieren und planen.«

»Hört, hört!«

»Bravo!«

»Wir müssen ein Gesetz schaffen, Richter ernennen und für die Durchführung unserer Gesetze sorgen. Denkt mal zum Beispiel an heute morgen ...« Cowper kehrte sich Rod zu und lächelte ihm freundlich zu. »Bitte, nimm es nicht persönlich, Rod – ich denke, du verstehst das. Du hast bestimmt mit aller Klugheit gehandelt, und ich war glücklich darüber, daß du Gerechtigkeit mit Gnade vereint hast. Niemand aber hätte dir Vorwürfe machen können, wenn du deinen Impulsen nachgegeben und diese vier ... hmmm ... unsozialen Geschöpfe ins Jenseits befördert hättest. Gerechtigkeit darf jedoch nicht den Launen eines Diktators unterworfen sein. Wir können unser Leben nicht in Abhängigkeit von deinem Temperament bringen – ob es nun gut oder schlecht ist. Das verstehst du doch, nicht wahr?«

Rod antwortete nicht. Er hatte das Empfinden, daß er wegen eines schlechten Charakters, einer Tyrannis, einer Diktatur angeklagt wurde und daß man ihn für eine Gefahr für die Gemeinschaft hielt. Grant Cowpers Worte waren sehr freundlich, doch steckte hinter ihnen, ohne daß er es zu fassen vermocht hätte, irgendeine Kritik, irgend etwas sehr Persönliches.

Cowper beharrte auf einer Antwort. »Das verstehst du doch, Rod? Nicht wahr? Du hast doch sicher nicht den Ehrgeiz, über Gut und Leben unserer Gemeinschaft absolute Gewalt zu haben? *Das* willst du doch auf *keinen* Fall? Nicht wahr?« Er wartete.

»Wie meinst du? Ach so, natürlich nicht. Ich stimme dir durchaus zu.«

»Na also! Ich habe auch nichts anderes erwartet. Und ich muß dir auch sagen, ich bin der Meinung, daß du damit ein sehr gutes Stück Arbeit geleistet hast, daß du uns alle zusammengebracht hast. Ich pflichte durchaus nicht denjenigen bei, die dich kritisiert haben. Du hast dein Bestes getan, und was gewesen ist, soll gewesen sein.«

Cowper zeigte wieder sein freundliches Lächeln, und Rod hatte das Gefühl, als ob man ihn mit Küssen besänftigen wollte.

Cowper wandte sich Kilroy zu und sagte: »Das ist alles, was

ich zu sagen habe, Herr Vorsitzender.« Wieder flammte sein Lächeln auf. Er begab sich auf seinen Platz und wollte sich schon setzen, als er sich noch zu einer weiteren kurzen Bemerkung verpflichtet fühlte: »Entschuldigt, Leute, daß ich so lange gesprochen habe. Aber ich mußte mir das mal von der Leber reden.«

Kilroy klatschte einmal in die Hände. »Die Versammlungsleitung nimmt nunmehr die Nominierungen für – he, Grant, wenn wir nicht ›Boß‹ sagen wollen, was nehmen wir dann?«

»Hmm . . .«, sagte Cowper in der Manier eines Richters. »›Präsident‹ erscheint ein bißchen zu anspruchsvoll. Ich meine aber, ›Bürgermeister‹ wäre vielleicht das Richtige – Bürgermeister unseres Stadtstaates, unseres Dorfes.«

»Die Versammlungsleitung nimmt Nominierungen entgegen für den Posten eines Bürgermeisters.«

»Ich schlage Grant Cowper vor!«

»Bin dafür!«

»Ich auch!«

»Eine Anfrage: Wollen wir es nicht einstimmig machen?«

Jimmy Throxtons Stimme fuhr scharf dazwischen. »*Ich schlage Rod Walker vor!*«

Bob Baxter erhob sich. »Herr Versammlungsleiter?«

»Ruhe, bitte Ruhe halten! Herr Baxter.«

»Ich schlage ebenfalls Rod Walker vor.«

»Gut. Damit liegen bisher zwei Nominierungen vor, Grant Cowper und Rod Walker. Noch weitere Vorschläge?«

Es herrschte einen Augenblick Schweigen, dann meldete sich Rod. »Eine Sekunde nur, Roy.« Da er merkte, daß seine Stimme zitterte, holte er erst zweimal tief Luft, ehe er fortfuhr: »Ich bin dagegen. Ich habe jetzt eine ganze Zeit soviel Kummer gehabt, wie man sich nur wünschen kann, ich möchte jetzt gern etwas Ruhe haben. Jedenfalls danke ich dir, Bob, und ich danke auch dir, Jimmy.«

»Weitere Nominierungen?«

»Eine halbe Sekunde, Roy . . . betrifft Vorrecht der Person.« Grant Cowper erhob sich. »Rod, ich weiß, was du empfindest. Niemand übernimmt aus innerstem Herzen ein öffentliches Amt – nur das Pflichtbewußtsein und die Bereitschaft zu dienen machen ihn dazu geneigt. Wenn du dich zurückziehst, werde ich von demselben Recht Gebrauch machen; ich habe ebensowenig Verlangen nach Kopfzerbrechen wie du.«

»Aber hör mal, Grant, du . . .«

»Nein, jetzt hörst du noch einen Augenblick zu. Ich bin der Meinung, keiner von uns sollte sich zurückziehen. Wir müssen jede Aufgabe, jede Pflicht, die uns übertragen wird, auf uns nehmen, ebenso wie wir unsere Nachtwache machen müssen, wenn wir an der Reihe sind. Vielleicht sollten wir aber noch weitere Vorschläge annehmen.« Er blickte sich um. »Seit dem Durcheinander von heute morgen sind wir ebensoviel Mädchen wie Männer . . . die beiden Kandidaten aber sind ausschließlich männlich. Das finde ich nicht richtig. Herr Vorsitzender, ich nominiere Caroline Mshiyeni.«

»Was? Grant, bist du verrückt? Ich würde eine schöne Bürgermeisterin abgeben! Ich bin jedenfalls für Roddie.«

»Das kannst du halten, wie du willst, Caroline. Immerhin mußt du dich ebenso als Kandidatin aufstellen lassen wie Rod und ich.«

»Für *mich* stimmt doch keiner!«

»Da irrst du dich sehr. Ich stimme für dich.«

Kilroy seufzte. »Na also, dann drei Kandidaten. Und nun zur Abstimmung! Ich schlage vor, daß wir in Ermangelung von Wahlzetteln das Handzeichen geben.«

Sofort erhob sich Bob Baxter. »Erhebe Einspruch, Herr Vorsitzender. Ich beantrage geheime Wahl. Irgendwie läßt sich das schon einrichten.«

Und man fand einen Weg. Kieselsteine bedeuteten Rod, kleine kahle Zweige Cowper und ein grünes Blatt Caroline, während einer von Jimmys keramischen Versuchen als Wahlurne dienen sollte.

In aller Feierlichkeit wurden die Stimmen im Schein der Flammen ausgezählt. Es gab fünf Stimmen für Rod, eine für Caroline und zweiundzwanzig für Cowper. Rod schüttelte Cowper die Hand und zog sich darauf sogleich ins Dunkel zurück, damit niemand sein Gesicht sehen konnte.

Rod sagte gar nichts. Er hatte für Cowper gestimmt, war aber sicher, daß der neue Bürgermeister das Kompliment nicht zurückgegeben hatte . . . er wußte auch, wer seine fünf Freunde waren. Na ja! Hatte er es nicht kommen sehen? Warum hatte Grant ihn bloß nicht zurücktreten lassen?

Grant übernahm sofort den Vorsitz und sagte: »Ich danke euch. Ich danke euch allen. Da ich weiß, daß ihr jetzt alle schlafen wollt, will ich mich heute abend darauf beschränken, nur noch ein paar Kommissionen einzusetzen . . .«

Rod konnte nicht gleich einschlafen. Er mußte sich erst immer wieder sagen, daß es keine Schande sei, bei einer Wahl zu unterliegen – hatte sein Alter Herr nicht auch einmal verloren, als er sich um den Posten eines Stadtrates bewarb?

Er war gerade eingeschlafen, als jemand seinen Arm berührte.

Rod war sofort hellwach und riß im gleichen Augenblick Colonel Bowie heraus.

»Leg den Zahnstocher weg«, flüsterte Jimmy, »ehe du damit jemand verletzt – mich, meine ich.«

»Was ist los?«

»Ich bin los. Ich habe Feuerwache. Und du mußt jetzt auch raus, denn wir wollen eine Sitzung des ›Inneren Kreises‹ abhalten.«

»Was?«

»Halt den Mund und komm mit. Bewege dich leise, die Leute schlafen alle.«

Der ›Innere Kreis‹ erwies sich als Jimmy, Caroline, Jacqueline, Bob Baxter und Carmen Garcia. Sie sammelten sich innerhalb des Feuerringes, doch so weit weg wie möglich von den Schläfern. Rod blickte verwundert seine Freunde an. »Was soll das Ganze?«

»Weiter nichts«, sagte Jimmy mit ernster Miene, »als daß du unser Anführer bist und daß wir dieses Wahlmanöver ebenso verabscheuen wie ein Spiel mit gezinkten Karten.«

»Stimmt ganz genau«, fügte Caroline hinzu. »Dieses ganze Theater, dieses lächerliche Gerede!«

»Wieso? Jeder konnte doch sprechen, und jeder konnte wählen.«

»Ja«, pflichtete Baxter bei. »Ja . . . und nein.«

»Ich weiß nicht – es war doch alles in Ordnung.«

»Ich habe von dir auch nichts anderes erwartet, Rod. Nichtsdestoweniger – ich weiß nicht, wieweit deine Erfahrung im politischen Ränkespiel reicht, Rod. Ich habe selbst noch nicht viel miterlebt, außer in Kirchenangelegenheiten, aber wir Quäker machen ja diese Sache ganz anders. Wir warten, bis der Geist uns berührt. Trotz des langen Geschwätzes war das Ganze eine tolle Schiebung. Heute morgen wärst du mit überwältigender Mehrheit gewählt worden, und heute abend hattest du nicht die geringste Aussicht.«

»Die Frage ist nur die«, warf Jimmy ein, »ob wir dazu stehen oder nicht?«

»Was können wir tun?«

»Was wir tun können? Wir brauchen bloß nicht hierzubleiben. Unsere alte eigene Gruppe besteht ja noch. So gehen wir einfach weg und suchen uns eine andere Stelle . . . eine größere Höhle.«

»Jawohl! Das machen wir«, entschied Caroline, »und zwar noch heute nacht.«

Rod überlegte hin und her. Der Gedanke hatte etwas sehr Verlockendes; sie brauchten die anderen nicht, solche Figuren wie Nielsen – und Cowper. Die Entdeckung aber, daß seine Freunde treu zu ihm standen, treu in einem solchen Maß, daß sie eher das Exil vorzogen als sich mit seiner Niederlage abzufinden, diese Tatsache erschütterte ihn bis ins Mark. »Und wie steht's mit dir, Jackie?«

»Wir sind doch Partner, Rod – für immer!«

»Bob – willst du das wirklich tun? Du und auch Carmen?«

»Ja. Nur . . .«

»Was ›nur‹?«

»Rod, wir bleiben bei dir. Soll die Wahl sein, wie sie will – du aber du hast uns aufgenommen, als wir in Not waren, und du hast nicht nur mit uns eine Gruppe gebildet, sondern hast sie auch geführt. Das wollen wir niemals vergessen. Außerdem bin ich der Meinung, daß du einen besseren Anführer abgibst, als es wahrscheinlich bei Cowper der Fall ist. Aber da ist noch eine Sache.«

»Ja.«

»Wenn du dich dazu entscheidest, daß wir weggehen wollen, dann würden wir, Carmen und ich, es begrüßen, wenn du es noch einen Tag aufschieben könntest.«

»Wieso?« fragte Caroline. »Jetzt wäre doch der richtige Zeitpunkt dafür.«

»Schon – aber seht mal, das soll doch jetzt hier eine nach Recht und Gesetz gebildete Kolonie sein, ein Dorf mit einem Bürgermeister. Nun, jedermann weiß, daß ein regelrecht gewählter Bürgermeister Eheschließungen vollziehen kann.«

»Oooh!« gab Caroline voller Überraschung von sich. »Entschuldigt meinen großen Mund.«

»Carmen und ich, wir können die Kirchentrauung später nachholen – das ist in unserer Kirche nicht weiter schwer. Aber gerade für den Fall, daß wir befreit werden, hätten wir und auch unsere Angehörigen es lieber, wenn den zivilen Erfordernissen nach Recht und Gesetz Genüge getan ist. Verstehst du das?«

Rod nickte. »Natürlich verstehe ich das.«

»Wenn du aber willst, daß wir heute nacht noch . . .«

»Tue ich nicht«, antwortete Rod mit plötzlicher Entschlossenheit. »Wir bleiben und sorgen dafür, daß ihre beide rechtmäßig getraut werdet. Dann . . .«

»Dann verschwinden wir alle unter einem Regen von Reis«, beendete Caroline den Satz.

»Dann werden wir weiter sehen. Vielleicht stellt sich Cowper doch als besserer Bürgermeister heraus, als wir erwarten. Wir wollen nicht einfach aus dem Grund weggehen, weil ich eine Wahl verloren habe.« Er blickte in die Runde und schaute einem nach dem anderen ins Gesicht. »Aber – aber ich danke euch allen herzlichst. Ich . . .«

Er kam nicht weiter. Carmen trat auf ihn zu und gab ihm unversehens einen Kuß. »Gute Nacht, Rod. Und schönen Dank auch.«

9
»Ein glückliches Omen«

Bürgermeister Cowper hatte einen guten Beginn. Er billigte nicht nur die Anregung, daß Carmen und Bob ein eigenes Quartier bekommen sollten, sondern er ließ es sich sogar selbst angelegen sein, die ursprünglichen Pläne zu erweitern. Er brach die Arbeit an der Mauer ab und setzte das ganze Dorf ein, um ein Flitterwochenhäuschen zu bauen.

Erst als sein Stellvertreter Roy Kilroy ihn daran erinnerte, schickte er Jagdkommandos los.

Da er die Trauung für den Abend angesetzt hatte und das Haus bis zum Sonnenuntergang fertig sein sollte, arbeitete er selbst mit. Und als der Nachschub an Bausteinen ausblieb, ließ er einen Teil der Mauer abtragen, so daß bis zum Abend tatsächlich das Haus stand. Natürlich war die Konstruktion, da sie kein Handwerkszeug, keinen Mörtel, sondern bloß Lehm und kein Zimmermannsgerät besaßen, außerordentlich primitiv.

Aber es war ein Haus und hatte sogar eine Tür, die geschlossen werden konnte – eine geflochtene Grasmatte, die mit Bambus versteift war. Sie hing zwar nicht in Angeln und ließ sich auch nicht abschließen, aber sie füllte das Loch aus und konnte mit einem Stein und einer Stange festgestellt werden. Außerdem besaß das Haus auch einen Fußboden aus sauberem Sand, der mit großen, frischen Blättern bedeckt war.

Als mittags die Arbeit zum Essen unterbrochen wurde, ließ sich Rod absichtlich in der Nähe einer Gruppe um Cowper nieder.

Margery Chung, die an diesem Tag gekocht hatte, schnitt Rod eine Scheibe von dem gebratenen Fleisch ab. Er dankte ihr und begann daran zu knabbern. Cowper redete ununterbrochen, und Rod bemühte sich gar nicht, wegzuhören, um so weniger, als es keinen Grund zu geben schien, warum er nicht lauschen sollte.

». . . was die einzige Möglichkeit ist, diese Gruppe hier zur notwendigen Disziplin zu bringen. Ich bin sicher, ihr seid meiner Meinung.« In diesem Augenblick warf Cowper einen Blick zur Seite, entdeckte Rod, machte ein verdrießliches Gesicht und verzog seine Miene zu einem Lächeln. »Hallo, Rod.«

»He, Grant.«

»Hör mal, mein alter Freund, wir haben hier gerade eine wichtige Sitzung des Exekutivkomitees. Würdest du vielleicht so liebenswürdig sein, dir einen anderen Platz zu suchen, wo du essen kannst?«

Rod schoß die Röte ins Gesicht, aber er erhob sich und sagte: »Sicher kann ich das.«

Cowper schien noch einen Augenblick darüber nachzudenken. »Nichts Privates natürlich – müssen bloß was regeln. Kannst dich eigentlich auch zu uns setzen und uns mit deinem Rat unterstützen.«

»Aber nein, ich . . . ich wußte ja nicht, daß hier was im Gange war.« Damit machte sich Rod auch schon auf den Weg.

Rod schlenderte durchs Lager und hatte das Gefühl, trotz allem etwas zu gelten. Plötzlich hörte er, wie ihn jemand rief. Er drehte sich dankbar um und stieß auf Jimmy Throxton. »Komm nach draußen – außerhalb der Mauer«, sprach Jimmy leise. »Die Geheime Sechs veranstaltet eine Landpartie. Hast du das glückliche Paar gesehen?«

»Du meinst Carmen und Bob?«

»Kennst du noch andere glückliche Paare? Aber da sind sie ja – gucken sich mit gierigen Augen ihr zukünftiges Herrenhaus an. Erwarte dich gleich draußen.«

Rod folgte der Aufforderung, ging an der Mauer vorbei und entdeckte Jacqueline und Caroline, die nahe dem Wasser saßen und speisten. Gewohnheitsmäßig blickte er um sich, um Dekkungsmöglichkeiten und den Rückweg in den Kral festzulegen. Da in der Nähe so vieler Menschen jedoch keine Gefahr zu bestehen schien, ging er ziemlich schnell darüber hinweg. »He, Mädchen!« Er trat auf sie zu und ließ sich auf einem Felsbrocken nieder.

»Hallo, Rod.«

»H'lo, Roddie«, grüßte auch Caroline. »Was Neues am Rialto?«

»Nicht daß ich wüßte. Aber sagt mal, hat Grant gestern abend noch ein Exekutivkomitee eingesetzt?«

»Tausend Komitees und Kommissionen hat er eingesetzt, ein Exekutivkomitee jedoch nicht, sofern er es nicht getan hat, nachdem er die Versammlung geschlossen hatte. Warum überhaupt ein Exekutivkomitee? Diese Gemeinschaft hier braucht so etwas nicht mehr als ich ein Fahrrad.«

»Wer gehört ihm denn an, Rod?« fragte Jacqueline.

Rod mußte einen Augenblick nachdenken und nannte die Gesichter, die er bei Cowper gesehen hatte. Sie machte eine nachdenkliche Miene. »Das sind alles seine besonderen Freunde von der Teller-U.«

»Habe ich mir ganz so gedacht.«

»Das gefällt mir aber gar nicht«, antwortete sie.

»Wieso? Was schadet das?«

»Vielleicht gar nichts – vielleicht aber doch. Natürlich konnten wir nichts anderes erwarten. Aber ich würde mich wohler dabei fühlen, wenn alle Gruppen vertreten wären, nicht bloß die um Cowper.«

»Unsinn, Jack, du mußt ihm bestimmt mehr Handlungsfreiheit zubilligen, als du es tust.«

»Ich sehe nicht ein, warum«, erwiderte Caroline. »All diejenigen, die du genannt hast, sind dieselben, die der Angeber als Vorsitzende in den anderen Kommissionen eingesetzt hat. Das ist offensichtlich eine sehr zähe Clique. Überleg mal, keiner von unseren schäbigen Charakteren sitzt in irgendeinem Komitee von Bedeutung – ich mache bei der Lagerreinigung und beim Gesundheitsdienst mit, Jackie bei der Verpflegungszubereitung, und du, du machst nirgends mit. Du hättest im Verfassungs-, Rechts- und im Organisationskomitee sein müssen, aber er machte sich selbst zum Vorsitzenden und überging dich einfach. Bitte zieh die Folgerung.«

Rod antwortete nicht, und Caroline fuhr fort: »Dann will ich es tun. Erst gibt es ein Wahlkomitee. Dann werden wir feststellen, daß nur die eines bestimmten Alters, sagen wir von einundzwanzig an, ein Amt bekleiden können. Sehr bald wird sich dann zeigen, daß das Exekutivkomitee sich in einen Senat verwandelt hat – natürlich werden sie einen anderen Namen dafür finden –, der sich ein Vetorecht beilegt, das nur mit Dreiviertelmehrheit außer Kraft gesetzt werden kann, und die werden wir niemals zusammenkriegen. Jedenfalls hätte es mein Onkel Phil so eingefädelt.«

»Dein Onkel Phil?«

»Junge, das war ein Politiker! Ich habe ihn zwar nicht geliebt – er hatte so viele Babys geküßt, daß seine Lippen ganz faltig geworden waren. Ich habe mich immer versteckt, wenn er ins Haus kam – aber den möchte ich gern diesem Cowper gegenüberstellen. Es gäbe eine Schlacht wie unter Dinosauriern. Siehst du nicht, Rod, daß sie uns so richtig eingewickelt haben. Daher sage ich, wir sollten hier nach der Trauung ohne Zögern verschwinden.« Damit wandte sie sich an Jacqueline: »Einverstanden?«

»Gewiß . . . wenn Rod dafür ist.«

»Aber ich bin nicht dafür. Sieh mal, Carol, ich liebe diese Situation bestimmt nicht. Um die Wahrheit zu sagen . . . es hat mich sogar ganz schön mitgenommen, daß ich so ausgebootet worden bin. Aber ich kann nicht zulassen, daß ihr alle deswegen wegziehen wollt. Wir sind ja auch gar nicht genug, um eine neue Kolonie zu gründen, die vor allem auch sicher ist.«

»Aber, Roddie, es gibt hier auf den Bäumen bestimmt noch dreimal soviel Leute wie in diesem Lager. Diesmal werden wir natürlich langsam zu Werke gehen und sehr wählerisch sein, wen wir aufnehmen. Sechs ist ohne Zweifel ein guter Start. Wir kommen damit schon weiter.«

»Nicht sechs, Carol. Vier.«

»Wieso? Doch sechs! Ehe dich Jimmy gestern abend holen kam, waren wir uns darüber völlig einig.«

Rod schüttelte den Kopf. »Carol, wie kannst du erwarten, daß Bob und Carmen mit uns gehen . . . unmittelbar nachdem die anderen ihnen ein eigenes Haus als Hochzeitsgeschenk gemacht haben?«

»Ach was, dann . . . dann bauen wir ihnen eben ein anderes Haus!«

»Sie würden schon mitkommen, Carol – aber das ist wahrlich zuviel verlangt.«

»Mir scheint«, sagte Jacqueline widerwillig, »daß Rod irgend etwas auf Lager hat, Carol.«

Die Auseinandersetzung wurde durch Bobs, Carmens und Jimmys Erscheinen beendet. Wie Jimmy erklärte, waren sie durch die Notwendigkeit, das Haus zu besichtigen, abgehalten worden. »Als ob ich nicht jeden Stein davon kenne. Oh, mein Rücken!«

»Ich weiß es wirklich zu schätzen«, sagte Carmen milde. »Ich will dir auch den Rücken reiben.«

»Abgemacht!« Und schon lag Jimmy mit dem Gesicht am Boden.

»He du!« protestierte Caroline. »Ich habe mehr Steine getragen als er. Er hat meist bloß herumgestanden und den Boß gemimt.«

»Aufseherarbeit ist besonders anstrengend und ermüdend«, gab Jimmy blasiert zurück.

Keiner aber bekam den Rücken gerieben, denn in diesem Augenblick rief Roy Kilroy von der Mauer herüber. »He! Ihr da unten – Mittag ist vorüber. Gehen wir wieder an die Arbeit.«

»Entschuldige, Jimmy. Ich hole es später nach.« Damit schickte sich Carmen an, ihn zu verlassen.

Jimmy sprang auf. »Bob, Carmen – geht noch nicht gleich. Ich muß euch noch dringend etwas sagen.«

Sie blieben stehen. Rod winkte Kilroy zu und rief: »Kommen gleich – einen Moment noch!« Dann drehte er sich wieder zu den anderen herum.

Jimmy schien Schwierigkeiten zu haben, die richtigen Worte zu finden. »Hmm, Carmen . . . Bob – ihr zukünftigen Baxters. Ihr wißt, daß wir viel von euch halten. Wir finden es auch prima, daß ihr heute noch vereint werden sollt. Aber . . . leider gibt es hier alles andere als Einkaufsmöglichkeiten, und darum wußten wir auch nicht recht, was wir euch schenken sollten. Wir haben lange miteinander darüber verhandelt und haben uns schließlich geeinigt, euch dieses hier zu überreichen. Es ist von uns allen. Ein Hochzeitsgeschenk.« Jimmy schob eine Hand in die Hosentasche, holte seine schmutzigen Spielkarten mit den Eselsohren hervor und übergab sie Carmen.

Bob Baxter war fassungslos. »Aber Jimmy, deine Karten können wir nicht annehmen – deine heißgeliebten Spielkarten.«

»Ich – wir möchten aber gern, daß ihr sie jetzt habt.«

»Aber . . .«

»Sei ruhig, Bob!« schaltete sich Carmen wieder ein und nahm die Karten entgegen. »Schönen Dank, Jimmy. Herzlichen Dank – euch allen herzlichsten Dank.« Dann blickte sie einen nach dem anderen an. »Schließlich macht es doch keinen großen Unterschied zu jetzt, wenn wir verheiratet sind, das wißt ihr doch nur zu gut. Wir bleiben deswegen doch eine Familie. Wir erwarten euch alle . . . zum Kartenspiel . . . bei uns zu Hause wie auch . . .« Plötzlich brach sie ab, fing furchtbar an zu weinen und verbarg ihren Kopf an Bobs Schulter. Während Bob die eigene Bewegung dadurch verbarg, daß er sie streichelte, sah Jimmy aus, als ob auch er jeden Augenblick heulen müßte, und Rod schaute hilfloser drein denn je.

Es wurde Zeit, daß sie zur Arbeit zurückkehrten. Einen Arm um Jimmy, den anderen um ihren Verlobten, ging Carmen voran, während Rod mit den beiden anderen nachfolgte. »Hat Jimmy eigentlich«, flüsterte er, »zu einem von euch darüber gesprochen?«

»Nein«, antwortete Jacqueline.

»Zu mir auch nicht«, bestätigte Caroline. »Ich wollte ihnen eigentlich meine Bratpfanne schenken, aber nun warte ich noch ein bis zwei Tage.« Carolines Tasche mit der ›Steinsammlung‹ hatte ein ganzes Sortiment von den merkwürdigsten Ausrüstungsgegenständen zutage gebracht – unter anderem ein Tagebuch mit Dünndruckpapier, eine winzige Mundharmonika und einen Topf mit einem Fassungsvermögen von einem halben Liter.

»Sie werden bestimmt nicht erwarten, daß du deine Bratpfanne hergibst, Caroline.«

»Ach, ich kann sie jetzt, wo die Menge so groß ist, doch nicht gebrauchen, und sie können damit ihren eigenen Haushalt begründen. Jedenfalls möchte ich es gern so.«

»Ich werde ihr zwei Nadeln und etwas Garn geben. Auf Veranlassung Bobs hat sie nämlich ihr Nähzeug für das Krankenrevier zur Verfügung gestellt. Aber ich werde damit auch noch ein bißchen warten.«

»Und ich habe gar nichts, was ich ihnen geben könnte«, erklärte Rod jämmerlich.

Jacqueline legte ihren ganzen Liebreiz in den Blick, den sie jetzt Rod schenkte. »Du kannst ihnen einen Wasserbeutel für ihr Haus machen, Rod«, sagte sie weich. »Sie würden sich bestimmt darüber freuen. Wir könnten etwas von meinem Schnellgerbemittel nehmen, dann wird er um so länger halten.«

Im gleichen Augenblick strahlte Rods Gesicht auf. »Du, das ist ja eine herrliche Idee!«

»Wir sind hier versammelt«, sprach Grant Cowper frohgelaunt, »um diese beiden Menschen in dem heiligen Stand der Ehe zu vereinen. Ich möchte mir die sonst üblichen Mahnungen und Warnungen ersparen, denn wir alle wissen, daß diesem Bund kein Hindernis entgegensteht. Es bedeutet, daß . . .«

Rod konnte auf einmal nicht mehr zuhören. Er stand zur Rechten des Bräutigams als Trauzeuge. Seine Pflichten waren zwar in keiner Weise belastend gewesen, jetzt aber regte sich in ihm das brennende Verlangen zu niesen. Er verzog sein Gesicht, rieb sich verzweifelt die Oberlippe und kam darüber hinweg. Er seufzte innerlich und war zum erstenmal froh, daß Cowper diese verantwortungsvolle Zeremonie durchzuführen hatte. Grant schien die rechten Worte zu kennen, während er sich völlig ahnungslos dabei vorkam.

Die Braut wurde betreut und begleitet von Caroline Mshiyeni. Beide Mädchen trugen Sträuße von flammenfarbenen wilden Blüten. Während Caroline wie üblich Shorts und Hemd anhatte, bestand das Kleid der Braut aus blauen Drillichhosen und Bluse. Ihr Haar war nach hinten gekämmt, ihr frisch gewaschenes Gesicht glänzte im Schein des Feuers, sie sah strahlend schön aus.

»Carmen Eleanora, bist du bereit, Robert Edward als den dir durch das Gesetz angetrauten Ehemann anzuerkennen und ihm in guten wie in schlechten Tagen zu dienen, bis daß der Tod euch trenne, dann sage ja.«

»Ja.«

»Robert Edward, bist du bereit, Carmen Eleanora als die dir durch das Gesetz angetraute Ehefrau anzuerkennen und ihr in guten wie in schlechten Tagen zu dienen, bis daß der Tod euch trenne, dann sage ja.«

»Ja.«

»Dann nimm ihre Hand in die deine. Steck den Ring auf ihren Finger und sprich mir nach . . .«

Rod spürte, wie das Bedürfnis zu niesen wieder wach wurde; und so entging ihm ein Teil des feierlichen Zwiegesprächs.

». . . und damit erkläre ich euch kraft meines Amtes als rechtmäßig gewähltes Oberhaupt dieser auf sich selbst gestellten Gemeinschaft als Mann und Frau! So – und nun gib ihr einen Kuß, Kamerad, ehe ich dich dazu prügeln lasse.«

Carol und Jackie weinten beide. Rod wunderte sich darüber und fragte sich, was schiefgegangen sei. Auf diese Weise versäumte er es, der Braut einen Kuß zu geben. So blieb es Carmen überlassen, an ihn heranzutreten, ihm einen Arm um den Hals zu legen und ihn zu küssen. Einen Augenblick später hielt er zu seiner Überraschung Bobs Hände in den seinen und schüttelte sie. »Nun ist's soweit. Vergiß nur nicht, daß du sie jetzt durch die Tür tragen mußt.«

»Das vergesse ich bestimmt nicht.«

»Um so besser – du hattest mich nur gebeten, dich daran zu erinnern. Möge das ewige Urwesen euch segnen.«

10
»Und damit beantrage ich . . .«

Von Weggehen war nicht mehr die Rede. Auch Caroline berührte dieses Thema nicht mehr.

Um so mehr aber war von anderen Dingen die Rede. Jeden Abend veranstaltete Cowper eine Stadtversammlung. Sie begannen regelmäßig damit, daß die Komitees berichteten.

Cowper schien dieses endlose Gerede zu lieben, und Rod mußte zugeben, daß auch die anderen diese Stunden zu genießen schienen. Ja, er überraschte sich sogar selbst dabei, daß er die abendlichen Zusammenkünfte mitunter kaum noch erwarten konnte. In ihnen erfüllte sich das gesellige Leben des Dorfes, sie waren die einzige Erholung. Gespannt wartete er auf die verwirrenden Zwischenrufe von Caroline.

An diesem Abend jedoch schien Caroline weniger aufgelegt zu sein, ihren Spaß zu treiben. Cowper hatte sie, da er ihr Tagebuch entdeckt hatte und sie Kurzschrift beherrschte, zum Geschichtsschreiber ernannt. »Es ist außerordentlich wichtig«, erklärte er ihr im Beisein des gesamten Dorfes, »daß wir für die Nachwelt einen genauen Bericht von diesen Pioniertagen hinterlassen. Hast du auch jeden Tag in deinem Tagebuch geschrieben?«

»Sicher. Dazu ist es ja da.«

»Gut! Von heute an hat es den Wert einer offiziellen Geschichtsschreibung. Was bedeutet, daß du die wichtigsten Ereignisse eines jeden Tages festhalten mußt.«

Auch sonst zeigte Caroline, daß sie immer dann, wenn ihr Papier tatsächlich für etwas benötigt wurde, bereit war, davon herzugeben.

So wurde natürlich auch aus ihrem Schatz die Heiratsurkunde hergestellt, die von Howard Goldstein, einem Studenten der Teller-U, in der offiziellen Amtssprache abgefaßt und von Cowper, den Baxters als Ehepaar und Rod und Caroline als Zeugen unterzeichnet wurde.

Caroline schmückte sie obendrein noch mit Blumen und Turteltauben, ehe sie sie dem Paar überreichte.

Am nächsten Tage hielt Grant Cowper Rod an und fragte: »Walker, hast du mal ein paar Minuten für mich Zeit?«

»Warum nicht?«

»Gehen wir ein Stück, wo wir in Ruhe miteinander reden können.« Grant führte ihn an eine abseits gelegene Stelle. Dort ließen sie sich am Boden nieder, und Rod wartete. Cowper schien Schwierigkeiten zu haben, die richtigen Worte zu finden.

Schließlich sagte er: »Rod, ich denke, ich kann mich auf dich verlassen.« Dabei ließ er zwar wieder sein Lächeln aufblitzen, aber es wirkte sehr gezwungen.

»Rod, wahrscheinlich hältst du mich für einen blöden Hammel. Tatsache aber ist, daß ich mich auf die Theorie der Verwaltung verstehe. Die schwierige Frage ist dabei nur, wie man bei einer . . . Übergangsperiode, wie wir sie im Augenblick haben, verfahren muß. Wir sind hier fünfzig Menschen, und keiner, nicht ein einziger, hat praktische Erfahrung in Verwaltungssachen – nicht einmal ich selbst. Jeder aber betrachtet sich selbst als Fachmann. Nimm zum Beispiel den Antrag auf Abfassung einer ›Bill of Rights‹; das konnte ich doch nicht gelten lassen. Dazu weiß ich zu genau, daß man die Rechte und Pflichten, die wir für unsere genossenschaftliche Kolonie brauchen, nicht einfach Wort für Wort von einer Agrarverfassung übernehmen kann; sie sind auch ebenso verschieden von denen, die eine industrielle Republik benötigt.« Er machte eine betrübte Miene.

»Aber was soll ich denn nun tun? Diese Anweisung, daß nicht Jungen und Mädchen gemeinsam auf Jagd gehen sollten – die war ja nicht gegen dich und Carol gerichtet, Carol aber hat sie so aufgefaßt und mir einen Höllenspektakel gemacht. Ich habe damit aber keine andere Absicht verfolgt als das junge Volk vor Gefahren zu bewahren. Verdammt noch mal! Ich wünschte, sie wären alle alt genug, daß sie heiraten und sich häuslich einrichten könnten – die Baxters bereiten mir am allerwenigsten Kummer.«

»Darüber würde ich mir keine Sorgen machen. In einem Jahr werden bestimmt neunzig Prozent unserer Kolonie verheiratet sein.«

»Das möchte ich nur hoffen! Sag mal . . . hast *du* auch schon daran gedacht?«

»Ich?« Rod war völlig perplex. »Nichts liegt mir ferner als das.«

»So so! Ich glaubte schon – na schön; ich habe dich ja auch nicht hierhergebeten, um dich über deine Privatangelegenheiten auszufragen. Was Shorty vorgebracht hat, war schwer zu schlukken – aber ich werde die Konsequenzen daraus ziehen, ich werde einige Änderungen vornehmen. Ich schaffe die meisten Kommissionen ab.«

»Ach!«

»Jawohl. Ich jage sie zum Teufel. Sie tun nichts, sie geben immer bloß Erklärungen ab. In Zukunft ist ein Mädchen Chefköchin, und einer von den Burschen ist verantwortlich für die Jagd. Im Zuge dieser Maßnahmen möchte ich, daß du Polizeichef wirst.«

»Was? Wozu in drei Teufels Namen brauchst du einen Polizeichef?«

»Nun ... einer muß doch darauf sehen, daß die Befehle auch ausgeführt werden. Denk nur an den Gesundheitsdienst und so weiter. Irgend jemand muß das Feuer unterhalten – wir sind schließlich noch für siebenunddreißig Menschen verantwortlich, sofern nicht inzwischen welche davon verstorben sind. Irgend jemand muß die Nachtwachen einteilen und kontrollieren. Die jungen Burschen treiben es zu wild, wenn man ihnen nicht auf die Finger sieht. Du aber bist derjenige, der das tun kann.«

»Warum?«

»Nun ... sehen wir die Sache von der praktischen Seite. Ich habe meine Anhänger, und du hast deine. Wir werden weniger Schwierigkeiten haben, wenn die anderen sehen, daß wir beide zusammenhalten. Es ist für unsere Gemeinschaft so das beste.«

Rod war sich ebenso wie Grant darüber klar, daß die Gruppe am gleichen Strang ziehen mußte. Cowper aber verlangte von ihm, daß er eine auf wackligen Füßen stehende Verwaltung stützen sollte, und Rod war nicht bloß über Cowper verärgert, sondern er war grundsätzlich überzeugt, daß er nur aus Gerede bestand und keine Erfolge zu erzielen vermochte.

Es war ja nicht nur, wie er sich sagte, daß die Mauer noch nicht fertiggestellt war, es gab noch ein Dutzend weiterer Dinge. Irgend jemand hätte Tag für Tag eine Salzlecke ausfindig machen sollen. Man hätte Jagd machen müssen auf eßbare Wurzeln und Beeren – was ihn anging, so hatte er jedenfalls genug von der ausschließlichen Fleischkost. Sicher konnte man gesund bleiben, wenn man sich nicht nur an Magerfleisch hielt, wer aber hätte sein ganzes Leben lang von nichts anderem als Fleisch leben wollen! Und dann waren da noch die stinkenden Häute ... Grant hatte befohlen, daß die Haut jedes getöteten Tieres ins Lager mitgebracht werden sollte.

»Was willst du eigentlich mit den Häuten anfangen?« fragte er unvermittelt.

»Was? Wieso?«

»Sie stinken. Wenn du mich einsetzt, werde ich dafür sorgen, daß sie in den Fluß geworfen werden.«

»Aber wir brauchen sie doch. Die Hälfte von uns läuft jetzt schon in Lumpen herum.«

»Häute sind hier doch keine Mangelware. Gerben müßten wir sie. Bei diesem Wetter reicht die Sonnenbehandlung nicht aus.«

»Wie sollen wir sie denn anders gerben? Sei doch nicht albern, Rod.«

»Dann muß man jemand losschicken, der die Borke ausprobiert. Sonst finden wir nie welche. Der herbe Geschmack ist ja unverkennbar. Und dann weg mit diesen Häuten!«

»Und wenn ich das tue – übernimmst du dann das Amt?«

»Vielleicht. Du sagtest, ›einer muß darauf sehen, daß die Befehle ausgeführt werden‹. Wessen Befehle? Deine? Oder Kilroys?«

»Die von uns beiden. Roy ist mein Stellvertreter.«

Rod schüttelte den Kopf. »Nein, danke. Du hast ihn, dann brauchst du mich nicht mehr. Zu viele Generäle – zu wenig Gemeine.«

»Aber Rod, ich brauche dich doch. Roy wird doch mit den jungen Burschen nicht fertig. Er behandelt sie völlig falsch.«

»Auch mich behandelt er falsch. Nichts zu machen. Außerdem paßt mir auch der Titel nicht. Er ist albern.«

»Dann wähl dir einen anderen. Hauptmann der Garde oder Chef der Stadtverwaltung. Ist mir egal, was du nimmst. Hauptsache ist mir, daß du dich um die Nachtwache kümmerst, sie in Ordnung bringst und daß du auf die jungen Burschen ein Auge hältst. Du kannst das, und es ist auch deine Pflicht!«

»Und was willst *du* machen?«

»Ich muß sehen, daß endlich unsere Gesetze Gestalt bekommen. Ich muß ein weit in die Zukunft reichendes Programm aufstellen. Himmel! Rod, ich habe tausend Dinge im Kopf. Ich kann aber damit nicht weiter vorankommen, wenn ich hier ständig Streitereien schlichten muß. Shorty hatte vollkommen recht; wir können nicht warten. Wenn ich einen Befehl gebe, dann muß ich ein Gesetz dahinter wissen, ich kann mir nicht, weil die Gesetze noch nicht vorhanden sind, bei jeder Gelegenheit von jedem Hanswurst dumm kommen lassen. Ich kann das alles aber nicht allein schaffen, ich brauche Hilfe.«

Cowper stellte sein Anliegen, so überzeugend dar, daß es unmöglich war, abzulehnen, nichtsdestoweniger . . . »Und was ist mit Kilroy?«

»Was? Verdammt noch mal, Rod, du kannst doch nicht von mir verlangen, daß ich jemand hinausschmeiße, um für *dich* Platz zu machen.«

»Ich habe nicht um das Amt gebeten«, brachte Rod zögernd hervor. Er hätte noch hinzufügen können, daß es sein Stolz nicht zuließe, jemand zu unterstützen, der ihn geschlagen hatte, er war jedoch nicht in der Lage, die Empfindungen in Worte zu kleiden, zumal er wußte, daß Cowper und Kilroy nicht gleichzusetzen waren. »Du kannst doch nicht von mir erwarten, daß ich für Kilroy die Kastanien aus dem Feuer hole. Ich bin bereit, mich dir unterzuordnen, du bist rechtmäßig gewählt worden. Ich bin aber nicht bereit, mich jemand unterzuordnen, der dir untergeordnet ist.«

»Rod, sei doch vernünftig! Wenn du einen Befehl von Roy erhältst, dann ist es in Wirklichkeit ein Befehl von mir, er ist ja nur Ausführungsorgan.«

Rod stand auf. »Nichts zu machen.«

Voller Wut sprang Cowper auf und lief davon.

An diesem Abend gab es zum erstenmal keine Versammlung. Rod war gerade im Begriff, die Baxters zu besuchen, als Cowper ihn beiseite rief. »Du hast's geschafft. Ich habe Roy zum Jagdchef gemacht.«

»Was?«

»Du wirst Chef der Stadtverwaltung. Wenn du willst, kannst

du dich auch Maikönig nennen. Jedenfalls hat niemand die Nachtwache eingeteilt. Also mach dich an die Arbeit.«

»Augenblick mal! Ich habe niemals gesagt, daß ich das Amt übernehmen würde.«

»Du hast aber klar erkennen lassen, daß das einzige, was dir im Wege stand, Roy wäre. Bitte! Du bekommst jetzt die Befehle direkt von mir.«

Rod zögerte. Cowper blickte ihn spöttisch an. »Na? Kannst du dich nun immer noch nicht entschließen, obwohl alles jetzt nach deinem Kopf geht?«

»Doch schon, aber . . .«

»Kein ›Aber‹. Nimmst du nun das Amt an – ja oder nein? Ich erwarte eine klare Antwort.«

»Hmm – ja.«

»Na also!« Cowper runzelte die Stirn und fügte hinzu: »Fast möchte ich wünschen, daß du es abgelehnt hättest.«

»Mir geht's nicht anders mit dir.«

Rod begann, die Wachen aufzustellen, und machte dabei die Erfahrung, daß jeder Junge, dem er mit seinem Anliegen kam, überzeugt war, seinen Anteil an den Wachen bereits weit überschritten zu haben. Da das Komitee für die äußere Sicherheit keine Listen geführt hatte – wozu es praktisch auch nicht in der Lage war –, war es einfach unmöglich festzustellen, wer recht hatte und wer sich bloß drücken wollte.

Rod bekam wenig Schlaf. Jedesmal, wenn er wach wurde, stand er auf und kontrollierte die Wachen, und dazu wurde er zweimal noch von Posten geweckt, die außerhalb des Lichtscheins irgend etwas hatten herumschleichen sehen.

Am nächsten Morgen war er müde und schlecht gelaunt. Er wäre jetzt nach dem Frühstück am liebsten verschwunden, um in der Höhle das Versäumte nachzuholen. Aber es gab zuviel zu tun. Er vertröstete sich auf später und suchte statt dessen Cowper auf. »Hab ein paar Anliegen, Grant.«

»Schieß los.«

»Gibt es eigentlich einen Grund, warum wir keine Mädchen zur Wache einteilen?«

»Wie? Der Gedanke ist doch wohl nicht tragbar.«

»Warum nicht? Die Mädchen, die wir hier haben, schreien

nicht, wenn sie eine Maus sehen. Jedes einzelne von ihnen hat sich wenigstens einen Monat lang in dieser Wildnis allein behauptet, ehe es zu uns kam. Hast du mal Caroline erlebt, wenn sie am Werk ist?«

»Hmm ... nein.«

»Das solltest du mal. Das ist eine Freude. Da kann der Teufel von vorn und von hinten kommen. Wenn sie Wache machen würde, könnte ich beruhigt schlafen. Aber wieviel Männer haben wir jetzt eigentlich?«

»Siebenundzwanzig – mit den dreien, die gestern kamen.«

»Na schön, dann setze ich die Mädchen ein. Bob und Carmen auch. Und *dich*!«

»Was?«

»Und mich. Und Roy Kilroy. Jeden. Das ist das einzige Mittel, die Leute dahin zu bringen, daß sie ohne Widerstand ihren Dienst machen. Das ist der einzige Weg, ihnen klarzumachen, daß es sich hierbei um eine Sache von höchstem Ernst, von größter Bedeutung handelt, eine Sache, die noch weit wichtiger ist als die Jagd.«

Cowper kratzte sich an einem Nagel. »Meinst du wirklich, daß ich auch Wache stehen muß? Und du ebenfalls?«

»Ja, ich bin der Meinung. Es würde die Moral im Lager um siebenhundert Prozent heben. Ganz abgesehen davon, daß es politisch gesehen ein guter Schachzug wäre.«

Cowper warf ihm einen Blick zu, lächelte jedoch nicht. »Du hast mich überzeugt. Laß es mich wissen, wann ich an der Reihe bin.«

»Noch etwas. Letzte Nacht hätte beinahe das Holz nicht gereicht, um die beiden Feuer in Gang zu halten.«

»Deine Angelegenheit. Nimm dir jeden, der gerade nichts mit der Jagd oder mit der Küche zu tun hat.«

»Mach ich. Du wirst sicher davon zu hören bekommen. So, Chef, das waren die Kleinigkeiten, nun zur Hauptsache. Gestern abend habe ich mich hier noch einmal umgesehen. Ich muß dir sagen, der Platz hier gefällt mir nicht, wenigstens nicht für ein Dauerlager. Wir haben bisher immer Glück gehabt.«

»Wieso? Wie meinst du das?«

»Diese Stelle hier ist beinahe überhaupt nicht zu verteidigen.

Flußauf haben wir zwischen Wand und Wasser eine Strecke von über fünfzig Meter, von der nicht einmal die Hälfte durch die Mauer gesichert ist, ganz abgesehen davon, daß wir bei weitem noch nicht genug Pfähle aufgestellt haben. Sieh mal«, fügte Rod in die Richtung weisend hinzu, »da hinten könnte man eine ganze Armee hindurchtreiben – und gestern abend hatte ich nur zwei winzige Feuer. Wir müssen also auf jeden Fall die Mauer zu Ende führen.«

»Machen wir.«

»Im übrigen aber muß es unsere Hauptaufgabe sein, eine bessere Stelle zu finden. Diese hier ist bestenfalls ein Notbehelf. Ehe du das Bürgermeisteramt übernahmst, hatte ich schon damit angefangen, neue Höhlen zu suchen – ich hatte aber nicht Zeit, weitere Erkundungen durchzuführen. Bist du mal an der Verde-Mesa gewesen?«

»In Colorado? Nein.«

»Höhlenwohnungen! Sicher hast du Bilder davon gesehen. Vielleicht können wir stromauf oder stromab – wahrscheinlich eher stromab – auch solche Löcher finden, wie bei der Verde-Mesa, wo wir Heime für die ganze Kolonie schaffen können. Du solltest daher für vierzehn Tage eine Mannschaft auf Erkundung ausschicken. Ich melde mich gleich freiwillig dazu.«

»Da magst du recht haben. Aber du kannst nicht weg von hier. Dich brauche ich.«

»In einer Woche ist die Wache so organisiert, daß sie von allein läuft. Außerdem kann Bob Baxter mich vertreten, er wird allgemein respektiert. Und . . .«

Er überlegte einen Augenblick. Jackie? Jimmy? ». . . mit mir kommt Caroline.«

»Rod, ich habe dir eben erklärt, daß ich dich hier brauche. Aber sag mal, hast du die Absicht, dich mit Caroline zu verheiraten?«

»Was? Wie kommst du denn darauf?«

»Auf keinen Fall kannst du dann mit ihr losziehen. Wir stehen nämlich gerade im Begriff . . .«

»Aber hör mal, Cowper!«

»Bitte!«

»Na schön. Aber das erste – das allererste – ist, daß wir die

Mauer zu Ende bauen. Ich verlange, daß jeder einzelne mit anpackt.«

»Mmm . . .«, erwiderte Cowper. »Tut mir leid. Ist nicht möglich.«

»Warum nicht?«

»Weil wir wieder ein Haus bauen müssen. Bill Kennedy und Sue Briggs feiern heute abend Hochzeit.«

»Davon habe ich ja noch gar nichts gehört.«

»Glaube ich dir, denn du bist der erste, dem ich das sage. Sie selbst haben mir erst heute morgen beim Frühstück davon berichtet.«

Wenn Rod davon auch noch nichts gehört hatte, so konnte ihn die Mitteilung doch kaum überraschen, denn Bill und Sue hatten zu oft und zu auffällig ihre gegenseitige Gesellschaft gesucht. »Sag mal«, fing Rod wieder an, »müssen sie eigentlich unbedingt heute abend heiraten. Die Mauer ist dringlicher, Grant. Ich sage es dir.«

»Sei nicht so halsstarrig, Rod. Ein bis zwei Nächte geht es auch noch so – mit größeren Feuern. Vergiß nicht, es gibt menschliche Werte, die eine größere Bedeutung haben als materielle.«

11
Die Knochenküste

»29. Juli. Bill und Sue haben heute abend geheiratet. Cowper machte dabei eine prächtige Figur. Die kleine Feierstunde, die er abhielt, war einfach rührend – ich habe geweint, und alle anderen Mädchen auch. Wenn der Junge nur ebenso handeln wie reden könnte! Ich habe auf der Mundharmonika Mendelssohns Trauermarsch gespielt, und die Tränen liefen mir nur so an der Nase herunter. Erfolg: Die Membranen sprangen nicht mehr an, und damit war mein musikalischer Beitrag zu der Hochzeit verunglückt. Es wäre besser gewesen, ich hätte nicht die Brautjungfer gemacht, aber ich konnte einfach nicht widerstehen. Als der Bräutigam die liebliche Braut über die Schwelle ihres Hauses (wenn ich es so nennen darf) tragen wollte, mußte er sie absetzen und vor sich hineinschieben. Die Decke war niedriger, als sie eigentlich sein sollte, weshalb er eben auch nicht weiterkam. Grund dafür war, daß wir nicht genügend Steine hatten und daß Rod zu fluchen begann, als wir die Mauer abtragen wollten. Hizzoner (Cowper) führte selbst den Angriff auf die Mauer, und beide waren hochrot im Gesicht und schrien sich an. Aber Hizzoner gab schließlich nach, nachdem Roddie ihn beiseite genommen und ihm etwas gesagt hatte – Bill war sehr böse auf Roddie, aber Bob beruhigte ihn und bot ihm an, die Häuser zu tauschen, und Roddie versprach Bill, daß sie, sobald die Mauer fertig wäre, das Dach abnehmen und die Wände höher ziehen würden. Das dürfte aber länger dauern, als er denkt, denn brauchbare Steine sind nur schwer zu finden.

30. Juli. Ich werde hier immer nur schreiben, wenn wirklich was los ist. Heute sprach Hizzoner davon, daß er Papyrus machen will wie die Ägypter. Aber ich glaube es erst, wenn ich es sehe.

5. August. Letzte Nacht war ich Wachunteroffizier, und Roddie war praktisch die ganze Nacht auf. Ich kam erst nach dem Frühstück zur Ruhe und schlief bis zum späten Nachmittag. Als ich aufwachte, sah und hörte ich Roddie, der mit entzündeten Au-

gen und böser Laune nach mehr Steinen und Holz für das Feuer rief. Manchmal ist es ein wenig schwierig, mit Roddie auszukommen.

9. August. Die Salzlecke, die Alice fand, liegt zwar näher als die letzte Woche von Shorty gefundene, ist aber nicht so gut.

14. August. Jackie hat sich endlich entschlossen, Jim zu heiraten, und ich glaube, Roddie ist entsetzt – ich hätte es ihm aber schon vor einem Monat verraten können. Roddie ist solchen Dingen gegenüber zu dumm. Ich sehe schon eine neue Krise aufziehen – wegen der Mauer und wegen des Hauses, und Roddie wird diesmal nicht wissen, was er machen soll – einerseits will er sicher Jimmy und Jacqueline ihr Haus schenken, andererseits bietet die Mauer die einzige Möglichkeit für die Belieferung mit Steinen.

15. August. Jimmy und Jacqueline, Agnes und Curt feierten heute das Fest ihrer Doppelhochzeit. Die Throxtons haben vorübergehend das Haus der Baxters in Besitz genommen und die Pulvermachers das Puppenheim der Kennedys, während wir die Höhle für Verheiratete und für den Lagerraum in zwei Hälften aufgeteilt haben.

1. September. Die Wurzeln, die ich ausgegraben habe, sind mir gut bekommen, so gab es heute abend ein ganzes Gericht davon. Der Behälter der Thunderbolt-Batterie, die wir ausgebaut haben – sie muß zu Johannes' Waffe gehört haben –, gibt einen Kessel ab, dessen Inhalt ausreicht, jeden mit einem Schlag Essen zu versorgen. Der Geschmack war zwar etwas komisch, aber das lag wohl daran, daß Agnes Seife darin gekocht hatte, und dazu noch Seife, die nicht einmal gut war. Ich nenne die Wurzeln Brotwurzeln, weil sie so aussehen, obwohl sie mehr nach Pastinaken schmecken. Es gibt davon eine Menge hier in der Gegend. Morgen will ich sie mal mit Gemüse, Fleisch und viel Salz versuchen. Außerdem muß ich sie auch noch mal in Asche backen.

16. September. Chad Ames und Dick Burke kreuzten heute mit eingezogenen Schwänzen auf. Hizzoners weiches Herz brachte es nicht über sich, sie abzuweisen. Sie haben erzählt, daß Jock McGowan verrückt geworden ist. Ich habe keinen Zweifel, daß es stimmt.

28. September. Heute starb Philip Schneider – ein Opfer der Jagd. Roy schleppte ihn zwar noch ins Lager, aber er war zu schwer verletzt und hatte zuviel Blut verloren. Roy dankte daraufhin als Chefjäger ab, und Hizzoner ernannte Cliff. Roy ist daran innerlich gebrochen, aber niemand tadelt ihn darum. Der Herr gibt und der Herr nimmt. Gesegnet sei der Name des Herrn.

7. Oktober: Ich habe mich entschlossen, M. zu heiraten.

10. Oktober: Habe mich offensichtlich geirrt. – M. wird Margery Chung heiraten. Nun, soll er, sie sind beide sehr nett, und ich glaube, ich werde, wenn wir hier noch mal herauskommen, froh sein, daß ich allein bin, denn ich habe nunmehr die Absicht, bei den Amazonen einzutreten. P. S. Halte dich ein wenig mehr zurück, Caroline. *Versuch* es mal!

1. November. Ehre und Ruhm! Jetzt bin ich Verwaltungschef. Ich, die kleine Carol, das Mädchen mit zwei linken Füßen. Es ist zwar nur für ein paar Wochen, solange Roddie fort ist, aber bitte in Zukunft ›Sir‹ sagen, wenn Sie mit mir sprechen! Hizzoner hat endlich Roddie auf die Erkundungstour geschickt, die ihm keine Ruhe mehr ließ. Natürlich hatte er ihm einen ganzen Waggon voller Ratschläge und Befehle mit auf den Weg gegeben, ich bin aber sicher, daß Roddie – wie ich ihn kenne – sie schon bei der ersten Wegbiegung in den Wind geschlagen hat. Sie sind zu zweit unterwegs – Roddie hat sich dazu Roy als Partner ausgesucht. Seit heute morgen sind sie weg.

5. November. Verwaltungschef zu sein, ist wahrlich kein Vergnügen. Ich wünschte, Roddie käme bald zurück.

11. November. Hizzoner hat mich beauftragt, hier den Bericht des Komitees für Materialbeschaffung niederzulegen.

16. November. Ich habe mir schon gedacht, daß sie nicht rechtzeitig kommen würden.

21. November. Jimmy sagt, Roddie ist viel zu robust, als daß ihm so leicht etwas passieren könnte. Ach, warum habe ich Hizzoner bloß nicht gezwungen, mich gehen zu lassen?

15. Dezember. Es hat keinen Zweck, sich noch länger etwas vorzumachen.

25. Dezember. Weihnachten.«

Rod und Roy hatten sich flußabwärts gehalten und waren leicht und schnell vorangekommen, wobei sie sich ständig in der Führung und Deckung abwechselten.

Nachdem sie drei Tage dem Fluß gefolgt waren, stießen sie nicht nur auf eine kleine Höhle, sondern auch auf eine darin wohnende Gruppe von fünf Mädchen. Nach einem kurzen Palaver zogen sie weiter, während sich die Mädchen aufmachten, stromaufwärts das Lager zu suchen.

Als sie am siebenten Morgen immer noch keine andere Höhle als die von den Mädchen besetzte gefunden hatten, meinte Rod zu Roy: »Heute ist eine Woche um. Grant hat uns befohlen, in zwei Wochen zurück zu sein.«

»Richtig! Das hat er getan. Und?«

»Na – dann möchte ich sagen: Wir sind ja wohl hier, um Höhlen zu suchen und nicht um Fahrpläne einzuhalten.«

Im gleichen Augenblick glättete sich das Gesicht Rods. »Schultern raus, Bauch rein! Ab! Los!«

Und weiter ging's flußabwärts.

Bald änderte sich die Landschaft. Der Fluß durchschnitt ein Plateau, das waldige Tal wich einem cañonartigen Gelände. Zugleich zeigte sich das Wild immer seltener, so daß sie genötigt waren, sich von Pökelfleisch zu ernähren. Zwei Tage später gelangten sie an die erste einer Reihe von Sandsteinklippen, die vor Äonen Jahren zu den merkwürdigsten Windungen, Taschen und Löchern ausgespült worden waren. »Sieht mir ganz so aus, als ob es das Richtige wäre.«

»Scheint mir auch so«, pflichtete Roy bei. Sich umschauend fügte er hinzu: »Vielleicht ist es weiter unten noch besser!«

»Kann schon sein.«

Und sie gingen weiter. Doch der Fluß wurde breiter, die Höhlen verschwanden, und die Cañons machten einer breiten Savanne Platz, die, mit Ausnahme des Flußufers, keinen Baumbestand mehr zeigte. Rod schnupperte. »Ich rieche Salz.«

»Solltest du auch. Denn irgendwann müssen wir jetzt ans Meer kommen.«

»Glaube ich nicht.« Aber wieder gingen sie weiter.

Inmitten einer Baumgruppe am Wasser schlugen sie ihr Lager auf. »Soll ich ein Streichholz spendieren oder ich mich damit abquälen, selber . . .«

»Mach, was du willst!« unterbrach ihn Roy. »Ich hole uns jetzt erst mal was zum Essen.«

»Du, paß auf! Geh nichts ins Gras.«

»Nein, nein, ich halte mich nur am Rand. Ich heiße nicht umsonst der ›vorsichtige‹ Kilroy.«

Rod holte seine drei Streichhölzer aus der Tasche, hoffte, noch ein viertes zu finden, und entschloß sich, durch Reiben Feuer zu machen. Er hatte es gerade geschafft, nachdem er sich mit dem nicht ganz trockenen Moos abgequält hatte, als Roy zurückkehrte und ein kleines Tier fallen ließ. »Man sollte so etwas nicht für möglich halten!«

Das Opfer Roys war ein ›Döskopf‹. Rod warf ihm einen kurzen Blick zu und machte ein angewidertes Gesicht. »War das alles, was du tun konntest? Die schmecken doch nach Petroleum.«

»Nun hör erst mal zu. Ich habe ihn nämlich gar nicht gejagt, sondern er hat *mich* gejagt.«

»Das erzähl lieber einem anderen!«

»Doch! Es ist wahr. Ich mußte ihn zur Strecke bringen, damit er mich nicht an den Knöcheln faßte. Und so bin ich dazu gekommen.«

Rod schaute sich das kleine Geschöpf an. »Habe niemals dergleichen gehört. Solcher Irrsinn kann nur Familienerbgut sein.«

»Wahrscheinlich.« Und damit begann Roy, das Fell abzuziehen.

Am nächsten Morgen erreichten sie das Meer, eine gläserne Fläche, die von keiner Flut und keinem Wind aufgerauht war. Es war offensichtlich äußerst salzhaltig, denn die ganze Küste war mit einer Salzschicht überzogen. Sie schlossen daraus, daß es sich dabei um kein offenes Meer, um keinen wirklichen Ozean handeln konnte. Aber ihre Augen blieben nicht lange bei diesem Anblick haften. Zu ihrem Entsetzen stellten sie nämlich fest, daß an dem Strand, so weit das Auge reichte, Millionen und aber Millionen gebleichter Knochen lagen. Rod starrte fassungslos. »Wo die wohl hergekommen sind?«

Roy pfiff leise durch die Zähne. »Auf meine Veranlassung nicht. Wenn wir die aber für fünf Cent die Tonne verkaufen könnten, wären wir Millionäre.«

»Milliardäre meinst du.«

»Sinnlos, darüber zu streiten. Machen wir, daß wir weiterkommen!« Und sie zogen weiter und vergaßen angesichts des unheimlichen Bildes sogar, vorsichtig zu sein. Es gab alte Knochen, die von der Sonne und der See gespalten waren, es gab neue Knochen, an denen noch der Knorpel haftete, und sie sahen große Knochen, die von den Riesenantilopen, denen die Kolonisten stets aus dem Weg gingen, stammen mußten, und winzige Knochen eines terrierartigen kleinen Tieres und dazu noch Knochen aller Art und ohne Zahl. Kadaver selbst aber waren nirgends zu entdecken. Obwohl ihnen unheimlich zumute war, konnten sie nicht umhin, einige Kilometer an der Küste entlangzuziehen. Als sie sich endlich entschlossen kehrtzumachen, waren sie sich bewußt, daß nicht ein bloßer Heimweg vor ihnen lag, sondern allenfalls ein Rückweg. Immerhin – noch weiter konnten sie ihre Exkursion nicht ausdehnen.

Auf ihrem Herweg hatten sie die Höhlen unbeachtet gelassen. Jetzt war es an der Zeit, unter Berücksichtigung von Wildbestand, Wasser und vor allem von Sicherheit und Verteidigung, den besten Platz für die Kolonie auszusuchen.

Sie durchforschten eine ganze Reihe von Gewölbegängen, die

durch das Wasser in den Sandstein eingeschnitten waren. Der Absatz der ersten Galerie lag sechs bis sieben Meter über dem Erdboden, und Rod konnte sich genau vorstellen, wie eine Flut, die vom Meere hereinbrach, das Wasser bis an die Höhlen tragen konnte. Roy war der bessere Alpinist. An den Fels gepreßt, arbeitete er sich Zentimeter um Zentimeter in die Höhe, erreichte den Absatz, warf Rod das Seil zu und zog ihn schnell nach oben. Rod brachte einen Arm über die Kante, zog die Füße nach, kam auf die Knie, richtete sich auf und keuchte: »Verdammt noch mal!«

»Hab ich gewußt«, antwortete Roy, »und darum war ich auch so still. Sonst hättest du mich von vornherein schon für verrückt erklärt.«

»Das sind wir aber auch«, stellte Rod sich umschauend fest. Von unten nicht erkennbar, baute sich fast unabsehbar Terrasse auf Terrasse auf, eine Höhlengalerie über der anderen.

Sie waren nicht bewohnt. Ihre Öffnungen, die einmal Türen gewesen sein mußten, reichten nicht höher als das Knie eines Menschen und hatten nicht einmal Schulterbreite. Trotzdem war klar, daß sie nicht nur Formationen darstellten, die das Wasser geschaffen hatte, sondern daß sie in früheren Zeiten als Behausung gedient haben mußten, zumal die verschiedenen Eingänge jeweils zu einem halben Dutzend Räumen führten, für deren Höhe es kein bestimmtes Maß gab. Das Material bestand aus einem an der Luft getrockneten Gemenge von Schlamm, der mit Holz durchsetzt war. Nichts deutete jedoch darauf hin, wer diese Bauten geschaffen hatte.

Nach dem Essen durchsuchten sie zwei Galerien und fanden dabei Höhlen über Höhlen. Die ehemaligen Siedler hatten offenbar eine große Gemeinschaft gebildet. Die vierte Galerie, die sie erforschten, war fast leer, als einziges zeigte sich in einer Ecke ein angefangener Bienenstock. Rod schaute sich um und sagte: »Den können wir nehmen, für den Anfang reicht es erst mal. Legen wir hier unser Zeug ab, und schauen wir uns noch weiter um.«

»Wir gehen also noch nicht gleich zurück?«

»Nein, morgen früh erst. Hier haben wir einen schönen Platz zum Schlafen, und morgen können wir dann marschieren, solange wir Lust haben. Aber ich möchte bloß mal wissen, was da oben eigentlich steckt«, unterbrach er seine Anweisungen für den folgenden Tag. Irgend etwas, eine Art Sims innerhalb des Hauptgewölbes, hatte seine Aufmerksamkeit auf sich gelenkt.

Roy schaute ebenfalls nach oben. »Das werde ich dir im nächsten Augenblick sagen.«

»Laß du die Finger davon. Das ist zu hoch. Für so etwas müssen wir erst eine Leiter machen.«

»Meine Mutter war eine menschliche Fliege, mein Vater eine Gemse. Paß auf.«

Das Sims war mit einem Sprung erreichbar, und Roy hatte auch schon eine Hand drauf, als eine Ecke von dem Gestein losbrach. Er fiel ein kleines Stück und lag auf dem Boden.

Rod sprang auf ihn zu. »Alles in Ordnung, Junge?«

Roy grunzte nur: »Ich hoffe«, und wollte aufstehen. Im gleichen Augenblick schrie er auf.

»Was ist los?«

»Mein rechtes Bein. Ich glaube ... au! Ich glaube, es ist gebrochen!«

Rod untersuchte die Bruchstelle und kletterte sofort hinunter, um Schienen zurechtzuschneiden. Danach bettete er das Bein in Laub und legte einen regelrechten Verband an, wobei er so sparsam wie möglich mit Roys Seil umging, denn das meiste davon brauchte er als Leiter. Es handelte sich um einen einfachen Bruch des Wadenbeins, ohne daß damit die Gefahr einer Infektion verbunden gewesen wäre.

Erst zehn Tage später waren Roys Muskeln so weit, daß sie unbesorgt den Heimweg antreten konnten.

Shorty Dumont war der erste, dem sie kurz vor dem Lager in die Arme liefen. Er ließ den Kiefer fallen, blickte verdutzt drein, lief ihnen zur Begrüßung entgegen und rannte einen Augenblick später schon wieder davon, um die Freunde zu alarmieren. »He! Ihr da! Sie sind wieder *da!*«

Caroline hörte seine Mitteilung, ließ alles stehen und liegen, jagte, die anderen überholend, in Riesenschritten davon und umarmte und küßte sie beide. »Aber, aber, Carol«, sagte Rod, »warum weinst du denn?«

»Ach, Roddie, du böser, *böser* Junge, du!«

12
»Daraus wird nichts, Rod!«

Noch inmitten des allgemeinen Jubels hatte Rod Zeit, viele Veränderungen festzustellen. Er sah mehr als ein halbes Dutzend neue Wohnhütten und zwei lange aus Bambus und Schlamm gebaute Schuppen. Eine von den Hütten war massiv aus sonnengebranntem Ziegel und wies sogar Fenster auf. Wo die Feuerstelle gewesen war, fand sich jetzt ein Rost über einer Grube mit einem Bratofen. Dicht daneben spie ein Bambusrohr ein Wasserrinnsal aus, das auf ein Netz aus feinen Ledermaschen fiel, zersprühte, sich in einem kleinen Felsloch sammelte und von dort zum Fluß ablief – Rod wußte nicht recht, ob er sich darüber freuen oder ärgern sollte, daß man seinen eigenen Plan bereits verwirklicht hatte.

Cowper zeigte ein breites Lächeln, das seine weißen Zähne aus dem dunklen Bart aufleuchten ließ. Rod stellte zu seiner großen Überraschung fest, daß dieser Mann auf einmal *alt* aussah. War das möglich? Grant konnte noch nicht älter als zweiundzwanzig, allenfalls dreiundzwanzig sein. Wo hatte er diese Falten her?

»Rod, alter Junge! Ich weiß wirklich nicht, ob ich euch beide ins Gefängnis werfen lassen oder eure Stirn mit Lorbeer schmükken soll.«

»Ja, es ging nun mal nicht schneller!«

»Scheint so. Aber die Freude über die Rückkehr des verlorenen Schafes ist größer als über den sicheren Besitz der übrigen neunundneunzig. Nun kommt mit zum Rathaus.«

»Wohin bitte?«

Cowper machte ein dummes Gesicht. »Es heißt allgemein so, also sage ich auch ›Rathaus‹. Ist besser als ›Nummer 10, Downing Street‹, wie es anfangs genannt wurde. Im übrigen ist es weiter nichts als die Hütte, in der ich schlafe – sie gehört mir außerdem auch gar nicht«, fügte er hinzu. »Wenn jemand anders gewählt wird, schlafe ich im ›Junggesellenheim‹.« Damit führte er sie auf einen kleinen Bau zu, der abseits von den anderen gegenüber dem Kochplatz lag.

Die Mauer war weg.

Rod hatte sich schon gewundert, wie merkwürdig das Lager flußaufwärts aussah. Jetzt wurde er sich auf einmal bewußt, daß die Mauer vollständig weg war und daß an ihrer Stelle eine Barrikade aus Dornbüschen angelegt war. Er machte schon den Mund auf, um einen donnernden Kommentar zu geben, hielt sich jedoch noch schnell zurück, denn was sollte das noch für einen Sinn haben? Warum sollte er Streit anfangen, wo die Kolonie doch in Kürze nach dem Cañon auswandern würde? Sie würden nachts ›nach oben‹ gehen und die Leitern hochziehen. Es war demnach besser, von etwas anderem zu reden.

»Aber du hast ja bei weitem noch nicht alles gesehen. Wir werden nämlich bald auch *Eisen* haben!«

»Was?«

»Ja, wir haben Erze gefunden, und jetzt machen wir unsere ersten Versuche damit. Ich wünsche nur, wir fänden bald auch Kohle. Sag mal, hast du nicht welche entdeckt?«

Das Abendessen wurde zu einem wahren Fest, das alle Hochzeiten in den Schatten stellte. Rod bekam einen richtigen Teller, ohne Glasur zwar, schief und plump – aber eben doch einen Teller. Und als er Colonel Bowie aus der Tasche zog, hielt ihm Margery Chung Kinksi einen hölzernen Löffel hin. »Wir haben noch nicht so viele, daß jeder einen bekommt, aber für die Ehrengäste heute abend reichen sie aus.« Rod schaute ihn sich mit neugierigen Augen an. Er fühlte sich merkwürdig in der Hand an.

Das Mahl bestand aus Gemüse, einer Art Wurzeln, die ihm noch unbekannt waren, und einer auf besondere Art gebackenen Keule, die in feinen Scheiben serviert wurde. Roy und Rod bekamen außerdem noch kleines Gebäck, das man ohne Backpulver hergestellt hatte.

Sie erzählten, was sie erlebt hatten, und unterbrachen und ergänzten sich, wenn einer etwas vergessen hatte. Die Kolonisten waren entsetzt, als sie von der Knochenküste hörten, und äußerst gespannt, als von den Höhlenwohnungen die Rede war. »Rod und ich, wir streiten uns noch darüber«, erzählte Roy, »ob die ehemaligen Bewohner zivilisierte Wesen waren oder nicht. Ich sage ja. Er sagt, daß das alles nur das Werk des Instinkts sei. Er hat offenbar vor Hitze den Verstand verloren, denn auf jeden

Fall waren die ehemaligen Bewohner ›Menschen‹. Nicht in unserem Sinne natürlich, aber doch menschliche Wesen.«

»Das war im wesentlichen alles«, fuhr Rod fort, »denn das übrige hieß bloß warten – warten, bis Roys Bein wieder heil war. Aber das führt uns zu dem Hauptanliegen. Wie schnell können wir von hier aufbrechen? Grant, gibt es irgendeinen Grund, warum wir nicht gleich starten könnten? Sollten wir nicht schon morgen das Lager abbrechen und auf unseren Treck gehen? Ich habe mir das schon unterwegs überlegt, und ich würde vorschlagen, daß wir eine Vorausabteilung in Marsch setzen, und zwar bei Tagesanbruch. Roy und ich übernehmen die Führung. Wir ziehen eine Tagestour flußabwärts, suchen uns eine passende Stelle, gehen kurz auf Jagd und machen für den Haupttrupp Feuer und Essen. Und so auch am nächsten Tage. Ich glaube, auf diese Weise sorgen wir für die nötige Sicherheit, und in fünf Tagen können wir behaglich in unsere neuen Höhlen einziehen.«

»Melde mich für die Vorausabteilung!«

»Ich auch!«

Auch andere Meldungen wurden noch laut, doch konnte sich Rod nicht verhehlen, daß die Antwort nicht so ausfiel, wie er erwartet hatte. Jimmy gab seine Stimme nicht ab, und auch Caroline machte nur ein nachdenkliches Gesicht. Die Baxters schwiegen ebenfalls.

Er wandte sich an Cowper. »Nun, Grant? Hast du einen besseren Vorschlag?«

»Rod«, antwortete Grant langsam, »dein Plan ist schon in Ordnung ... aber du hast eines übersehen.«

»Nämlich?«

»Warum gehst du von der Voraussetzung aus, daß wir von hier fortziehen müssen?«

»*Was?* Deswegen habt ihr uns doch weggeschickt! Um einen besseren Platz zu finden. Und wir haben ihn gefunden – ihr könnt diese Höhlen gegen eine ganze Armee halten. Was gibt's denn für Hindernisse? *Natürlich* ziehen wir weg von hier!«

Cowper betrachtete nachdenklich seine Fingernägel. »Rod, sei bitte nicht böse. Ich sehe die Notwendigkeit dafür nicht, und ich zweifle, ob andere es tun. Ich will damit nicht sagen, daß die Stelle, die ihr beide gefunden habt, nicht gut ist. Sie mag sogar besser sein, als diese hier einmal – war. Jetzt aber haben wir uns hier schon ganz schön eingerichtet, und wir haben eine Menge Zeit und Arbeit investiert. Warum wegziehen?«

»Nun, das habe ich doch gerade gesagt. Die Höhlen sind sicher, vollkommen sicher, während diese Stelle hier zu offen daliegt – zu *gefährlich* ist.«

»Vielleicht. In der ganzen Zeit aber, die wir hier sind, Rod, ist innerhalb des Lagers noch nicht ein einziger auch nur verletzt worden. Wir können die Sache zur Abstimmung bringen, aber du kannst nicht erwarten, daß wir unsere Häuser und sonst alles, wofür wir gearbeitet haben, aufgeben, bloß um einer Gefahr aus dem Wege zu gehen, die nur in der Einbildung bestehen dürfte.«

»In der Einbildung? Glaubst du, daß ein ›Stobor‹ diese lächerliche Barrikade nicht in einem Sprung nehmen kann?« fragte Rod, auf die Hecke weisend.

»Nun, ich bin der Meinung, daß sich ein ›Stobor‹ bei einem Versuch den Wanst voll Stacheln schlagen würde«, erwiderte Grant gelassen. »Diese ›lächerliche Barrikade‹ bedeutet eine höchst wirksame Verteidigung. Sieh sie dir morgen früh erst einmal richtig an.«

»Wo wir waren, würden wir so etwas nicht brauchen. Es wären auch keine Nachtwachen nötig. Ja, wir brauchten nicht einmal Häuser und Hütten. Die Höhlen sind besser als das beste Haus hier!«

»Wahrscheinlich. Aber, Rod, du hast noch lange nicht alles gesehen, was wir inzwischen geschafft und geschaffen haben und was wir alles aufgeben müßten. Sehen wir es uns morgen bei Tageslicht an und reden wir dann noch einmal darüber.«

»Hm, ich verstehe . . . aber ich muß doch nein sagen, Grant. Es gibt nur ein Argument: Die Höhlen dort sind sicher; dieser Platz hier ist es nicht. Ich beantrage eine Abstimmung.«

»Nicht so stürmisch, mein Lieber. Das ist hier keine Stadtversammlung, das ist eine Feier – dir zu Ehren. Wollen wir sie nicht verderben!«

»Ja, sicher . . . es tut mir leid. Aber schließlich sind wir doch nun alle mal hier, dann können wir auch abstimmen.«

»Nein.« Cowper erhob sich. »Am Freitagabend haben wir wie üblich unsere Zusammenkunft. Gute Nacht, Rod. Gute Nacht,

Roy. Wir sind alle sehr glücklich, euch wieder hier zu haben. Gute Nacht, ihr anderen alle.«

Die Gesellschaft löste sich allmählich auf. Nur einige wenige von den Jüngeren schienen Lust zu haben, über den Vorschlag eines Umzugs zu diskutieren. Bob Baxter kam herüber, legte eine Hand auf Rods Schulter und sagte: »Ich seh dich morgen früh wieder, Rod. Gott befohlen.« Er war weg, ehe Rod sich von einem Jungen, mit dem er gerade sprach, lösen konnte.

Jimmy Throxton blieb und ebenso auch Caroline. Als sich Rod endlich die Möglichkeit bot, fragte er: »Jimmy? Wo stehst du?«

»Ich? Na, du kennst mich doch. Leider mußte ich Jackie, da sie sich nicht wohl fühlte, ins Bett schicken. Aber vorher hat sie mir noch gesagt, daß du unseretwegen beruhigt sein kannst. Wir halten immer zu dir.«

»Schönen Dank, Jimmy. Und jetzt ist mir auch schon gleich etwas besser zumute.«

»Sehe ich dich morgen früh wieder? Ich muß mich jetzt dringend um Jackie kümmern.«

»Aber gewiß. Schlaft gut.«

Schließlich war nur noch Caroline bei ihm. »Roddie? Willst du mit mir die Wache kontrollieren? Das ist zwar erst ab morgen deine Aufgabe, heute solltest du erst mal ruhig schlafen, aber vielleicht . . .«

»Augenblick mal, Carol. Ich muß dir sagen, du hast dich heute abend sehr merkwürdig verhalten.«

»Ich? Warum, Roddie?«

»Nun, vielleicht irre ich mich auch. Aber – was hältst du von dem Umzug? Ich habe nicht gehört, daß du dich bei der Diskussion in irgendeiner Weise eingeschaltet hättest.«

Sie schaute zur Seite. »Roddie«, sagte sie, »wenn es nur an mir läge, ich würde morgen früh – sofort mit dir aufbrechen. Ich wäre bestimmt auch beim Vortrupp.«

»Na also! Was ist denn aber in die anderen alle gefahren? Grant beherrscht sie in einer Weise – ich verstehe das nicht.« Er kratzte sich am Kopf. »Ich fühle mich fast versucht, eine eigene Gruppe zu bilden – mit dir, Jimmy und Jack, den Baxters, Roy, den wenigen, die sich heute abend nicht gleich verdrückt haben, und sonst mit jedem, der Verstand genug hat, sich dem Unternehmen anzuschließen.«

Sie seufzte. »Daraus wird nichts, Roddie.«

»Wieso? Warum nicht?«

»Ich würde mitkommen. Auch einige von den Jüngeren würden aus Spaß daran mitkommen. Auch Jimmy und Jack würden mitmachen, wenn du darauf bestündest . . . sie wären dir aber gewiß dankbar, wenn du es ihnen erspartest. Die Baxters würden ablehnen, und ich zweifle auch, ob Bob einwilligen würde. Carmen wäre im Augenblick zu einer solchen Tour nicht imstande.«

13
Nicht umzubringen

Die Angelegenheit kam niemals zur Abstimmung. Lange bevor der Freitag heran war, wußte Rod, wie eine Abstimmung ausgehen würde, ungefähr fünfzig würden gegen ihn sein und weniger als die Hälfte dieser Zahl für ihn, wobei seine Freunde ihre Stimme eher aus Anhänglichkeit denn aus Überzeugung für ihn geben würden ... wenn sie nicht bei einer letzten Kraftprobe sogar gegen ihn stimmen würden.

Rod gab es auf. Er lehnte auch den Posten des Verwaltungschefs ab. Da auch Caroline, als Rod verzichtete, das Amt nicht mehr weiterführen wollte, wurde Bill Kennedy ernannt, und Rod übernahm unter Cliff seinen Dienst als einfacher Jäger, schlief in dem Schuppen für Junggesellen und machte seine Nachtwache, wenn er an der Reihe war. Im übrigen waren diese Wachen auf einen einzigen Posten reduziert worden, dessen ganze Pflicht darin bestand, die Feuer zu unterhalten. Da es immer schwieriger wurde, Brennmaterial heranzuschaffen und da viele außerdem der Meinung waren, daß die Dornenhecke ausreichte, sprach man sogar davon, auch noch den einen Posten einzuziehen.

Rod sagte nichts weiter dazu, war nachts dafür jedoch um so wachsamer.

Wild fiel weiterhin genug an, es wurde aber zunehmend scheuer. Es kam nicht mehr so wie bei Regenwetter aus der Dekkung hervor, man mußte es suchen und zusammentreiben. Die Fleischfresser schienen überhaupt weniger geworden zu sein. Aber das erste wirkliche Anzeichen dafür, daß die Fauna dieses Planeten ganz eigene saisonbedingte Gewohnheiten hatte, kam von einem kleinen Raubtier. Mick Mahmud kehrte nämlich mit einem böse zerbissenen Fuß ins Lager zurück. Bob Baxter flickte ihn, so gut es ging, zurecht und fragte ihn dabei aus.

»Du wirst es mir nicht glauben.«

»Na, versuch's doch mal.«

»Nun bitte, es war weiter nichts als ein ›Döskopf‹. Natürlich habe ich ihn erst gar nicht beachtet. Einen Augenblick später aber war ich mir bewußt, daß ich flach auf dem Rücken lag, und versuchte ihn abzuschütteln. Ehe ich an mein Messer kam, hatte er mich schon so zugerichtet. Und dann mußte ich ihm erst noch die Kiefer zertrümmern.«

»Ein Glück nur, daß du nicht verblutet bist.«

Als Rod von Mickys Geschichte erfuhr, erzählte er sie Roy weiter. Da Roy bereits seine Erfahrungen gemacht hatte, nahm er die Sache sehr ernst und ließ durch Cliff insbesondere die Jäger warnen. Es sah ganz so aus, als ob sich diese bis dahin so harmlosen Tiere in Scheusale verwandelt hatten.

Drei Tage später begann die Wanderung der Tiere.

Zunächst war es nichts anderes als ein Treiben, das, abgesehen davon, daß es immer stromabwärts ging, völlig ziellos zu sein schien. Seit langem schon hatten die Tiere nicht mehr die Wasserstelle oberhalb des Lagers aufgesucht, und Wild zeigte sich überhaupt kaum in dem kleinen Tal; jetzt aber begannen sie in Scharen hereinzuströmen und, sobald sie auf die Sperre von Dornen trafen, wieder zurückzuwandern. Bemerkenswert war noch die Tatsache, daß sich außer den verschiedenen Antilopenarten auch flügellose Vögel mit ›falschen Gesichtern‹, Nagetiere, Wurzelfresser und unzählige, den Menschen unbekannte Tiere in diesen Zug einreihten. Sogar ein Exemplar des Riesenlöwen, den sie ›Stobor‹ genannt hatten, kam bei hellem Tageslicht an die Barrikade heran, blieb prüfend stehen, zog den Schwanz ein, machte kehrt und verschwand flußabwärts.

Cliff konnte seine Jagdunternehmen abblasen. Wenn das Wild ins Lager kam, brauchte man sich nicht weiter in Gefahr zu begeben.

An jenem Abend war Rod noch schlechter gelaunt als sonst. Nachdem es dunkel geworden war, verließ er seinen Platz an der Feuerstelle und ging hinüber zu Jimmy und Jacqueline. »Möchte bloß wissen, was hier vor sich geht. Es spukt.«

Jimmy zuckte die Schultern. »Mir ist auch so. Vielleicht liegt es an der komischen Art, wie sich die Tiere aufführen. Sag mal, hast du davon gehört, daß sie einen ›Döskopf‹ im Lager getötet haben?«

»Ich weiß, was es ist«, schaltete sich Jacqueline plötzlich ein. »Keine ›Grand Opera‹.«

›Grand Opera‹ nannte Jimmy die Geschöpfe, die den entsetzlichen Lärm verursachten und Rods erste Nacht zu einer Nacht des Schreckens gemacht hatten. Wenn es dunkel wurde, veranstalteten sie jeden Abend eine Serenade. Rod hörte sie jetzt kaum noch, wenigstens nicht störender als singende Zikaden. In letzter Zeit jedoch hatten sie sich überhaupt nicht mehr gemeldet. Ein Grund mehr, nach dem neuesten Stand der Entwicklung beunruhigt zu sein.

Er zeigte ein verlegenes Lächeln. »Stimmt, Jack. Merkwürdig, wie man sich an so etwas gewöhnen kann. Aber meinst du, daß sie im Augenblick einen Streik proklamiert haben?«

»Sieht mir eher nach einem Todesfall in der Familie aus«, antwortete Jimmy. »Morgen singen sie bestimmt wieder.«

Es fiel Rod schwer, Schlaf zu finden. Jedesmal wenn die Nachtwache Alarm schlug, war er sofort auf und jagte, Colonel Bowie in der Hand, aus der Junggesellenbaracke hinaus. »Was ist los?«

Arthur Nielsen stand auf Posten. »Ist alles wieder in Ordnung«, antwortete er nervös. »Ein großer Bock ist mit einem Krachen gegen die Hecke gerast. Und der hier ist durchgeschlüpft.« Damit wies er auf einen an der Erde liegenden ›Döskopf‹.

»Du blutest ja?«

»Ach, bloß ein bißchen.«

Andere eilten herbei. Auch Cowper, der die Lage sondierte und dementsprechende Anweisungen gab. »Waxie, du stellst dich hier an dem Eingang auf. Bill . . . wo ist Bill? Bill, du verstärkst noch die Wache um einen oder zwei. Und dann müssen wir vor allem sehen, daß wir die Lücke hier schließen, sobald es hell genug ist.«

Als es im Osten zu grauen begann, schlug Margery vor: »Am besten bleiben wir gleich auf und machen Frühstück. Ich sorge für das Feuer.« Damit lief sie auch schon davon, um sich von dem Wachfeuer eine Flamme zu holen.

Rod trat an die Barrikade heran und blickte durch das Loch, das der Bock verursacht hatte. Das Tier lag auf der anderen Seite am Boden und hatte wenigstens sechs Dösköpfe an sich hängen. Cliff stand bereits bei ihm und sagte ruhig: »Siehst du eine Möglichkeit, wie wir an sie herankommen können?«

»Nur mit einer Pistole.«

»Dafür sollen wir Munition verschwenden?«

»Nein.« Rod überlegte einen Augenblick und ging auf einen Haufen Bambusstäbe zu, die zum Bauen zurechtgeschnitten waren. Er suchte eine kräftige Stange aus, die etwas kleiner war als er selbst, setzte sich nieder, holte Lady Macbeth hervor, band sie mit Leder fest und bastelte sich dieserart einen rohen Spieß.

Caroline kam herüber und hockte sich neben ihn hin. »Was machst du denn da?«

»Einen Spieß für die Döskopfe.«

Sie beobachtete ihn eine Weile. Plötzlich sprang sie auf und sagte: »Ich mache mir auch einen.«

Als es hell geworden war, befanden sich die Tiere in voller Flucht stromabwärts, gerade so, als ob ein Riesenwaldbrand sie allesamt vertrieben hätte. Da der Fluß im Laufe der trockenen Jahreszeit immer weniger Wasser mit sich führte, hatte sich unterhalb des eigentlichen Ufers, auf dem die Stadt gewachsen war, ein schmaler Streifen Strand gebildet, bis zu dem der Dornenkral inzwischen ausgedehnt worden war. Nichtsdestoweniger bestand hier ein schwacher Punkt in ihrer Verteidigung und, aufgeregt wie die Tiere waren, brachen sie hier jetzt einfach durch und strömten längs des Wassers am Lager vorbei.

Rod stand ununterbrochen an der Barrikade. Selbst das Frühstück nahm er dort im Stehen zu sich. Er hatte seit dem Morgengrauen bereits sechs Döskopfe getötet, und Carolines Zahl lag sogar noch höher. Inzwischen hatten sich auch noch andere Lagerbewohner ähnliche Spieße angefertigt und gesellten sich ihnen zu. Die Döskopfe kamen keineswegs in Scharen durchgebrochen, sondern versuchten vielmehr, sich an Antilopen anzuklammern und mit ihnen den unteren Weg zu nehmen. Diejenigen, die durchkamen, konnten daher leicht mit dem Spieß erlegt werden, leichter und ungefährlicher jedenfalls, als es mit dem bloßen Messer möglich gewesen wäre.

Cowper und Kennedy, die die Verteidigungslinie inspizierten, blieben bei Rod stehen, sie sahen recht bekümmert aus. »Rod«, sagte Grant, »wie lange soll das noch andauern?«

»Wie soll ich das wissen? Wahrscheinlich so lange, bis es keine Tiere mehr gibt. Es sieht jedenfalls so aus, als ob . . . Stoß zu, Shorty! Es sieht jedenfalls so aus, als ob die einen die anderen jagen, aber sicher tun sie das nicht. Wahrscheinlich sind sie *alle miteinander* verrückt geworden.«

»Aber wozu dient das Ganze?« fragte Kennedy.

»Frag mich nicht. Ich glaube, ich weiß jetzt, woher all die Knochen an der Küste kamen. Warum das so ist? Warum rennt ein Küken über die Landstraße? Warum verhalten sich Lemminge so und nicht anders. Warum werden Heuschrecken zur Plage? Hinter dir! *Spring!*«

Kennedy machte einen Sprung, Rod erledigte einen Döskopf, und dann führten sie ihre Unterhaltung weiter fort. »Ich glaube, Bill, es ist besser, wenn wir noch einen dazu bestimmen, der diese Biester ins Wasser wirft, ehe sie anfangen zu stinken. Sieh mal, Grant, ich bin der Meinung, bei uns ist jetzt soweit alles in Ordnung, aber ich weiß, was ich tun würde.«

»Du meinst – nach den Höhlen auswandern? Rod, ich kann dir nur sagen, du hattest recht, aber jetzt geht es nicht mehr.«

»Nein, nein, daran habe ich nicht gedacht. Die Sache ist erledigt. Was mich aber am meisten beunruhigt, sind diese kleinen Teufel. Sie sind jetzt alles andere als dösig, sie sind nicht nur wider Erwarten flink, sie sind auch angriffslustig und vor allem, sie können durch die Hecke schlüpfen. Im Augenblick werden wir mit ihnen fertig – wie aber, wenn es dunkel wird? Wir müssen daher innerhalb des Lagers und längs des Ufers eine starke Feuerlinie schaffen. Feuer ist das einzige, das ihnen den Weg versperrt . . . hoffe ich wenigstens.«

»Dafür brauchen wir aber eine Menge Holz.« Grant blickte durch die Barrikade und runzelte die Stirn.

»Das ohne Zweifel. Aber auf diese Weise könnten wir vielleicht einigermaßen über die Nacht kommen. Ich schlage dir daher vor: Gib mir die Axt und sechs Mann mit Spießen. Ich übernehme das Kommando.«

Kennedy schüttelte den Kopf. »Das ist meine Angelegenheit.«

»Nein, Bill«, sagte Cowper mit fester Stimme. »Ich übernehme die Führung, und du kümmerst dich hier um die Stadt.«

Bald darauf zog Cowper mit zwei Kommandos los, während Bill und Rod jeder ein weiteres anführten. Es gelang ihnen, sich einen Weg durch die Flut von Tieren zu bahnen, nur Bills

Gruppe wurde bei ihrer Arbeit plötzlich so angefallen, daß sie zwei Stunden lang auf den Bäumen ausharren mußten.

Am späten Nachmittag brach Cliff Pawley, der Chefjäger, mit einer fünften Gruppe auf. Sie hatte jedoch Pech. Nach ein paar Schlägen zerbrach der Griff der Axt, und sie konnten nur mit dem zurückkehren, was sie mit den Messern hatten abschlagen können. Während sie noch im Walde waren, stürmte plötzlich eine von den Riesenantilopen, die sie Buffalos nannten, in das Lager, stürzte und brach sich das Genick. Vier Döskӧpfe hingen an ihrem Fell. Da sie nicht losließen, war es ein leichtes, ihnen ein Ende zu bereiten.

Jimmy und Rod standen an der Barrikade und gingen ihrem ›Spieß-Dienst‹ nach. Jimmy warf einen kurzen Blick auf eine Mädchengruppe, die sich mit den erlegten Tieren beschäftigte, und sagte: »Du, Rod, wir haben uns gewaltig geirrt. *Das* hier sind die Stobors . . . die *wirklichen* Stobors.«

»Was?«

»Die großen Tiere, die wir so nannten, sind gar nicht die Stobors. *Diese* Biester hier, vor denen hat uns der Dekan gewarnt.«

»Schon möglich . . . Im Augenblick ist es mir aber egal, wie sie heißen. Hauptsache, sie sind tot. An deinen Fußspitzen, Junge! Es geht schon wieder los.«

Bevor es dunkel wurde, ließ Cowper das Feuer vorbereiten und überlegte dabei, wie er es einrichten konnte, daß die Anlage ihrer Wasserleitung nicht gefährdet wurde, zumal sie im Augenblick ohnehin kein Wasser führte. Flußaufwärts war irgend etwas – wahrscheinlich eine Antilope – dagegengestürmt und hatte die dünne Leitung zerbrochen.

Als sie ihr Brennmaterial in einem großen Bogen innerhalb der Barrikade ausgebreitet hatten, stellte sich heraus, daß das Ergebnis ihrer harten Tagesarbeit nur sehr kärglich war; der Vorratshaufen war nicht viel mehr, als was sie eben benötigt hatten, um einigermaßen den Ring zu schließen. Bill Kennedy machte ein besorgtes Gesicht. »Das reicht bestimmt nicht für die Nacht, Grant.«

»Es muß, Bill. Steck es an.«

»Wie wäre es, wenn wir uns von der Hecke und dem Ufer absetzten und weiter oben für die Nacht unser Lager bezögen – was hältst du davon?«

Cowper überlegte, was dadurch eventuell gespart werden könnte, meinte dann jedoch: »Die Strecken sind auch nicht kürzer. Vielleicht machen wir es aber so, daß wir noch nicht gleich das untere Ende anstecken, sondern warten, bis sie von dahinten kommen. Nun aber los, es wird schon dunkel.« Er lief auf die Kochstelle zu, entzündete eine Fackel und schickte sich an, die Holzkette in Brand zu setzen. Kennedy ging ihm dabei zur Hand, und bald war der Lagerplatz an seiner Außenfront von einer Feuerglut umgeben. Cowper warf schließlich seine Fackel ins Feuer und sagte: »Bill, du teilst besser die Männer in zwei Wachen auf, und die Frauen und Mädchen sollen in die Höhle hinaufgehen – sie können da schon enger zusammenrücken.«

»Es wird nicht so einfach sein, über dreißig Frauen da oben unterzubringen, Grant.«

»Sie müssen eben die Nacht über aufsitzen. Aber schick sie hinauf. Ja, und auch die Verwundeten.«

»Wird gemacht.« Kennedy hatte kaum begonnen, den Befehl weiterzureichen, als Caroline, den Spieß in der Hand, angestürmt kam.

»Grant, was ist das für ein Unsinn? Die Mädchen sollen nach oben in die Höhle? Wenn du glaubst, daß du mir diesen Spaß hier verderben kannst, hast du dich geirrt!«

Cowper schaute sie aus müden Augen an. »Carol, ich habe jetzt keine Zeit, Unfug zu treiben. Halt den Mund und tu, wie ich gesagt habe.«

Caroline öffnete den Mund, schloß ihn wieder und folgte dem Befehl. Jetzt näherte sich Bob Baxter. Rod bemerkte, daß er sehr aufgebracht aussah. »Grant? Hast du befohlen, daß alle Frauen in die Höhle hinauf sollen?«

»Ja.«

»Bedaure, Carmen kann nicht.«

»Dann mußt du sie hinauftragen. An sie habe ich am allermeisten gedacht, als ich mich zu dem Umzug entschloß.«

»Aber . . .« Baxter hielt inne und drängte Grant von den anderen fort. Dann redete er eindringlich, aber ruhig auf ihn ein. Grant schüttelte den Kopf.

»Es ist nicht möglich, Grant«, fuhr Baxter fort, die Stimme hebend. »Ich kann es nicht auf mich nehmen. Der Abstand beträgt jetzt neunzehn Minuten.«

»Na ja . . . gut. Dann sollen ein paar Frauen bei ihr bleiben. Vielleicht Caroline, ja?, Das hält sie mir dann wenigstens vom Leibe.«

»In Ordnung.« Baxter schoß davon.

Kennedy übernahm die erste Wache mit zwölf Männern, die entlang der Feuerlinie auseinandergezogen waren; danach kam Rod unter Cliff Pawleys Kommando an die Reihe. Da er einstweilen noch Zeit hatte, begab er sich nach dem Haus der Baxters, um sich zu erkundigen, wie es Carmen ging, und wurde an Agnes verwiesen. Darauf ging er zum Junggesellenschuppen und versuchte zu schlafen.

Gellende Schreie weckten ihn, und er kam gerade noch zurecht, um ein fünf Meter langes Löwenuntier durch das Lager und flußabwärts verschwinden zu sehen. Es war über die Barriere, die Staketen und auch über das Feuer gesetzt – alles in einem Sprung.

Rod rief sofort aus: »Irgend jemand verletzt?«

Shorty Dumont antwortete: »Nein. Es hat sich nicht einmal Zeit gelassen, um zu winken.« Shorty blutete aus einer Wunde an der Wange und schien es noch gar nicht bemerkt zu haben. Rod zog sich wieder zurück und bemühte sich erneut einzuschlafen.

Plötzlich zitterte der Schuppen in seinen Fugen. Im Nu war Rod wach und draußen. »Was ist los?«

»Du – Rod? Ich wußte nicht, daß noch jemand drin war. Komm, faß mit an, wir wollen ihn verbrennen.« Die Stimme war die von Baxter, der einen Eckpfosten untersuchte und die Lederstreifen zu zerschneiden begann, nachdem er das Verbindungsstück entdeckt hatte.

Rod legte seinen Speer beiseite, damit man bei der Arbeit nicht versehentlich darauf treten konnte, steckte Colonel Bowie in die Scheide und begann zu helfen. Das ›Haus‹ bestand aus Bambus und Blättern mit einem Dach, das aus Schlamm und Binsen hergestellt war, es gab ein herrliches Brennmaterial ab. »Wie geht's Carmen?«

»Soweit gut – normaler Verlauf. Jedenfalls kann ich hier nützlicher sein – sie wollen mich einfach nicht haben.« Baxter schlug gegen den Eckpfosten, und mit einem Krach brach der Schuppen zusammen. Im nächsten Augenblick hatte er schon den Arm voller Trümmer und lief, so schnell er konnte, davon. Rod packte sich ebenfalls eine Ladung auf und folgte ihm.

Der Vorratshaufen war völlig aufgebraucht; irgend jemand war sogar schon dabei, das ›Rathaus‹ einzureißen und die Dachklumpen auf dem Boden zu zerschlagen, um sie vom Lehm zu befreien. Wenn hier die Mauern auch aus Ziegeln bestanden, so würde doch wenigstens das Dach dem Feuer Nahrung geben. Rod trat näher an den Arbeitenden heran und erkannte Cowper, der das Symbol der Stadtgemeinschaft zerstörte. Er hieb darauf ein, als ob die Furien des Zornes ihn gepackt hätten. »Laß mich das machen, Grant. Hast du überhaupt schon mal einen Augenblick ausgeruht?«

»Wie? Was? Nein.«

»Dann tu es jetzt. Das verspricht heute eine lange Nacht zu werden. Wie spät ist es denn?«

»Weiß ich nicht. Vielleicht Mitternacht.« Das Feuer flammte erneut auf. Cowper schaute einen Moment zu und wischte sich dabei das Gesicht mit der Hand ab. »Rod, kümmere du dich um die zweite Wache und löse Bill ab. Cliff hat's erwischt, und ich habe ihn nach oben geschickt.«

»In Ordnung. Es soll also alles verbrannt werden, was brennt – ja?«

»Alles außer dem Dach von Baxters Haus. Geht aber vorsichtig damit um – es muß bis zum Morgen reichen.«

»Verstanden.« Rod jagte die Feuerlinie entlang, bis er auf Kennedy stieß. »Hör mal, Bill – jetzt übernehme ich dein Kommando – Befehl von Grant. Sollst erst mal ein bißchen schlafen. Irgendwas durchgekommen?«

»Nicht viel – und jedenfalls nicht weit.« Kennedys Speer leuchtete im Schein des Feuers dunkelrot vom Blut. »Ich habe nicht die Absicht, schlafen zu gehen, Rod. Such dir selbst eine Stelle und mach mit.«

Rod schüttelte den Kopf. »Du kannst ja kaum noch stehen. Sei vernünftig. Grant hat's befohlen.«

»Nein!«

»Na schön ... dann nimm deine Gruppe und legt den alten Mädchenschuppen um. Das gibt dir wenigstens eine kleine Abwechslung.«

»Wenn du meinst.« Damit gab Kennedy seinen Posten auf und ging taumelnd davon. Im Augenblick hatte sich der Ansturm der Tiere offensichtlich etwas beruhigt. Rod konnte jedenfalls hinter der Barrikade nichts erkennen. Damit aber bot sich ihm die Zeit, die Wachmannschaften zu kontrollieren, diejenigen, die seit Sonnenuntergang Dienst gemacht hatten, wegzuschicken und die neuen Posten holen zu lassen. Danach teilte er Doug Sanders und Mick Mahmud als Feuerwarte ein und gab die Anweisung, daß niemand sonst sich um die Unterhaltung des Feuers zu kümmern hätte.

Als er von seiner Runde zurückkehrte, sah er Bob Baxter, den Speer in der Hand, an der Mitte der Feuerlinie stehen, um seinen, Rods, Platz auszufüllen. Rod legte ihm die Hand auf die Schulter und sagte: »Der Sanitätsoffizier braucht nicht zu kämpfen. So schlecht sind wir nicht dran.«

Baxter zuckte die Achseln. »Ich habe eine Waffe, also setze ich sie ein, wo sie gebraucht wird.«

»Hast du keine anderen Sorgen?«

Baxter machte einen kümmerlichen Versuch zu lächeln. »Besser, als vor einem Gitter auf und ab zu gehen. Du, Rod, es scheint wieder lebendig zu werden. Ob wir nicht lieber noch etwas mehr ins Feuer werfen?«

»Hmm ... nicht, wenn wir damit auskommen wollen. Ich glaube nicht, daß sie im Augenblick hier was ausrichten können.«

Da ein Döskopf in diesem Moment gerade durchschlüpfte, antwortete Baxter nicht. Er faßte fest seinen Speer und spießte ihn auf. Eine Sekunde später hatte Rod schon die Hände am Mund und rief: »Mehr auflegen! Aber sparsam!«

»Hinter dir, Rod!«

Rod machte einen Sprung, riß sich herum und hatte den kleinen Teufel erwischt. »Wo ist der denn hergekommen? Ich habe ihn überhaupt nicht gesehen.«

Ehe Bob antworten konnte, kam Caroline aus der Dunkelheit

herausgeeilt. »Bob! Bob Baxter! Ich muß sofort Bob Baxter haben!«

»Hier drüben!« rief Rod.

Baxter brachte kaum ein Wort heraus. »Ist sie – ist sie?« Sein Gesicht krampfte sich schmerzhaft zusammen.

»Nein, nein«, schrie Caroline. »Sie ist wohlauf, es geht ihr gut. *Es ist ein Mädchen!*«

Baxter ließ den Speer zu Boden fallen und wäre ihm gewiß auch nachgefolgt, wenn Caroline ihn nicht gepackt und davor bewahrt hätte, ins Feuer zu stürzen. Als er wieder die Augen öffnen konnte, sagte er: »Entschuldige. Du hast mir einen solchen Schrecken eingejagt. Geht es Carmen auch wirklich gut?«

»Aber sicher geht es ihr gut, und dem Baby auch. Ungefähr sechs Pfund. So – nun gib mir aber deinen Spieß. Carmen verlangt nach dir.«

Baxter taumelte davon, und Caroline nahm seinen Platz ein. Sie strahlte Rod an. »Ich könnte Bäume ausreißen! Ich fühle mich so, als ob ich mindestens acht oder neun solche kleinen Würmer zur Welt bringen könnte. Und wie steht's hier?«

In diesem Augenblick kam Cowper heran, und Caroline rief ihm gleich entgegen: »Hast du schon die frohe Botschaft vernommen, Grant?«

»Ja, ich komme gerade von dort.« Ohne seiner Verwunderung oder Entrüstung Ausdruck zu geben, daß Caroline an der Feuerlinie Posten stand, wandte er sich sofort an Rod: »Wir machen jetzt aus dem Bambusrohr der Wasserleitung eine Tragbahre und bringen Carmen nach oben. Danach werfen wir euch die Bahre hinunter, und ihr könnt sie auch noch verbrennen.«

»Gut.«

»Agnes bringt jetzt schon das Baby nach oben. Rod, was meinst du wieviel die Höhle bestenfalls aufnehmen kann?«

»Das ist eine Frage!« Rod schaute hinauf und meinte: »Sie dürfte wohl jetzt schon nicht mehr ausreichen.«

»Sicher, sicher. Aber wir *müssen* sie dort alle unterbringen. Ich will, daß alle verheirateten Männer und die jüngsten Burschen dort oben bleiben, während die Junggesellen hier Dienst machen.«

»Ich bin auch Junggeselle!« unterbrach Caroline.

Cowper überging ihre Bemerkung.

Rod legte die Hände an den Mund und rief: »Schluß jetzt – alle in die Höhle, wer nicht besondere Anweisung hat. Tempo!«

Im Laufe von zehn Minuten war die Höhle vollgepackt wie eine Sardinenbüchse – siebzig waren in einem Raum verstaut, der gerade für ein Dutzend auszureichen schien. Da man nur in der Nähe des Eingangs stehen konnte, blieb ihnen nicht anderes übrig als sich hinzusetzen oder hinzuhocken. Die Mädchen saßen ausschließlich im hinteren Teil und waren so zusammengedrückt, daß sie kaum Luft zum Atmen hatten. Die Männer hatten zwar den Vorteil, stehen zu können, waren jedoch ständig der Gefahr ausgesetzt, nach draußen abgedrängt und ins Dunkel gestoßen zu werden.

»Paß du jetzt hier allein auf, Rod«, sagte Grant, »ich sehe mal oben nach.«

Nach ein paar Minuten war er wieder zurück. »Zusammengestopft wie ein Lumpensack«, erklärte er. »Aber trotzdem – hier ist mein Plan. Sie können und müssen noch mehr zusammenrükken, wenn es soweit ist. Das wird zwar für die Verwundeten sehr unbequem sein, und Carmen, die im Augenblick liegt, wird sich hinsetzen müssen – aber es muß sein. Wenn das Feuer ausgeht, muß auch der Rest noch hinein. Und wenn wir uns dann mit unseren Spießen vor den Eingang stellen, müßte es eigentlich möglich sein, bis zum Morgengrauen auszuhalten. Verstehst du mich?«

»Hört sich so an, als ob es sich machen ließe.«

»In Ordnung also. Wenn es soweit ist, gehst du als vorletzter hinauf, ich komme als letzter nach.«

»Quatsch . . . wir gehen zusammen.«

Cowper stieß einen ungewohnt derben Fluch aus und fuhr fort: »Ich bin Chef hier; ich gehe als letzter, verstanden? Wir machen jetzt noch einmal eine Runde, werfen alles, was noch da ist, ins Feuer und sammeln uns dann hier. Du nimmst das Ufer, ich die Hecke.«

Die Wand aus Feuer war bereits fast überall eingestürzt. Nicht allein, daß die Dösköpfe jetzt durchbrechen konnten, viel schlimmer war noch, daß die Asche so wenig Licht spendete, daß man sie kaum noch sehen konnte. »Es ist soweit!« rief Cowper.

»Alles nach oben. Übernimm das Kommando, Rod.« Dann schrie er nach der Höhle hinauf: »Bill! Agnes! Macht Platz, ich schicke sie jetzt nach oben.«

Rod warf einen Blick auf die Hecke, dann wandte er sich wieder der Gruppe zu: »In Ordnung – Kennedy als erster. Doug als nächster – drängelt nicht. Goldie und dann Dick. Wer bleibt noch? Roy . . .« Im gleichen Augenblick wirbelte er herum, irgendwie fühlte er, daß sich etwas geändert hatte.

Grant stand nicht mehr hinter ihm. Rod suchte das Feuer ab und entdeckte ihn dabei, wie er sich über eine sterbende Flamme beugte. »He, Grant!«

»Bin gleich wieder da.« Cowper nahm einen Stock aus der Asche und schwenkte ihn herum, bis eine Flamme loderte. Er sprang über die Glut, wand sich durch die Staketen hindurch, erreichte das Dorngebüsch und hielt seine Fackel hinein. Die trokkenen Zweige flammten auf. Langsam bewegte er sich wieder zurück und auf die Falle zu, die der Staketenzaun bedeutete.

»Ich komm dir helfen!« brüllte Rod. »Ich stecke das andere Ende an.«

Cowper drehte sich um, das in der Hecke aufflammende Feuer ließ sein finsteres, bärtiges Gesicht deutlich erkennen. »Du bleibst da. Bring die anderen nach oben. Ich befehle es dir!«

Der Marsch nach oben kam zum Stoppen. Rod brüllte: »Los, vorwärts, ihr Faulpelze! Bewegt euch!« Er drehte seinen Spieß um und begann sie damit zur Eile anzutreiben.

Er neues Feuer flammte auf. Rod schaute sich um und sah, daß Cowper immer noch an der Arbeit war. Jetzt richtete er sich auf, wollte offensichtlich noch weiter nach unten gehen, drehte sich jedoch plötzlich herum und sprang über die glimmende Feuerlinie hinweg, blieb unvermittelt stehen, stieß in der Dunkelheit nach irgend etwas . . . und schrie jäh auf.

»Grant!« Ohne eine Sekunde zu zögern, sprang Rod nach unten und lief auf ihn zu. Ehe er ihn jedoch erreichte, lag Grant schon auf der Erde, zwei Dösköpfe an den Beinen und weitere im Anmarsch. Rod durchbohrte den einen, zog den Speer heraus, stieß nach dem zweiten und bemühte sich dabei, Grant nicht zu verletzen. Im gleichen Augenblick spürte er, wie ihn einer ins Bein biß, und wunderte sich, daß es nicht weh tat.

Dann aber tat es weh – furchtbar weh, und auf einmal wurde er sich bewußt, daß er am Boden lag und seinen Speer nicht in der Hand hielt. Aber seine Hand fand das Messer, und Colonel Bowie erledigte das Biest, das sich an seinem Knöchel festklammerte.

Nunmehr schien alles mit alpdruckartiger Langsamkeit abzurollen. Andere Figuren stießen bedächtig nach Gestalten, die kaum zu kriechen schienen. Der Dornbusch glühte auf und gab ihm Licht, um sehen zu können und nach einem Döskopf zu stechen, der auf ihn zukam. Er erwischte ihn, schlug dabei auf und versuchte dennoch aufzustehen ...

Mit dem Tageslicht in den Augen wachte er auf, wollte sich bewegen und stellte fest, daß ihm sein linkes Bein weh tat. Er blickte nach unten und entdeckte eine Kompresse aus Blättern, die von einem Verband aus Leder festgehalten wurde. Er war in der Höhle, und andere lagen neben ihm. Er richtete sich auf einem Ellbogen auf. »Sagt mal, was ...«

»Pst!« Sue Kennedy kam zu ihm herangekrochen und kniete bei ihm. »Das Baby schläft.«

»Ach ...«

»Ich habe Schwesterndienst. Willst du irgend etwas?«

»Ich glaube nicht. Und wie haben sie sie genannt?«

»Hope. Hope Roberta Baxter. Ein hübscher Name, wie? Aber ich will Caroline verständigen, daß du wach bist.« Sie wandte sich von ihm ab.

Caroline kam herein, hockte sich nieder und sah sich spöttisch seinen Knöchel an. »Das wird dich hoffentlich davor warnen, Feste zu feiern und *mich* nicht einzuladen.«

»Werd mir's für die Zukunft merken. Aber Carol, wie ist denn die Lage?«

»Sechs stehen auf der Krankenliste. Zweimal soviel laufen mit Verwundungen herum. Die anderen sammeln Holz und schneiden Dornen. Wir haben die Axt wieder in Ordnung gebracht.«

»Ja, aber ... ist denn der Kampf mit ihnen zu Ende?«

»Hat dir denn Sue noch nichts erzählt? Jetzt zeigen sich nur noch von Zeit zu Zeit ein paar Antilopen, und die laufen herum, als ob sie betäubt wären. Das ist alles.«

»Sie können aber wiederkommen.«

»Und wenn schon! Bis dahin sind wir fertig.«

»Schön.« Er versuchte sich zu erheben. »Wo ist denn Grant? Hat es ihn sehr erwischt?«

Sie schüttelte den Kopf. »Grant hat es nicht überstanden, Roddie.«

»Wie meinst du?«

»Bob hat ihm beide Beine am Knie abgenommen und wollte ihm auch noch einen Arm amputieren, aber er starb, während er noch operierte.« Sie machte eine abschließende Bewegung. »Im Fluß.«

Rod wollte etwas sagen, wandte den Kopf ab und verbarg das Gesicht. Caroline begann ihn zu streicheln. »Nimm es nicht so schwer, Roddie. Bob hätte gar nicht erst versuchen sollen, ihn zu retten. Er ist so besser dran.«

Rod pflichtete Carol bei – sie hatte recht. Was hätte ihn auf einem solchen Planeten noch erwartet? Trotzdem gab es ihm kein Gefühl der Erleichterung. »Gern hatten wir ihn ja nicht«, flüsterte er.

»Sprich nicht davon!« entgegnete Caroline barsch. »Er war ein Narr.«

»Was? Carol, ich muß mich deiner schämen.«

Plötzlich sah er Tränen ihre Wange herunterrollen und war überrascht. »Du weißt doch auch, Roddie Walker, daß er ein Narr war. Die meisten von uns wußten es ... aber trotzdem liebten wir ihn. Ich hätte ihn sogar *geheiratet,* aber er hat mich niemals danach gefragt.« Sie wischte sich die Tränen ab. »Hast du schon das Baby gesehen?«

»Nein.«

Ihr Gesicht erhellte sich. »Ich hole es. Es ist allerliebst.«

»Sue sagt, es schlafe noch.«

»Na schön ... Aber weswegen ich hergekommen bin, das ist folgendes: Was hast du für Befehle für uns?«

»Wie bitte!« Er versuchte sich die Situation zu vergegenwärtigen. Grant war tot. »Bill war sein Stellvertreter. Ist Bill ausgebootet?«

»Hat dir Sue nichts gesagt?«

»Was sollte sie mir sagen?«

»Du bist jetzt Bürgermeister. Wir haben dich heute morgen

gewählt. Bill, Roy und ich, wir bemühen uns im Augenblick nur, die Dinge einigermaßen in Gang zu halten.«

Rod wurde schwindlig. Carolines Gesicht entfernte sich immer mehr von ihm und war ihm plötzlich wieder ganz nahe. Sollte er etwa ohnmächtig werden?

». . . viel Holz«, sagte sie, »und bis zum Sonnenuntergang ist der neue Kral fertig. Fleisch brauchen wir im Augenblick nicht zu holen. Margery ist gerade dabei, den großen Burschen, der sich das Genick gebrochen hat, zu zerlegen. Natürlich gehen wir alle auf den Treck, aber erst müßt ihr, Carmen und all die anderen, wieder gehen können. Darum versuchen wir auch, das Lager wieder einigermaßen instand zu setzen. Gibt es irgend etwas, das wir tun sollen?«

Er überlegte. »Nein, jetzt nicht.«

»In Ordnung. Jetzt mußt du aber ruhen.« Sie richtete sich auf und erhob sich. »Ich schaue später wieder herein.« Rod bewegte vorsichtig das Bein und drehte sich auf die Seite. Nach einer Weile kam sein aufgeregtes Gemüt zur Ruhe, und er schlief ein.

Sue brachte ihm Brühe in einer Schale, hielt ihm den Kopf, während er trank, holte anschließend Hope Baxter und hielt sie so, daß er sie genau sehen konnte. Rod stammelte die üblichen Albernheiten, fragte sich insgeheim jedoch, ob alle Neugeborenen so aussahen.

Eine ganze Zeit war er mit seinen Gedanken beschäftigt.

Da trat Caroline mit Roy ein. »Na, wie geht's, Chef?« fragte Roy.

»Könnte einer Klapperschlange in den Schwanz beißen.«

»Ein böser Fuß, den du da hast, aber er müßte schon wieder in Ordnung kommen. Wir haben die Blätter gekocht, und Bob hat noch etwas Sulfonamid gehabt.«

»Fühle mich schon ganz wohl, Fieber scheine ich auch nicht zu haben.«

»Jimmy hat ja immer gesagt, du taugst nicht zum Sterben«, fügte Caroline hinzu. »Willst du etwas, Roddie? Oder hast du uns irgend etwas zu sagen?«

»Ja.«

»Was?«

»Bringt mich hier heraus. Und helft mir den Pfad hinunter.«

»He, du«, schaltete sich Roy hastig ein, »das kannst du nicht. Du bist noch nicht soweit.«

»Kann ich nicht? Entweder ihr helft mir oder macht, daß ihr rauskommt. Und ruft alle zusammen. Wir machen eine Stadtversammlung.«

Sie warfen sich einen Blick zu und gingen, ohne ein Wort zu sagen. Er hatte sich unter großen Schmerzen so weit aufgerichtet, daß er gerade den ersten Schritt tun wollte, als Baxter aufkreuzte. »Nun mach aber, daß du wieder zurückkommst und dich hinlegst.«

»Geh mir aus dem Weg.«

»Hör mal zu, Junge. Ich werde zwar ungern massiv mit einem Kranken, aber wenn du mich dazu zwingst, werde ich es.«

»Bob ... ist denn mein Knöchel so schlimm?«

»Er wird schon wieder heil ... vorausgesetzt, daß du dich entsprechend benimmst. Tust du das nicht ... nun, hast du schon einen richtigen Knochenfraß gesehen? Wenn alles schwarz wird und der süße Duft aufsteigt?«

»Verschone mich. Gibt es denn einen Grund, der euch daran hindert, daß ihr mich mit einem Seil unter den Armen hinuntertragt?«

»Hmmm ...«

Sie nahmen zwei Seile und noch ein drittes, um das verletzte Bein ruhig zu halten. Unter der Aufsicht von Baxter hoben sie ihn vom Boden auf, trugen ihn zum Kochplatz und legten ihn dort nieder. »Schönen Dank auch«, murmelte er. »Ist alles hier, was kommen kann?«

»Ich glaube ja, Roddie. Soll ich abzählen?«

»Laß nur ...« Damit wandte er sich der Versammlung zu und sagte: »Ich habe erfahren, daß ihr mich zum Anf ... äh, zum Bürgermeister gewählt habt – heute morgen?«

»Stimmt«, kam es von Kennedy.

»Wer stand denn sonst noch zur Wahl? Wieviel Stimmen habe ich bekommen?«

»Wie? Die Wahl war einstimmig.«

Rod seufzte. »Ich danke euch. Ich muß euch aber sagen, daß ich zweifle, ob ich mich zur Wahl gestellt hätte, wenn ich hiergewesen wäre. Ich bin nämlich zu einem ganz neuen Ergebnis gekommen. Soll ich euch so verstehen, daß ich euch zu den Höhlen führen soll, die Roy und ich entdeckt haben? Caroline meinte . . .«

Roy blickte überrascht auf. »Darüber haben wir zwar nicht abgestimmt, Rod, aber das war der Gedanke, der dahinterstand. Nach der letzten Nacht weiß jedermann, daß wir hier nicht bleiben können.«

Rod nickte. »So ist das also. Nun, dann habe ich euch etwas mitzuteilen. Ich habe gehört, daß ihr, während Roy und ich fort waren, eine Verfassung angenommen habt. Ich habe sie noch nicht gelesen, und darum weiß ich auch nicht, ob ihr dem Gesetz entsprechend gehandelt habt oder nicht. Wenn ihr mich aber mit der Führung beauftragt, bin ich bereit, sie zu übernehmen. Sollte irgend jemand an dem, was ich tue, Anstoß nehmen und können wir uns nicht einigen, dann stimmt ab. Entweder unterstützt ihr mich oder ihr lehnt mich ab und wählt einen anderen. Wird's so gehen? Was meinst du, Goldie? Du hast doch in der Rechtskommission mitgearbeitet, nicht wahr?«

Howard Goldstein runzelte die Stirn. »So wie du es ausgedrückt hast, war es nicht ganz richtig, Rod.«

»Wahrscheinlich nicht. Na und?«

»Immerhin – was du gemeint hast, ist klar, es handelt sich dabei um das Vertrauensvotum. Das aber ist das Rückgrat unserer Verfassung. Es ist einfach und zugleich demokratisch – es war Grants Idee.«

»Das freut mich um so mehr«, erwiderte Rod nachdenklich. »Es wäre mir ein unerträglicher Gedanke, wenn ich Grants Gesetze, an denen er so schwer gearbeitet hat, zerrissen hätte. Ich werde sie eingehend studieren, sobald ich Zeit dazu finde, das verspreche ich euch. Was den Umzug zu den Höhlen angeht, so sehe ich mich gezwungen, damit gleich die erste Vertrauensfrage zu verbinden.«

Goldstein lächelte. »Ich kann dir jetzt schon das Ergebnis sagen. Bei uns herrscht darüber volle Einmütigkeit.«

Rod schlug auf die Erde. »Ihr versteht mich nicht! Wenn ihr nämlich umziehen, von hier fortziehen wollt, so tut das – aber sucht euch einen anderen, der euch führt. Roy kann es übernehmen. Oder Cliff oder Bill. Wenn es aber nach mir geht, so sollen uns die kleinen dreckigen Biester, die bloß Zähne und kein Gehirn haben, von hier *nicht* vertreiben. Wir sind *Menschen* . . . und Menschen lassen sich nicht einfach von solchen Kreaturen verjagen. Grant hat für dieses Land mit seinem Leben bezahlt – und deshalb sage ich: Bleiben wir hier und erhalten wir es um seinetwillen!«

14
Zivilisation

Roderick L. Walker, Bürgermeister von Cowpertown, Staatschef des unabhängigen Planeten GO-73901-II (Lima-Katalog), Oberbefehlshaber der Streitkräfte, Oberster Gerichtsherr und Verteidiger der Freiheit, hatte es sich vor seinem Palast bequem gemacht.

Auf dem Boden sitzend, kratzte er sich am Kopf und fragte sich, ob er nicht wieder mal jemand bitten müßte, ihm das Haar zu schneiden. Er wurde den Verdacht nicht los, daß er Läuse hätte ... nur gab es auf diesem Planeten keine.

Sein Verwaltungschef, Fräulein Caroline Beatrice Mshiyeni, hockte ihm gegenüber. Rod schaute nachdenklich auf die Schieferplatte, die auf dem Dorfplatz aufgestellt war. Ihre Inschrift lautete:

Zur Erinnerung an
Ulysses Grant Cowper
Erster Bürgermeister
Er opferte für diese Stadt sein Leben

Seine Augen hafteten eine Weile an den ungelenken Buchstaben, die er selbst eingeschnitten hatte, dann fuhr er fort:

»Grant hat mir einmal gesagt, Regieren sei die Kunst, mit Menschen, die man nicht mag, fertigzuwerden.«

»Überhaupt nicht ausstehen kann ich sie, diesen Bruce und Theo!«

»Ich kann sie ebensowenig leiden. Trotzdem bin ich der Meinung, daß Grant in diesem Fall irgendeine Möglichkeit gefunden hätte, sie bei der Stange zu halten, ohne dabei Zwangsmaßnahmen zu ergreifen.«

»Na, vielleicht findest du auch eine solche Möglichkeit – ich jedenfalls nicht. Du hättest Bruce eben überhaupt gar nicht erst wieder aufnehmen sollen, Roddie. Das war ein Fehler. Nun hat er auch noch geheiratet ... dieses furchtbare ...!«

»Sie sind doch füreinander wie geschaffen«, antwortete Rod. »Von all den anderen hätte sich keiner mit ihnen eingelassen, weder mit ihm noch mit ihr.«

»Stimmt! Man könnte fast darüber lachen, hier hört bloß das

Vergnügen auf. Wie die beiden sich aufführen, das ist schon – *Hope!* Wirst du Grantie in Ruhe lassen!« Sie sprang auf.

Fräulein Hope Roberta Baxter, sechzehn Monate alt, und der junge Herr Grant Roderick Throxton, dreizehn Monate alt, ließen sofort von ihrem Tun ab, das im Augenblick in nichts anderem bestand als sich gegenseitig zu verprügeln und zu schreien. Beide waren nackt und sehr schmutzig. Es war aber ein ›sauberer‹ Schmutz, denn beide Kinder waren von Caroline eine Stunde zuvor gerade erst gebadet worden. Und sie waren beide wohlgenährt und gesund.

Sie griff die Kleinen und zog mit ihnen, an jeder Hüfte eines, zum Badeschuppen. Rods Augen folgten ihr träge. Sie waren ein großes Stück vorangekommen.

Die Stadt war jetzt auch gegen die Stobors gesichert. Eine Ziegelsteinmauer, die zu hoch und zu steil war, als daß sie außer den Riesenlöwen irgendein anderes Tier hätte überwinden können, umsäumte das ganze Lager, und selbst einem Löwen wäre ein Sprung darüber schlecht bekommen, denn er wäre unweigerlich auf einem Staketenbett gelandet. Und wenn er noch so weit hätte springen können – das Schirmdach, unter dem Rod im Augenblick kauerte, war das Fell von einem Löwen, der diesen Fehler gemacht hatte. Gegen die Stobors hatte man sich außerdem noch dadurch geschützt, daß man in der Mauer Fallen vorgesehen hatte, kleine schmale Gänge, die gerade groß genug waren, um die kleinen Biester einzulassen, und die in tiefe Gruben führten, wo sie sich – was sie auch taten – gegenseitig auffressen konnten.

Es wäre vielleicht einfacher gewesen, sie ganz von der Stadt fernzuhalten, aber Rods Absicht ging dahin, sie auszurotten. Er konnte sich nicht eher zufriedengeben, bis ihr Planet von diesem Ungeziefer befreit war.

»Hast du einen Augenblick Zeit, Rod?«

Rod blickte auf. Arthur Nielsen stand bei ihm. »Hab gerade ein bißchen geschlafen . . . eine Beschäftigung, die ich an einem so heißen Samstagnachmittag zur Nachahmung empfehlen kann. Aber was gibt's denn, Art? Betreiben Shorty und Doug den Blasebalg allein?«

»Nein. Der verfluchte Zapfen ist herausgesprungen, und wir

haben unser Feuer verloren. Der Hochofen ist hin.« Nielsen nahm mißgelaunt Platz. Ihm war heiß, sein Gesicht glühte.

»Ich glaube, ich nehme jetzt erst ein Bad, sonst tanzt heute abend kein Mädchen mit mir.«

»Wollte dich gerade noch einmal daran erinnern. Heb mir etwas Seife auf.«

Caroline spielte den Schlager ›Arkansas Traveller‹ an, Jimmy schlug auf seine Trommel, und Roy rief aus: »Stellt euch auf, Leute!«

Rod tanzte im Augenblick nicht, er war erst bei der nächsten Gruppe dran. Die Kolonie war zu groß, als daß sie alle zusammen nach einem Ansager, einer Mundharmonika und einer primitiven Trommel ohne Verstärker tanzen konnten. So spielte die eine Hälfte die Rolle von Babysittern und plauderte, während die andere Hälfte jeweils tanzte. Nach jedem Wechsel wurde außerdem auch der Ansager und das ›Orchester‹ abgelöst, damit auch sie zu ihrem Recht kamen.

Rod hatte anfänglich gar nichts dafür übrig gehabt (ihm war die Geschichte der Mormonischen Pioniere nicht bekannt) und hatte zunächst darin nichts anderes gesehen als eine Störung der Arbeit. Nachdem er aber erlebt hatte, wie völlig zerschlagen die Kolonie in jener Nacht gewesen war, in der sie alles, was sie sich erarbeitet hatten, verloren und nachdem er sich erfolglos bemüht hatte, die Moral wieder zu beleben, war er glücklich, feststellen zu können, daß Musik und Tanz in ihnen wieder Lebens- und Arbeitsfreude erweckten.

Jetzt war er entschlossen, diese geselligen Zusammenkünfte in jeder Weise zu unterstützen und selbst mitzumachen. Er hatte zwar große Mühe, Takt zu halten und die Melodie zu singen, aber die allgemeine Begeisterung erfaßte auch ihn, und er tanzte, wenn es für seine Partnerin auch nicht immer eine reine Freude war.

Jetzt kam Bob Baxter heran und ließ sich neben Rod nieder. »Hab dich heute morgen bei der Versammlung vermißt, Rod.«

»War verhindert. Komme bestimmt nächste Woche.«

»Gut.« Bob, der einer Sekte angehörte, bei der es keine Einsetzung von Pfarrern gab, hatte sich auf Grund der einfachen Tatsache, daß er Zusammenkünfte veranstaltete, zum ›Geistlichen‹ gemacht. Da er dabei völlig undogmatisch verfuhr, konnten sich Christ und Jude, Monist und Moslem wohl fühlen, und darum waren seine Versammlungen auch stets gut besucht.

»Bob, würdest *du* zurückgehen?«

»Wohin zurückgehen, Caroline?«

»Nach Terra.«

»Ja.«

Jimmy machte ein entsetztes Gesicht. »Koch mich zum Frühstück! Warum?«

»Ach, ich möchte schon wieder hierher zurück! Aber erst muß ich mein medizinisches Examen haben.« Er lächelte verlegen. »Vielleicht bin ich dann in der ganzen Gegend der beste Arzt – aber das besagt nicht viel.«

»Hmm – ich verstehe«, gestand Jimmy. »Ich sehe, was du willst. Jedenfalls hast du uns schon viel Gutes getan. Nicht wahr, Jackie?«

»Aber gewiß, Jimmy.«

»Ich bedaure nur eines«, fuhr Bob fort, »daß ich Patienten verloren habe, die ich hätte retten sollen. Aber es ist eine hypothetische Frage. ›Hier sind wir, und hier bleiben wir.‹«

Die Frage griff um sich. Jimmys Entscheidung war überwältigend populär, wenn man auch für Bobs Argumente Verständnis aufbrachte. Rod sagte gute Nacht, und er hörte sie noch lange, nachdem er sich schon hingelegt hatte, darüber diskutieren. Grund genug, sich selbst damit auseinanderzusetzen.

Es lag schon lange zurück, seit er zu dem Ergebnis gekommen war, daß die Erde immer für sie verloren wäre, und er hatte überhaupt nicht mehr – wenigstens ein Jahr nicht – darüber nachgedacht.

Jetzt war er endlich auch imstande, sich zu fragen: War es das, was er gewollt hatte?

Jackie hatte recht: Dies war ihr Zuhause. Und er gestand sich auch ein, daß er gern, sehr gern ein großer Frosch in einem kleinen Pfuhl war. Er liebte sein Amt. Offensichtlich war er weder zum Wissenschaftler prädestiniert noch zum Gelehrten; er hatte selbst niemals Geschäftsmann werden wollen – aber was er jetzt tat, das war ihm gerade recht – und allem Anschein nach machte er es auch zur Zufriedenheit aller anderen.

›Hier sind wir, und hier bleiben wir!‹

Ein Gefühl des Wohlbehagens überkam ihn, und er schlief ein.

Cliff brauchte bei seinen landwirtschaftlichen Experimenten Hilfe. Rod nahm die ganze Angelegenheit nicht allzu ernst, zumal Cliff immer irgend etwas brauchte.

Sie waren gerade im Begriff, die letzte Hütte zu passieren. Bruce McGowan hatte sich vor ihrem Eingang ausgestreckt und war offensichtlich eingeschlafen. Rod sprach nicht gleich weiter; er hatte zu tun, um seiner Erregung Herr zu werden. Im Bewußtsein, daß der nächste Augenblick seine Zukunft ändern, ja der gesamten Kolonie Schaden zufügen konnte, rang er mit sich um die Entscheidung, die um so schwerer war, als seine Vernunft sich in einem Sturzbach von Zorn, Wut, Bitterkeit und Selbstgerechtigkeit herumschlug. Er wollte diesen Parasiten loswerden, ihn vernichten. Er holte tief Luft und bemühte sich, so beherrscht wie nur möglich zu sprechen.

»Bruce!« rief er mit unterdrückter Stimme.

McGowan öffnete die Augen. »Was?«

»Sag mal, arbeitet Art heute nicht in seinem Betrieb?«

»Schon möglich«, gab Bruce zu.

»Na und?«

»Und was? Ich habe eine Woche mitgemacht, und das genügt mir. Such dir jemand andern.«

Wie alle anderen im Lager, so trug auch Bruces sein Messer bei sich.

Seit jenem unheilvollen Tag, an dem Bruces Bruder Rod herausgefordert hatte, war kein Messer mehr als Waffe im Kampf der Kolonisten untereinander eingesetzt worden. Damals war, wie sich Rod erinnerte, der Anlaß der gleiche gewesen, und er hatte auch nicht vergessen, an welch dünnem Faden damals sein Schicksal gehangen hatte. Heute wußte er, daß er sich nicht auf zufällige Hilfe zu verlassen brauchte, heute konnte er auf sofortige Unterstützung rechnen, falls Bruce nach seinem Messer langen sollte.

Aber er wußte auch, daß diese Auseinandersetzung nicht durch die Mehrheit von fünf gegen einen geregelt werden konnte. Er allein mußte Ordnung schaffen, oder seine Tage als Führer waren gezählt.

»Bruce, steh auf und mach, daß du aus der Stadt kommst! Mir ist es egal wohin. Wenn du aber vernünftig bist, dann gehst du zu Art, entschuldigst dich und packst den Blasebalg an. Rinnt dir der Schweiß nicht von der Stirn, wenn ich nachher vorbeikomme, dann hast du hier nichts mehr zu suchen. Du wirst dann auf Lebenszeit verbannt.«

McGowan sah unentschlossen aus. Er blickte an Rod vorbei, und Rod fragte sich, was seine Begleiter wohl für ein Gesicht machten, ließ aber nicht davon ab, Bruce im Auge zu behalten. »Los, beweg dich. Mach, daß du an die Arbeit kommst, oder verschwinde von hier.«

Bruce zeigte ein verschlagenes Lächeln. »Du kannst mich ja gar nicht so ohne weiteres von hier wegjagen. Dazu gehört eine Abstimmung.«

Ehe Rod antworten konnte, schaltete sich Jimmy ein. »Hör auf, mit dem noch weiter zu verhandeln. Jag ihn davon.«

Rod schüttelte den Kopf. »Nein, Bruce, wenn das deine Antwort ist, dann werde ich sie zusammenrufen, und noch vor dem Mittagessen wird deine Verbannung ausgesprochen. Ich wette um mein bestes Messer, daß du nicht drei Stimmen bekommst, die für dich sprechen. Willst du die Wette annehmen?«

Bruce richtete sich auf, schaute die anderen an und maß seine Chancen. Dann blickte er Rod an und sagte langsam: »Du Zwerg, spiel dich bloß nicht so auf. An deiner Stelle würde ich mir ein paar Mädchen holen und sie für mich schlagen lassen.«

Jimmy flüsterte: »Hast du das gehört, Rod?«

Rod beleckte sich die trockenen Lippen. Er wußte, daß es für jede Vernunft, für jedes Gerede zu spät war. Es blieb nichts anderes übrig als sich gewaltsam mit ihm auseinanderzusetzen . . . er war sich nur nicht sicher, ob er es schaffen würde.

»Gut, kämpfen wir miteinander«, sagte er rauh. »Jetzt gleich!«

Cliff drang auf ihn ein: »Tu es nicht, Rod. Wozu sind wir denn da?«

»Nein. Los, komm, McGowan«, forderte er Bruce noch einmal auf und fügte gleichzeitig noch ein unverzeihliches Wort hinzu.

McGowan rührte sich nicht. »Wirf deinen Spieß weg.«

»Halt ihn, Cliff«, erwiderte Rod.

Cliff war jedoch nicht bereit, dieser Aufforderung blindlings zu entsprechen. »Halt, wart einen Augenblick. Ich habe nicht die Absicht, hier einfach daneben zu stehen und zuzusehen. Stell dir mal vor, er hat Glück und erschlägt dich, Rod.«

»Mach, daß du aus dem Weg kommst, Cliff.«

»Nein.« Cliff zögerte, dann fügte er hinzu. »Bruce, wirf dein Messer weg. Los, oder ich renne dir meinen Spieß in den Leib. Gib mir dein Messer, Rod.«

Rod sah Bruce an, dann zog er Colonel Bowie hervor und reichte ihn Cliff. Auch Bruce richtete sich auf und schleuderte sein Messer weg, so daß es zu Füßen Cliffs landete. Cliff konnte sich immer noch nicht abfinden. »Rod, ich wiederhole es, tu es nicht. Befiehl, und wir nehmen ihn beiseite.«

»Los – tretet zurück, macht Platz.«

»Keine Knochenbrecher, verstanden, Bruce? Machst du einen Fehler, machst du keinen zweiten mehr.«

»Keine Knochenbrecher«, wiederholte Rod, obwohl er genau wußte, daß sich diese Kampfregel gegen ihn wenden mußte, denn Bruce war ihm an Größe und Reichweite und Gewicht überlegen.

»In Ordnung«, pflichtete McGowan bei. »Machen wir einen Katzenkampf. Aber ich versichere dir, ich werde dir zeigen, daß ein McGowan zwei von deiner Sorte wert ist.«

Cliff ließ einen tiefen Seufzer hören. »Alles beiseite treten! Los – anfangen!«

In geduckter Haltung schlichen sie, ohne sich zu berühren, umeinander herum.

Rod sprang jäh zurück, um Bruce' Angriff zu parieren, doch Bruce griff gar nicht an, sondern tat nur so, während Rod durch seine übereifrige Reaktion fast ins Stolpern kam. Bruce lachte. »Solche Angst hast du? Na, an deiner Stelle hätte ich sie auch!«

Rod war sich bewußt, daß er tatsächlich Angst hatte, mehr Angst, als er jemals in seinem Leben gehabt hatte. Er hatte allerdings auch keinen Zweifel, daß Bruce die Absicht verfolgte, ihn zu töten . . . die Abmachung, hinsichtlich der ›Knochenbrecher‹ bedeutete im Grunde gar nichts; dieser Kerl war ganz entschieden darauf aus, ihn ein für allemal zu vernichten.

Seine Verwirrung nahm immer mehr zu. Er trat zurück . . . und wurde sich klar, daß er, wenn er diesen Kampf lebend überstehen wollte, die Regeln vergessen mußte . . . daß er aber andererseits auch verpflichtet war, sich an die Regeln zu halten, selbst wenn es sein Ende bedeuten sollte. Ihn überfiel Panikstimmung, am liebsten wäre er davongelaufen.

Ganz so kam es jedoch nicht. In seiner Verzweiflung wußte er plötzlich mit aller Nüchternheit, daß er nichts zu verlieren hätte, und entschloß sich, die Sache zu Ende zu bringen. Er schob die Hüfte vor und forderte Bruce zur ›Savate‹ heraus.

Er sah, wie Bruces Fuß zu dem erwarteten Stoß hochkam; mit wilder Freude wartete er auf den günstigsten Augenblick; er wußte, eine volle Drehung mußte Bruce den Knöchel brechen.

Doch dann flog er durch die Luft, ohne daß seine Hände Bruce überhaupt berührt hätten. Er hatte gerade noch soviel Zeit, sich zu vergegenwärtigen, daß Bruce seinen Schachzug erkannt und mit einem Gegenzug gekontert hatte, als er auch schon am Boden und Bruce über ihm war.

»Kannst du deinen Arm bewegen, Rod?«

Er versuchte, die Augen zu fixieren, und erkannte Bob Baxters Gesicht über sich. »Hab ich's ihm gegeben?«

Baxter antwortete nicht. Dagegen ließ sich eine andere, böse Stimme vernehmen: »Den Teufel hast du! Fast hätte er Kleinholz aus dir gemacht.«

Rod wurde lebhaft und begehrte auf: »Wo ist er? Ich muß es ihm heimzahlen.«

Mit scharfer Stimme fuhr Baxter ihn an: »Lieg jetzt still!«

Und Cliff fügte hinzu: »Reg dich nicht auf, Rod. Die Sache ist bereinigt.«

»Kannst du deinen linken Arm bewegen?« wollte Baxter erneut wissen.

Rod bewegte den Arm, empfand einen heftigen Schmerz, zuckte zusammen und merkte plötzlich, daß es ihm überall weh tat. »Er ist nicht gebrochen«, stellte Baxter fest. »Möglicherweise aber ein bißchen angeknackst. Wollen ihn auf jeden Fall in eine Schlinge legen. Kannst du dich aufrichten? Ich helfe dir.«

»Ich will aufstehen.« Mit Hilfe seiner Freunde brachte er es zuwege, stand jedoch schwankend da. Es schien, als ob die Mehrzahl der Dorfbewohner anwesend war. Es kam ihm so vor, als ob sie sich alle miteinander ruckartig bewegten. Ihm wurde schwindlig, seine Augen wollten ihm nicht mehr gehorchen.

»Nur ruhig Blut!« hörte er Jimmy sagen. »Wenn dich Bruce auch beinah fertiggemacht hätte! Du warst jedenfalls blöde genug, ihm diese Chance zu geben.«

»Es geht ja schon wieder«, antwortete Rod, sich gewaltsam zusammenreißend. »Wo ist er denn?«

»Hinter dir. Reg dich nicht auf, er hat sein Teil weg.«

»Jawohl«, fügte Cliff hinzu. »Er hat genug. Was bildet er sich denn ein, wer er ist? Unseren Bürgermeister kaltmachen zu wollen!« Er spie auf die Erde.

Bruce lag mit dem Gesicht dem Boden zugewandt. Er weinte in einen Arm hinein. »Ist er sehr verletzt?« wollte Rod wissen.

»Der?« erwiderte Jimmy spöttisch. »Der ist nicht verletzt, das heißt Schmerzen wird er wohl haben, aber verletzt ist er nicht. Carol hat uns nicht gelassen, wie wir wollten.«

Caroline hockte neben Bruce und bewachte ihn. Jetzt stand sie auf und sagte böse: »Ich weiß ganz genau, daß du wütend auf mich gewesen wärest, wenn ich es zugelassen hätte.« Sie stemmte die Hände in die Hüften. »Roddie Walker, wann wirst du endlich so vernünftig sein, mich zu rufen, wenn du in Schwierigkeiten kommst, wie? Diese vier Dummköpfe standen herum und taten nichts.«

»Einen Augenblick, Carol«, protestierte Cliff. »Ich habe versucht, die Sache zu verhindern. Wir alle haben es versucht, aber . . .«

»Aber ich wollte nicht hören«, unterbrach Rod. »Macht nichts, Carol, schließlich mußte ich es ausbaden.«

»Wenn du nur auf mich hören wolltest!«

»Nun laß schon!« Damit trat Rod an McGowan heran und gab ihm einen Stoß. »Dreh dich mal um!«

Bruce rollte sich langsam herum, und sogleich fragte sich Rod, ob er ebenso böse aussähe. Bruces Körper war ganz Schmutz, ganz Blut und eine einzige Beule. Sein Gesicht schien von jemand bearbeitet worden zu sein, der ihm andere Züge verpassen wollte. »Steh auf!«

Bruce wollte erst etwas erwidern, zog es dann jedoch vor, sich unter Schmerzen zu erheben. »Ich habe dir gesagt, du solltest dich bei Art melden, Bruce. Mach, daß du über die Mauer kommst, nun beweg dich!«

McGowan machte ein entsetztes Gesicht. »Wie?«

»Du hast mich wohl verstanden. Ich kann meine Zeit nicht damit vertrödeln, mir dir zu spielen. Melde dich bei Art und mach dich an die Arbeit. Oder zieh ab und laß dich hier nicht mehr wieder sehen. Los – beweg dich!«

Bruce starrte ihn einen Augenblick an, dann humpelte er auf die Mauer zu. Rod drehte sich um und sagte: »Der Spaß ist vorbei, gehen wir wieder an die Arbeit.«

In jener Nacht schlief Rod herrlich.

Am nächsten Morgen ging er erneut auf Tour und nahm Cliff und, wie beim ersten Vorhaben, auch Jimmy und Kent und Mick mit. Mit den Speeren in der Hand ging es den Maueraufstieg hinauf und auf der anderen Seite eine Leiter hinunter.

»Wollen wir erst mal das Feld nach Stobors durchkämmen. Dann schicken wir die anderen weg und überlegen uns, was eventuell hier gemacht werden kann.«

»Gut. Sag ihnen aber bitte, daß sie aufpassen möchten, wohin sie die Füße setzen.«

Rod ließ sie in Schützenlinie ausschwärmen und hielt sich selbst in der Mitte auf. »Scharf aufpassen«, mahnte er noch einmal, »damit uns keiner entwischt. Denkt daran: Jeder, den wir töten, bedeutet sechs weniger am ›Tag S‹.«

Langsam schritten sie voran. Kenny erlegte den ersten, Jimmy kurz darauf zwei auf einmal. Die Stobors machten keine Anstalten, sich der Jagd zu entziehen, sie waren im Augenblick im Stadium der ›Dösköpfigkeit‹.

Rod blieb einen Augenblick stehen, um einen aufzuspießen, dann wandte er sich zur Seite, um seinem Nebenmann etwas zuzurufen. Aber der war nicht da. »Hallo! Stehenbleiben! Wo ist Mick?«

»Wie? Der war doch eben noch hier!«

Rod drehte sich um und schaute zurück. Abgesehen von dem flimmernden Glanz, der über dem heißen Feld lag, war an der Stelle, an der Mick hätte sein sollen, nichts zu sehen. Irgend etwas mußte sich im Gras an ihn herangeschlichen und ihn niedergezogen haben – »Achtung! Herhören! Hier stimmt was nicht. Alles aufschließen . . . und Augen aufmachen.« Damit schritt er quer auf den Platz zu, an dem Mick verschwunden war.

Plötzlich tauchten vor seinen Augen zwei Gestalten auf – Mick und ein Fremder.

Ein Fremder in Tarnanzug und Stiefeln . . . Der Mann blickte sich um und rief über die Schulter nach hinten: »Okay, Jake! Laß sie jetzt automatisch laufen und stell sie fest.« Dann warf er Rod einen Blick zu, schien ihn jedoch nicht zu sehen, lief auf ihn zu und verschwand.

Mit springendem Herzen begann Rod loszulaufen . . . und starrte plötzlich in ein offenes Tor hinein . . . und in einen langen, am Ende verschlossenen Gang.

Der Mann im Tarnanzug trat in den Torrahmen ein. »Alles zurückziehen!« befahl er. »Wir stellen jetzt die Apparatur ein. Möglich, daß es örtliche Störungen gibt.«

15
In Achilles' Zelt

Eine halbe Stunde war vergangen, seitdem Mick infolge des eingeschalteten Tores gestolpert und in der niedrigen Gravitation von Luna hingefallen war. Rod war eifrig bemüht, Ordnung in seine Gedanken zu bringen und die Einzelheiten seines Erlebnisses zu einem Ganzen zusammenzufügen. Während die meisten Dorfbewohner draußen auf dem Feld waren oder oben auf der Mauer saßen, um den Technikern bei der Arbeit mit ihren Instrumenten zuzusehen, hielt sich Rod für verpflichtet, einen darauf aufmerksam zu machen, daß sie allerlei Gefahren ausgesetzt seien und daß sie nicht unbewaffnet herumlaufen dürften. Ohne daß der Betreffende es für nötig gehalten hätte, von seiner Beschäftigung aufzublicken, erwiderte er nur: »Reden Sie mit Herrn Johnson.«

Nach einer Weile fand er Herrn Johnson, brachte erneut sein Anliegen vor, konnte jedoch nicht einmal seinen Satz richtig beenden.

»Wollt ihr Burschen uns, *bitte,* ungestört arbeiten lassen! Wir sind höchst erfreut, euch wiedergefunden zu haben – aber wir haben die Aufgabe, diesen Bezirk gegen Energie abzuschirmen. Hat also gar keinen Zweck, uns zu erzählen, was hier eventuell alles im Gras herumkriecht.«

»Na dann«, fuhr Rod fort, »will ich wenigstens Posten aufstellen. Wir wissen, womit man hier rechnen muß. Ich bin übrigens hier der Bür . . .«

»Wollt ihr endlich Ruhe geben? Ihr müßt euch schon noch ein wenig gedulden.«

Rod ging in die Stadt zurück, verletzt und verärgert. Mehrere von den Fremden kamen herein, stöberten überall herum, als wenn ihnen der Ort gehörte, redeten mit den aufgeregten Dorfbewohnern und gingen wieder hinaus. Einer blieb bei Jimmys Trommel stehen, schlug einmal darauf und lachte. Rod hätte ihn erwürgen können.

»Rod?«

»Ja!« Er schnellte herum. »Was ist, Margery?«

»Soll ich Essen kochen oder nicht? Alle meine Mädchen sind

weg, und Mel meint, es sei sinnlos, denn bis Mittag sind wir alle schon fort – ich weiß wirklich nicht, was ich tun soll.«

»Wer geht weg von hier? Nicht daß ich wüßte.«

»Mag schon sein, aber das Gerede ist so.«

Er hatte keine Zeit, weiter darüber nachzudenken, denn einer von den allgegenwärtigen Fremden trat plötzlich an sie heran und fragte lebhaft: »Könnt ihr mir sagen, wo ich hier einen Burschen namens Roderick Welker finden kann?«

»Walker«, verbesserte Rod. »Ich bin Rod Walker. Was wünschen Sie von mir?«

»Mein Name ist Sansom, Clyde B. Sansom – bin in der Verwaltung der Auswandererkontrollstelle tätig. Nun, Walker, ich höre, daß Sie den Gruppenführer für diese Studenten machen. Sie können . . .«

»Ich bin Bürgermeister von Cowpertown«, unterbrach Rod steinern. »Was wünschen Sie?«

»Ach ja, ich entsinne mich, so nannte Sie der Kleine. ›Bürgermeister‹ . . .« Über Sansoms Gesicht huschte ein kurzes Lächeln, dann fuhr er fort: »Walker, wir wollen, daß alles geordnet abläuft. Ich weiß, ihr habt bloß eine Sorge, so schnell wie möglich von hier wegzukommen – aber trotzdem muß alles der Reihe nach gehen. Wir werden uns dabei auf das Allernotwendigste beschränken – Entlausung natürlich, ärztliche Untersuchung und dann noch ein paar psychologische Tests und ein Evakuierungsverhör. Danach seid ihr alle frei und könnt nach Hause zurückkehren – nachdem ihr eine Verzichterklärung unterschrieben habt, aber das ist Sache des Rechtsvertreters. Lassen Sie also die kleine Schar alphabetisch antreten – hier vielleicht auf diesem offenen Platz –, und dann will ich . . .« Er begann in seiner Aktentasche zu wühlen.

»Wer, zum Teufel, sind Sie denn überhaupt, daß Sie sich erlauben, hier Befehle zu erteilen?«

Sansom machte ein erstauntes Gesicht. »Wie? Habe ich Ihnen doch schon gesagt. Aber wenn Sie es ganz genau wissen wollen: Ich vertrete hier die Terra-Gesellschaft. Ich habe an Sie eine Bitte gerichtet – Frontverhältnisse lassen jedoch auch Zwangsmaßnahmen zu, verstanden?«

Rod merkte, wie ihm das Blut ins Gesicht stieg. »Ich weiß

nichts von der Art. Sie mögen auf der Terra Engel sein – hier aber sind Sie in Cowpertown.«

Sansom zeigte zwar ein gewisses Interesse, schien aber sonst nicht weiter beeindruckt. »Und was, wenn ich mir die Frage erlauben darf, *ist* Cowpertown?«

»Was? *Das* hier ist Cowpertown, eine unabhängige Nation, mit eigener Verfassung, eigenen Gesetzen – und eigenem Territorium.« Rod holte tief Luft. »Wenn die Terra-Gesellschaft von uns irgend etwas will, dann soll sie jemand herschicken und mit uns verhandeln. Aber erzählen Sie uns nicht, daß wir hier alphabetisch antreten sollen!«

»Hallo, Roddie!«

»Augenblick – lauf nicht weg!« rief Rod Carol zu, und zu Sansom gewandt, fuhr er fort: »Haben Sie mich verstanden?«

»Soll das heißen«, fragte Sansom bedächtig, »daß Sie erwarten, die Gesellschaft solle für ihre Gruppe einen offiziellen Botschafter ernennen?«

»Hmm – auf der Ebene etwa.«

»Ganz interessante Theorie, Welker.«

»Walker. Und bis die Gesellschaft dieser Forderung nachkommt, veranlassen Sie Ihre Gaffer, hier zu verschwinden – was ich ebenfalls von Ihnen erwarte. Wir sind kein Zoo.«

Sansoms Blick umfaßte Rods Oberkörper, seine schmutzigen, verkrusteten Füße und ging in ein Lächeln über.

»Zeig ihm, wie er hier rauskommt, Carol. Und wenn nötig, laß ihn mit Gewalt hinausbringen.«

»Jawohl, *Herr!*« Sie schritt auf Sansom zu und – lächelte.

»Oh – ich gehe schon«, sagte Sansom eilfertig. »Lieber eine Verzögerung als ein Fehler im Protokoll. Eine geniale Theorie, junger Mann. Auf Wiedersehen. Wir sehen uns später wieder. Ach – darf ich mir noch einen kleinen Rat erlauben?«

»Wenn Sie es nicht lassen können – bitte.«

»Nehmen Sie sich nur nicht zu ernst. Fertig, junge Dame?«

Rod blieb in seiner Hütte. Er hätte zwar nur zu gern gesehen, was außerhalb der Mauer vor sich ging, aber er wollte auf keinen Fall Sansom in die Arme laufen. So saß er und knabberte am Daumen und grübelte. Offensichtlich waren einige von den schwächeren Frauen bereit zurückzugehen – man brauchte ihnen nur mit einer Eiswaffel unter der Nase zu wedeln, und schon liefen sie davon, ließen ihr Land im Stich und warfen alles von sich, was sie selbst aufgebaut hatten. Nun er, er würde das nicht tun! Dies war jetzt sein Zuhause, sein Arbeitsplatz, den er sich verdient hatte; er würde nicht von hier weggehen und vielleicht ein halbes Leben lang auf die Chance warten, nach irgendeinem anderen Planeten zu kommen, der aller Wahrscheinlichkeit nach nicht halb so gut wäre.

Sollten sie. Cowpertown könnte nur gewinnen, es würde besser und stärker ohne sie sein.

Vielleicht wollten einige aber auch bloß einen kurzen Besuch machen, die Enkelkinder den Großeltern zeigen und dann wieder nach hier zurückkehren. Wahrscheinlich ... in welchem Falle es aber entschieden geraten schien, sich von Sansom eine schriftliche Erklärung geben zu lassen, daß sie auch wirklich wieder zurückdürften. Ob er sie nicht vielleicht darauf aufmerksam machen müßte? *Er* jedenfalls hätte niemand, den er besuchen könnte. Außer der Schwester. Helen wäre aber sicher sonstwo – es war kaum anzunehmen, daß sie sich auf Terra befand.

Bob und Carmen, Hope auf dem Arm, kamen herein, um sich zu verabschieden. Rod schüttelte ihnen feierlich die Hand. »Du kommst doch wieder, Bob, wenn du dein Examen gemacht hast ... nicht wahr?«

»Nun, wir hoffen es, sofern es möglich ist. Und wenn man uns die Erlaubnis gibt.«

»Wer sollte euch daran hindern? Es ist euer *Recht.* Jedenfalls werdet ihr uns hier noch vorfinden. Inzwischen wollen wir versuchen, uns nicht das Bein zu brechen.«

Baxter zögerte. »Bist du mal kürzlich am Tor gewesen, Rod?«

»Nein. Warum?«

»Nun, plane nicht zu weit in die Zukunft hinein. Ich glaube, einige sind schon fort von hier.«

»Wie viele?«

»Eine ganze Zahl.« Bob wollte sich auf keinen Fall weiter festlegen, gab Rod die Anschrift seiner und Carmens Eltern, wünschte ihm tiefernst Glück und Erfolg und verschwand.

Margery kam nicht mehr zurück, und die Feuerstätte blieb kalt. Rod kümmerte sich nicht darum, er verspürte keinen Hunger. Später – es mußte wohl kurz nach der Mittagsstunde sein – kam Jimmy herein, nickte ihm zu und setzte sich. »Ich komme eben vom Tor«, platzte er unvermittelt heraus.

»So?«

»Ja. Man hat sich sehr gewundert, Rod, daß du nicht da warst, um auf Wiedersehen zu sagen.«

»Dazu hätten sie wohl auch hierher kommen können!«

»Das hätten sie tun können. Aber es ging das Gerücht, daß du dagegen wärst. Waren wahrscheinlich bloß verlegen.«

»Ich sollte dagegen sein?« Rod lachte freudlos. »Ist mir doch egal, wie viele kleine Jungen nach Mutters Schürzenzipfel rennen. Wir sind doch ein freies Land.« Er warf Jim einen Blick zu. »Wie viele bleiben denn hier?«

»Hmm – ich weiß nicht.«

»Ich habe darüber schon nachgedacht. Wenn die Gruppe klein wird, könnten wir auch wieder in die Höhle umziehen – bloß zum Schlafen, meine ich. Bis wir wieder mehr Kolonisten sind.«

»Das ließe sich machen.«

»Und du mach nicht ein solch mürrisches Gesicht. Ich meine, selbst wenn es soweit käme, daß bloß du und ich und Jackie und Carol übrigbleiben, wären wir nicht schlimmer dran als früher. Und außerdem wäre es nur vorübergehend so. Da gäbe es natürlich noch das Baby – fast hätte ich meinen Patenjungen vergessen.«

»Den *gäbe* es ja wohl nicht nur, sondern den gibt es schon«, verbesserte Jimmy.

»Sag mal, Jim, was ziehst du eigentlich für ein langes Gesicht . . . denkst du etwa auch daran, von hier wegzumachen?«

Jimmy stand auf. »Jackie hat mich beauftragt, dir zu sagen, daß wir uns nach dem richten, was du für das Beste hältst.«

Rod war sich sofort dessen bewußt, was Jimmy nicht gesagt hatte. »Du meinst also, daß sie zurückgehen will? Ihr beide?«

»Rod – wir sind Partner. Aber ich muß an das Kleine denken. Verstehst du das?«

»Ja – ich verstehe.«

»Nun . . .«

Rod streckte die Hand aus. »Viel Glück, Jim. Sag auch Jackie auf Wiedersehen von mir.«

»Ach – sie wartet draußen, um dir selber auf Wiedersehen zu sagen. Sie hat den Kleinen bei sich.«

»Das soll sie lieber lassen. Jemand hat mir mal erzählt, das Auf-Wiedersehen-Sagen sei ein Fehler. Leb wohl.«

»Nun denn – bis auf bald, Rod. Und sei vorsichtig.«

»Du auch. Solltest du Caroline sehen, dann sage ihr doch, sie möchte hereinkommen.«

Caroline ließ eine ganze Weile auf sich warten; er vermutete, daß sie am Tor gewesen war. Ohne Umschweife fragte er sie gleich bei ihrem Eintreten: »Wie viele sind noch da?«

»Nicht viele«, gab sie zurück.

»Wieviel?«

»Du und ich . . .«

»Niemand sonst?«

»Ich habe sie alle auf der Liste abgestrichen, Roddie. Was wollen wir nun tun?«

»Wie? Das ist doch ganz gleich. Aber sag mal, willst *du* vielleicht zurück?«

»Du bist Chef, Roddie. Du bist Bürgermeister.«

»Bürgermeister wovon? Carol, sag mir, *möchtest* du zurück?«

»Roddie, ich habe niemals darüber nachgedacht. Ich war hier glücklich. Aber . . .«

»Aber was?«

»Die Stadt ist weg, die Kinder sind weg – und ich habe nur noch ein Jahr, wenn ich jemals bei den Amazonen eintreten will.« Die letzten Worte kamen wie aus der Pistole geschossen, doch dann fügte sie, wieder ruhiger, hinzu: »Aber ich will gern bleiben, wenn du bleibst.«

»Nein.«

»Ich will aber!«

»Nein. Wenn du zurückgehst, möchte ich dich aber noch um etwas bitten.«

»Um was denn?«

»Setz dich mit meiner Schwester Helen in Verbindung. Versuch, herauszubekommen, wo sie stationiert ist. Sturmkapitän Helen Walker – wirst du das behalten? Und dann sag ihr, daß es mir gut geht . . . und sag ihr auch, daß ich sie darum bäte, dir beim Eintritt ins Korps behilflich zu sein.«

»Roddie – ich *will* ja gar nicht weg von hier.«

»Schluß damit. Beeil dich, sonst schließen sie das Tor und lassen dich zurück.«

»Komm mit!«

»Nein! Ich habe hier zu arbeiten. Beeil dich jetzt – sag nicht auf Wiedersehen – geh einfach.«

»Bist du böse auf mich, Roddie?«

»Natürlich nicht. Aber geh jetzt, *bitte,* oder du bringst mich dahin, daß ich auch noch die Nerven verliere.«

Sie stieß einen kleinen Schrei aus, faßte ihn mit beiden Händen am Kopf und küßte seine Wange. Dann stürmte sie hinaus. Rod sah ihr noch einen Augenblick nach, trat wieder in seine Hütte zurück und legte sich, das Gesicht nach unten, nieder. Nach einer Weile stand er auf und begann Cowpertown wieder in Ordnung zu bringen. Überall lag etwas herum – es sah schmutzig aus, wie es seit dem Morgen von Grants Tod nicht mehr ausgesehen hatte.

Es war bereits später Nachmittag, als jemand ins Dorf kam. Rod hatte sie schon gehört und gesehen, ehe sie ihn entdeckten – zwei Männer und eine Frau. Während die Männer Stadtkleidung trugen, hatte sie Shorts, eine Hemdbluse und modische Sandalen an. Rod trat hinaus und sagte: »Was wünschen Sie?« Dabei richtete er bedrohlich den Speer auf die Ankömmlinge.

Die Frau quietschte kurz auf, faßte sich sofort wieder, blickte ihn an und meinte: »Wundervoll!«

Einer der beiden Männer trug einen Apparat mit einem Stativ, den Rod sofort als ein Mehrzweckaufnahmegerät erkannte, das von Nachrichtendiensten und Expeditionen zur Fixierung von Bild-Geruch-Laut und Tastfähigkeit diente. Der Mann sagte nichts, stellte sein Stativ auf, verband ein paar Kabel und begann mit den Skalen zu spielen. Der andere, der kleiner war, spärliches Haar und einen Bart wie ein Terrier hatte, fragte: »Sie sind Walker? Derjenige, den die anderen den ›Bürgermeister‹ nannten?«

»Jawohl.«

»Kosmos ist noch nicht hiergewesen, wie?«

»Was für ein Kosmos?«

»Nun, die Kosmos-Gesellschaft natürlich. Oder vielleicht sonst jemand? *Life-Time-Space?* Oder die Galaxy-Film?«

»Ich weiß nicht, was Sie meinen. Seit heute morgen ist niemand hiergewesen.«

Der Fremde strich sich über den Bart und atmete erleichtert auf. »Das ist alles, was ich wissen wollte. Schalte auf Trance um, Ellie. Und du, Mac, stell deine Kiste an.«

»Einen Augenblick«, unterbrach Rod. »Wer sind Sie eigentlich, und was wollen Sie hier?«

»Wer ich bin? Ich bin Evans vom Empire . . . Empire-Konzern.«

»Pulitzer-Preis«, sagte der andere und hantierte an seinem Gerät weiter.

»Mit Macs Hilfe«, ergänzte Evans schnell. »Die Dame ist Ellie Ellens persönlich.«

Rod machte ein hilfloses Gesicht. *»Wissen* Sie nicht? fragte Evans. »Wo haben Sie denn – aber macht nichts. Sie ist höchstbezahlte Autorin von herzergreifenden Reportagen. Sie wird über Sie so schreiben, daß alle Leserinnen – vom Raumanzeiger bis zu den Londoner Times – Tränen über Sie vergießen und das Bedürfnis verspüren, Sie zu trösten. Sie ist eine ganz große Künstlerin.«

Fräulein Ellens schien die Lobeshymne nicht zu hören. Völlig unberührt davon lief sie die nähere Umgebung ab, blieb gelegentlich stehen, schaute und faßte an.

Plötzlich drehte sie sich um und fragte Rod: »Ist es hier, wo Sie Ihre Urwaldtänze aufgeführt haben?«

»Urwaldtänze? Einmal die Woche haben wir Volkstänze getanzt.«

»Volkstänze? . . . Na, das können wir ändern.«

Damit kehrte sie wieder in ihre eigene Welt zurück.

»Die Sache ist nämlich die, mein Freund«, fuhr Evans fort, »wir wollen nicht bloß ein simples Interview. Davon hatten wir schon genug, als die anderen zurückkamen. Auf diese Weise haben wir ja auch von Ihnen erfahren und deswegen alles andere stehen- und liegengelassen. Aber zur Sache – ich will mit Ihnen nicht herumschachern. Sagen Sie, was Sie haben wollen – aber bitte alles inklusive: Nachrichten, Film, Handelsrecht, alles. Und . . .«,

Evans blickte sich um, »nicht zu vergessen: wissenschaftliche Beratung, wenn die Schauspieler kommen.«

»Schauspieler?!«

»Ja, natürlich. Wenn das Kontrollamt den Mumm dazu gehabt hätte, hätte man euch alle hier so lange zurückgehalten, bis eine Aufnahme gemacht worden wäre. Aber wir können es auch mit Schauspielern arrangieren, und sicher noch besser. Sie dürfen mir jedenfalls nicht eine Sekunde vom Ellbogen weichen – Ihre Rolle muß natürlich jemand anders spielen. Außerdem . . .«

»Augenblick mal!« schaltete sich Rod ein. »Entweder bin ich verrückt oder Sie. Vor allen Dingen möchte ich aber feststellen, daß ich Ihr Geld nicht brauche.«

»Was? Haben Sie schon woanders unterschrieben? Hat der Posten vielleicht uns jemand zuvorkommen lassen?«

»Was für ein Posten? Ich habe keinen gesehen.«

Evans schien von einem Alpdruck befreit zu sein. »Ich glaubte schon, daß der Posten, der die Mauer vor dem Zutritt anderer schützen sollte, beide Hände im Spiel gehabt hätte. Aber sagen Sie bloß nicht, daß Sie kein Geld brauchen. Das ist unmoralisch.«

»Ich brauche aber keins. Geld ist hier nicht nötig.«

»Gewiß, gewiß . . . aber Sie haben doch eine Familie, nicht wahr? Familien brauchen immer Geld. Also, hören Sie, reden wir nicht unnütz herum. Wir wollen Sie nicht übers Ohr hauen, und wenn Sie das Geld im Augenblick nicht brauchen, dann legen Sie es auf einer Bank an. Ich möchte nur, daß Sie unterzeichnen.«

»Ich sehe nicht ein, warum ich etwas unterzeichnen soll.«

»Option!« warf Mac ein.

»Mmm . . . ja, Mac. Dann machen wir es doch wenigstens so, mein Lieber, daß Sie sich verpflichten, bei niemand anders zu unterschreiben. Sie haben uns dann, ganz wie Ihr Gewissen es zuläßt, immer an der Hand. Also bloß diese Verpflichtung, und Sie haben tausend Plutons weg!«

»Es liegt mir fern, bei jemand anderem zu unterschreiben.«

»Hast du das, Mac?«

»Aufgenommen.«

Evans wandte sich wieder Rod zu. »Sie haben unterdessen wohl nichts dagegen, uns ein paar Fragen zu beantworten, nicht wahr? Vielleicht können wir einige Bilder machen?«

»Ist mir egal.« Rod fand sie zwar reichlich aufdringlich, ja störend, aber sie bedeuteten für ihn im Augenblick Gesellschaft, die er gerade gut gebrauchen konnte, denn er fühlte sich bitter allein.

»Schön!« Gewitzt und geschickt, wie er war, brachte Evans ihn im Nu zum Reden, und Rod stellte selbst mit Überraschung fest, daß er mehr erzählte, als er eigentlich zu wissen glaubte. Einmal unterbrach ihn Evans und erkundigte sich nach den gefährlichen Tieren. »Ich habe gehört, daß sie hier ziemlich unangenehm sind. Viel Schwierigkeit?«

»Nein«, erwiderte Rod aufrichtig. »Mit den Tieren hatten wir eigentlich niemals ernsthafte Schwierigkeiten. Was wir an Schwierigkeiten hatten, kam von den Menschen hier . . . aber auch das war nicht so schlimm.«

»Sie sind sicher der Meinung, daß das hier eine Musterkolonie werden wird?«

»Ohne Zweifel. Die anderen waren schön dumm, von hier wegzugehen. Der Ort hier gleicht Terra, nur daß er sicherer und reicher ist und mehr Land aufweist. In ein paar Jahren – aber sagen Sie mal!«

»Was soll ich sagen?«

»Wie kam es denn eigentlich, daß man uns hier so im Stich gelassen hat? Wir sollten doch höchstens nur zehn Tage hierbleiben.«

»Hat man Ihnen das nicht erzählt?«

»Nun . . . vielleicht den anderen, ich selbst habe nie etwas davon gehört.«

»Das war die Supernova natürlich. Delta . . . äh . . .«

»Delta Gamma eins dreizehn«, ergänzte Mac.

»Ja, stimmt. Raum-Zeit-Distortion, aber ich bin kein Mathematiker.«

»Fluktuation . . . Schwankung«, sagte Mac.

»Nun, was es auch sein mag. Jedenfalls hat man sich die ganze Zeit über bemüht, euch wieder aufzufischen. Soweit ich was davon verstehe, hat der Wellenkrieg ihre Berechnungen für diese Region völlig durcheinandergebracht. Nebenbei, mein Lieber, wenn Sie zurückgehen . . .«

»Ich gehe nicht zurück.«

»Nun, vielleicht mal auf Besuch – jedenfalls unterzeichnen Sie keine Verzichterklärung. Das Ministerium will die Sache als ›höhere Gewalt‹ abstempeln und sich der Verantwortung entziehen. Darum flüstere ich Ihnen noch einmal: Geben Sie Ihre Ansprüche nicht weg. Ein freundlicher Rat von mir – verstanden?«

»Schönen Dank, ich werde ihn beherzigen.«

»Na, und wie steht's nun mit ein paar Bildern für die Leitartikel?«

»Hmm – wie Sie wollen.«

»Speer«, schaltete sich Mac kurz ein.

»Ja natürlich, Sie hatten ja wohl so eine Art Speer. Würden Sie ihn mal so halten?«

In diesem Augenblick trat Ellie an sie heran. »Wundervoll!« hauchte sie verzückt. »Ich sehe alles vor Augen. Wie schmal ist doch der Grat, der den Menschen vom Tier trennt. Hundert gutерzogene Jungen und Mädchen sinken zurück in das Analphabetentum, in die Steinzeit, streifen alle Kultur ab ... werden wieder Wilde. Fantastisch!«

»Hören Sie!« fuhr Rod böse dazwischen. »Cowpertown war nichts von der Art. Wir hatten Gesetze, wir hatten eine Verfassung, wir hielten uns sauber. Wir ...« Er brach unvermittelt ab. Fräulein Ellens hörte überhaupt nicht zu.

»Urwaldzeremonien«, sagte sie träumerisch. »Ein Dorf mit einem Doktor, der mit Unwissenheit und Aberglauben gegen die Natur ankämpft. Primitive Fruchtbarkeitsriten ...« Sie hielt inne und meinte unerwartet geschäftsmäßig zu Mac: »Die Tänze nehmen wir dreimal auf. Einmal berichten wir für die Gruppe A, die zweite Aufnahme stutzen wir für die Familienblättchen zurecht, und die dritte bleibt für Gruppe B. Verstanden?«

»Habe ich«, kam es von Mac.

»Ich schreibe dazu drei Kommentare«, fügte sie hinzu. »Das ist schon der Mühe wert.« Sie verfiel wieder in ihren Trancezustand.

»Was heißt denn das nun wieder?« protestierte Rod. »Wenn sie es meint, wie ich sie verstanden habe, dann gibt's keine Bilder – ob mit oder ohne Schauspieler.«

»Bloß keine Aufregung«, riet Evans. »Ich habe Ihnen doch gesagt, daß Sie die technische Oberleitung haben sollen, nicht wahr? Oder ziehen Sie vor, daß wir auf Ihre Mithilfe verzichten? Ellie hat durchaus recht, mein Freund. Was Sie nicht wissen, was sie aber weiß, ist, daß man die Wahrheit beschatten muß, um an die wirkliche Wahrheit zu kommen, an die hintergründige Wahrheit. Sie werden schon sehen.«

»Aber . . .«

Mac trat an ihn heran. »Halten Sie still.«

Rod kam der Aufforderung nach, Mac hob die Hand, und im gleichen Augenblick schlug ihm ein kühler Luftstrahl ins Gesicht.

»He! Was machen Sie mit mir?«

»Schminken.« Mac kehrte an sein Gerät zurück.

»Bloß ein bißchen Kriegsbemalung«, erklärte Evans. »Die Bilder brauchen Farbe. Sie läßt sich leicht wieder abwaschen.«

Voller Empörung riß Rod Mund und Augen auf, und, ohne sich dessen bewußt zu sein, hob er auch den Speer an. »Aufnahme, Mac!« befahl Evans.

»Schon gemacht«, antwortete Mac gelassen.

Rod mußte sich erst so weit beruhigen, bis er überhaupt ein Wort herausbekam. »Nehmen Sie sofort das Bild raus!« schrie er.

»Ruhe, Ruhe«, mahnte Evans. »Das Bild wird Ihnen schon gefallen. Auf jeden Fall schicken wir Ihnen eins zu.«

»Nehmen Sie es raus! Oder ich zerschmettere den Apparat und jeden, der sich mir entgegenstellt!« Damit zielte er auf die Linse.

Im gleichen Augenblick sprang Mac vor und schützte sie mit seinem Leib. »Na – vielleicht schauen Sie mal lieber hierher«, meldete sich plötzlich Evans wieder.

Evans hielt eine kleine, unauffällige Pistole in der Hand. »Wir kommen in allerlei komische Gegenden, aber gehen nie unvorbereitet. Wenn Sie den Apparat beschädigen oder etwa einen von uns verletzen, garantiere ich Ihnen, daß Sie bis zum nächsten Frühstück einen Prozeß am Hals haben. Sich mit dem Nachrichtendienst zu überwerfen, ist immer eine ernste Sache. Die Öffentlichkeit hat nämlich Rechte, verstehen Sie.« Er hob die Stimme. »Ellie! Wir gehen jetzt.«

»Noch nicht«, antwortete sie abwesend. »Ich bin gerade dabei, mich in die . . .«

»Schluß jetzt! Sonst kommen wir nicht mehr zurück!«

»Na gut denn!« Ihre Stimme klang wieder ganz sachlich.

Rod ließ sie ziehen. Als sie über die Mauer waren, ging er zum ›Rathaus‹ zurück, ließ sich am Boden nieder, umspannte die Knie und begann zu schluchzen.

Später kletterte er auf die Mauer hinauf und hielt Umschau. Genau unterhalb von ihm stand einer Posten. Der Betreffende blickte nach oben, sagte jedoch nichts. Das Tor bestand jetzt nur noch als Kontrollpunkt, aber man hatte inzwischen eine Laderampe errichtet, die von einem Energieschirm umgeben war. Irgend jemand arbeitete an einem Armaturenbrett. Rod kam zu dem Schluß, daß man offensichtlich eine Einwanderung großen Stils vorbereitete. Er ging zurück und machte sich eine einsame Mahlzeit, die dürftigste, die er im Lauf eines Jahres je gehabt hatte. Dann legte er sich zur Ruhe und lauschte der romantischen Sinfonie des Dschungels, bis ihn der Schlaf umfing.

»Jemand zu Hause?«

Im Nu war Rod wach und wurde sich bewußt, daß bereits Morgen war – und daß alles Alpdrücken nur Traum gewesen war. »Wer ist da?«

»Freunde!« B. P. Matson steckte den Kopf in die Tür. »Legen Sie bloß das Messer weg. Ich bin harmlos.«

Rod sprang hoch. »Dekan! Ich meine, Herr Doktor.«

»Dekan«, verbesserte Matson. »Ich habe noch einen Besucher für Sie mitgebracht.« Er trat beiseite, und Rod sah seine Schwester.

Einige Augenblicke später meldete sich Matson mit zärtlicher Stimme: »Wenn ihr beide euch nun mal voneinander lösen und die Nase putzen wolltet, könnten wir vielleicht gelegentlich zu einer sachlichen Erörterung unseres Anliegen kommen.«

Rod ließ die Schwester los und blickte sie prüfend an. »Helen, du siehst ja *wundervoll* aus.« Sie war in Zivil, hatte einen lustigen Wappenrock und kurze Hosen an. »Und dünn bist du geworden!«

»Na, viel nicht. Liegt wahrscheinlich nur an der besseren Verteilung. Aber du hast dich entwickelt, Rod! Mein kleiner Bruder ist ja ein richtiger Mann geworden.«

»Woher wußtest du eigentlich, daß . . .« Rod hielt inne, von einem plötzlichen Argwohn beherrscht. »Du bist doch nicht etwa hergekommen, um mich zur Rückkehr zu überreden? Wenn du diese Absicht hast, kannst du dir jedes weitere Wort ersparen.«

Jetzt griff Matson eilfertig ein. »Nein, nein, nein! Nichts liegt uns ferner als das. Aber gerade weil wir von Ihrer Entscheidung hörten, hat es uns hergezogen, und ich habe ein bißchen meine Verbindungen spielen lassen und uns einen Paß besorgt.« Und er fügte hinzu: »Offiziell bin ich vorübergehend als Inspizient eingesetzt.«

»So! Nun, ich freue mich natürlich sehr, Sie wiederzusehen . . . solange es dabei bleibt.«

»Gewiß, gewiß!« Matson holte eine Pfeife hervor, stopfte sie und zündete sie sich an. »Ich muß wirklich sagen, Rod, ich bewundere Ihre Wahl. Ist übrigens das erstemal, daß ich auf Tangaroa bin.«

»Zum erstenmal wo?«

»Auf Tangaroa. Polynesische Göttin, glaube ich. Habt ihr dem Ort hier einen Namen gegeben?«

Rod überlegte eine Weile. »Um die Wahrheit zu sagen, wir sind nie zu einem klaren Ergebnis gekommen. Wir haben uns einfach abgefunden mit dem, war *war*.«

Matson nickte. »Es müssen auch immer erst zwei Dinge da sein, bevor ein Name nötig wird. Aber es ist hübsch hier, Rod. Ich sehe, Sie haben viel geschafft.«

»Wir hätten uns hier bestimmt prima eingerichtet«, sagte Rod bitter, »wenn man unsere Kreise nicht zerstört hätte.« Er zuckte die Schultern. »Wollen Sie sich's mal ein bißchen näher ansehen?«

»Und ob ich will!«

»Na schön. Komm mit, Helen. Aber – Augenblick mal. Ich habe noch kein Frühstück gehabt; wie steht's denn damit?«

»Als wir starteten, ging es gerade auf Mittag zu. Ich könnte schon einen Happen vertragen. Helen?«

»Ich nicht weniger.«

Rod ging Margerys Vorräten zu Leibe. Die Keule, von der er am Abend noch gegessen hatte, war nicht mehr vom Besten. Er hielt sie Matson unter die Nase. »Noch genießbar?«

Matson schnupperte. »Schon ziemlich weit, aber ich kann es noch essen – wenn Sie es mögen?«

»Wir wären gestern auf Jagd gegangen, aber – dann kam das dazwischen.« Er runzelte die Stirn. »Nehmen Sie mal einen Augenblick Platz – ich hole uns Pökelfleisch.« Damit rannte er zur Höhle hinauf, fand eine ganze geräucherte Seite und ein paar gesalzene Einzelstücke. Als er wieder zurückkam, hatte Matson schon ein Feuer in Gang gebracht. Sonst hatte er, da am Vortage auch keine Früchte gesammelt worden waren, nichts weiter zu bieten, und er wurde sich unangenehm bewußt, daß ihr Frühstück sonst immer ganz anders ausgesehen hatte.

Aber er kam darüber hinweg, indem er vorführte, was sie alles zuwege gebracht hatten – das Töpferrad, Sues Webstuhl mit einem halbfertigen Muster, die Wasserleitung mit der Dorffontäne und der Duschanlage, die ständig in Gang war, und die eisernen Geräte, die Art und Doug gehämmert hatten. »Ich würde Ihnen auch noch gern das Werk zeigen, das Art aufgebaut hat, aber wer weiß, was wir dabei für Überraschungen erleben.«

»Nun hören Sie auf, Rod! Ich bin doch kein Stadtgewächs. Und Ihre Schwester ist auch nicht ganz hilflos.«

Rod schüttelte den Kopf. »Ich kenne dieses Land, Sie nicht. Ich könnte im Galopp nach oben laufen, für Sie aber gäbe es nur ein langsames Kriechen, weil ich Sie beide nicht decken kann.«

Matson nickte. »Sie haben recht. Obwohl es mir komisch vorkommt, daß sich einer meiner Zöglinge um mich besorgt zeigt. Aber Sie haben durchaus recht. Wir kennen uns hier nicht aus.«

Rod zeigte ihnen die Stoborfalle und beschrieb ihnen die jährliche Tierwanderung. »Die Stobors dringen in diese Löcher ein und fallen in die Gruben, während die anderen Tiere vorbeiziehen – geordnet wie im Straßenverkehr.«

»Katastrophendienst«, bemerkte Matson.

»Wie bitte? Ach so, ja, wir haben uns das mit der Zeit so ausgedacht. Zyklischer Katastrophenausgleich – wie bei den Menschen. Wenn wir die Möglichkeiten hätten, könnten wir Tausende von Tieren – tot oder lebendig – in der Trockenzeit zur Erde verfrachten.« Er überlegte einen Augenblick. »Vielleicht wird es einmal geschehen.«

»Wahrscheinlich.«

»Bis jetzt hatten wir allerdings nichts als Ärger. Besonders diese Stobors – ich zeige Ihnen draußen auf dem Feld einen, wenn ... aber sagen Sie mal!« Rod machte ein bedenkliches Gesicht. »Das *sind* doch die Stobors, nicht wahr? Kleine Fleischfresser, großer Kopf, von der Gestalt eines Kaninchens und achtmal so frech?«

»Warum fragen Sie mich?«

»Na, Sie haben uns doch vor den Stobors gewarnt. Die anderen Gruppen wußten ebenfalls Bescheid.«

»Ich möchte annehmen, daß es Stobors sind«, entschied Matson, »wie sie aussahen, wußte ich allerdings nicht.«

»Wie soll ich mir das erklären?«

»Rod, jeder Planet hat seinen Stobor ... und alle sind sie verschieden. Und manchmal hat ein Planet sogar mehr als einen.« Er unterbrach sich, um die Pfeife auszuklopfen. »Erinnern Sie sich, daß ich der Klasse gesagt habe, jeder Planet berge ihm eigene Gefahren, die von denen anderer Planeten der Milchstraße gänzlich abweichen?«

»Ja, natürlich ...«

»Na, sehen Sie, und das bedeutete, konkret gesehen, gar nichts, es war weiter nichts als ein abstrakter Begriff. Aber wenn man am Leben bleiben will, muß man sich vor dem, was hinter der Abstraktion steckt, in acht nehmen. Daher personifizieren wir die Gefahr ... aber wir sagen nicht, worin sie besteht und woher sie kommt. Jedes Jahr handhaben wir es anders. Es bedeutet weiter nichts als eine Warnung, daß das Unbekannte und Todbringende überall schlummert – und darum machen wir euch lieber ganz primitive Angst, als daß wir euch lange Vorträge halten.«

»Verdammt noch mal! Dann gab es also gar keine Stobors hier – niemals!«

»Aber sicher gab es welche. Ihr habt doch diese Fallen für sie gebaut – genügt das nicht?«

Als sie von ihrer Erkundung zurückkehrten, ließ sich Matson auf dem Boden nieder und sagte: »Lange können wir nicht mehr bleiben.«

»Das denke ich mir. Einen Augenblick, bitte.« Rod ging in die

Hütte, holte Lady Macbeth und kam wieder zu ihnen zurück. »Hier ist dein Messer, Helen. Es hat mir mehr als einmal die Haut gerettet. Ich danke dir.«

Sie nahm das Messer an sich, streichelte es, wiegte es in der Hand und blickte plötzlich an Rods Kopf vorbei. Es zischte an seinem Ohr vorüber und landete – peng! – in einem Eckpfosten. Sie holte es wieder zurück und hielt es Rod hin. »Behalt es, mein Lieber, trag es immer in Gesundheit und Glück.«

»Kommt nicht in Frage, Helen. Ich habe es jetzt lange genug besessen.«

»Bitte. Es ist mir ein lieber Gedanke zu wissen, daß es, wo du auch sein magst, über dich wacht. Außerdem brauche ich jetzt kaum noch ein Messer.«

»Was? Warum nicht.«

»Weil ich sie geheiratet habe«, antwortete Matson.

Rod war sprachlos. Seine Schwester schaute ihn an und sagte: »Aber was hast du denn, Kleiner? Ist dir's nicht recht?«

»Aber natürlich . . . natürlich ist es . . .« Er wühlte in seinem Gedächtnis herum und fand endlich die Worte, die das Ritual vorschrieb: »Möge euch das oberste Wesen eins machen. Möge eure Vereinigung fruchtbar sein.«

»Schön – dann komm her und gib mir einen Kuß.«

Rod umarmte und küßte sie und vergaß auch nicht, dem Dekan die Hand zu reichen. Es war offensichtlich sehr schön, daß es so gekommen war, aber – wie alt waren eigentlich die beiden? Helen mußte in den Dreißigern sein, und der Dekan? Der war ohne Zweifel schon ein alter Mann – sicher über vierzig.

In ihm regten sich Zweifel an der Schicklichkeit dieser Vereinigung.

Aber er tat sein Bestes, sie fühlen zu lassen, daß er damit einverstanden war. Und je mehr er darüber nachdachte, um so mehr reifte in ihm die Erkenntnis, daß es, wenn zwei Menschen, die ihr Leben hinter sich hatten, in ihrem Alter eine Gemeinschaft suchten, gewiß etwas sehr Schönes und Gutes war.

»Du siehst nun«, sagte Matson, zum erstenmal das Du gebrauchend, »daß ich einen doppelten Grund hatte, dich hier aufzusuchen. Erstens ist es, wenn ich auch nicht mehr Lehrer bin, unangenehm zu wissen, daß eine ganze Klasse ein solches Schicksal teilen mußte. Und zweitens ist die Angelegenheit doppelt peinlich, wenn der eigene Schwager darin verwickelt ist.«

»So haben Sie – hast du also die Unterrichtstätigkeit aufgegeben.«

»Ja, die Behörde und ich, wir konnten uns über die Schulpolitik nicht einigen. Und zweitens will ich eine Auswanderergruppe hinausführen . . . und diesmal werde ich mich mit deiner Schwester ansiedeln und eine Farm betreiben.« Matson schaute ihn an. »Hättest du eventuell Interesse? Ich könnte gut einen ausgekochten Inspekteur gebrauchen.«

»Nein, danke. Wie ich schon gesagt habe, mein Platz ist hier. Aber – wo wollt ihr denn hingehen?«

»Nach Territa, draußen bei den Hyaden. Schöne Gegend – kostet auch eine Stange Geld.«

Rod zuckte die Achseln. »Dann käme es ohnehin nicht für mich in Frage.«

»Als mein Inspekteur hättest du nichts zu bezahlen. Aber ich wollte dich auf keinen Fall für die Sache ködern. Ich dachte bloß, daß ich dir dieses Anerbieten machen sollte, selbst wenn ich mit deiner Ablehnung von vornherein rechnete. Ich selbst werde nämlich genug zu tun haben, um mit deiner Schwester fertig zu werden, verstehst du?«

Rod warf Helen einen Blick zu. »Tut mir schrecklich leid, Helen.«

»Schon gut, schon gut, mein Kleiner. Wir können ja nicht dein Leben leben.«

»Hmm – nein, das können wir nicht.« Matson schmauchte kräftig, dann fuhr er fort: »Immerhin fühle ich mich, da ich ja nun einmal dein Schwager und ehemaliger Lehrer bin, verpflichtet, dir in aller Aufrichtigkeit ein paar Wahrheiten zu sagen. Ich will dir nichts verkaufen, versteh mich recht, aber ich würde es dir hoch anrechnen, wenn du mich anhören wolltest. Darf ich?«

»Bitte – fang an.«

»Dieser Ort hier ist gut. Aber du könntest auch ebensogut wieder zur Schule zurückgehen und dir eine anerkannte Berufsausbildung erwerben. Wenn du die Aufforderung zur Rückkehr ablehnst, bleibst du hier – für immer. Du wirst niemals etwas von der übrigen weiten Welt zu sehen bekommen. Du erhältst später nicht einmal mehr freie Rückkehr. Nach Abschluß einer regelrechten Ausbildung kannst du jedoch überall herumkommen und siehst die Welt. Deine Schwester und ich, wir sind schon auf fünfzig Planeten gewesen. Natürlich hat die Schule jetzt keine Anziehungskraft mehr für dich, du bist inzwischen ein Mann geworden, und da ist es schwer, noch einmal Kinderschuhe anzuziehen, aber« – Matson machte eine weitausholende Armbewegung, die ganz Cowpertown umfaßte –, »das hier wird dir auf jeden Fall angerechnet. Du kannst Kurse überspringen und bekommst Kredit. Ich stehe mich außerdem gut mit dem Präsidenten der Technischen Hochschule. Hmm?«

Rod saß mit steinernem Gesicht da und schüttelte den Kopf.

»Na gut«, sagte Matson lebhaft. »War jedenfalls gut gemeint.«

»Augenblick«, gab Rod plötzlich zurück, »ich will versuchen, euch zu erklären, was ich ...« Er brach jäh ab. Nach kurzem Schweigen fuhr er fort: »Nein – ich kann es nicht sagen.«

Matson zog unbeirrt an seiner Pfeife und wartete. Schließlich fragte er: »Du warst hier Führer?«

»Bürgermeister«, verbesserte Rod. »Bürgermeister von Cowpertown. Das heißt – ich *war* es.«

»Und bist es noch. Bürgermeister einer Gemeinde von einem Mitglied. Aber du bist immer noch der Chef. Und selbst die Bürokraten des Kontrollamtes können es nicht aus der Welt schaffen, daß du das Land hier kultiviert hast. Technisch gesehen wart ihr eine autonome Kolonie – und das hast du ja Sansom auch so dargestellt.« Matson lächelte. »Tatsache aber ist, daß du jetzt allein bist. Du kannst nicht allein leben, Rod ... und dabei Mensch bleiben.«

»Stimmt – aber man wird doch diesen Planeten besiedeln.«

»Gewiß. Wahrscheinlich fünfzigtausend dieses Jahr und viermal soviel in zwei Jahren. Aber Rod, du würdest dann nur Teil der Masse sein. Diese Neusiedler bringen ihre eigenen Führer mit.«

»Ich brauch ja nicht unbedingt Chef zu sein. Ich könnte ja auch – das ist es eben – ich will Cowpertown nicht aufgeben.«

»Rod, Cowpertown hat in der Geschichte seinen Platz, ebenso wie Plymoth Rock, Botany Bay und Dakins Kolonie. Die Bürger von Tangaroa werden es ohne Zweifel in ihrem historischen

Schrein ehrfurchtsvoll aufbewahren. Ob du hier bleibst oder nicht, das hat darauf keinen Einfluß. Aber ich will dich zu nichts überreden. Ich wollte dir nur zeigen, wie sich die Dinge zu entwickeln pflegen.« Er stand auf. »Ich glaube, es ist Zeit, daß wir aufbrechen, Helen.«

»Ja, mein Lieber.« Sie nahm seine Hand und erhob sich ebenfalls.

»Wartet noch eine Sekunde!« bat Rod. »Dekan . . . Helen! Ich weiß, es klingt alles dumm, was ich sage. Ich weiß, das Alte ist vorbei – ich meine die Stadt und das Leben hier und die Kinder – alles. Aber ich *kann* nicht zurückgehen.« Und er fügte nach kurzem Zögern hinzu: »Es ist ja nicht, daß ich nicht zurückkehren *möchte.*«

Matson nickte. »Ich verstehe dich.«

»Wenn ich mich nur verstünde – ich kann es nicht.«

»Habe ich auch schon erlebt, Rod. Jeder von uns trägt zwei Seelen in der Brust: Die eine zieht ihn nach Hause, die andere sieht keine Möglichkeit dafür. Du bist in dem Alter, wo man am meisten darunter leidet. Hinzu kommt, daß dich das Schicksal in eine Situation gestellt hat, die dir die Entscheidung doppelt schwer macht. Du – unterbrich mich nicht – warst hier ein Mann, der alte Mann des Stammes, der Bulle der Herde. Darum konnten die anderen auch zurückkehren, aber du kannst es nicht. Warte, bitte! Ich habe dir vorgeschlagen, in die alte Welt zurückzugehen und noch einmal für eine Weile Jüngling zu sein – das aber scheint dir unerträglich. Ich bin nicht überrascht. Es wäre bestimmt leichter, ein kleines Kind zu sein. Kinder gehören einer anderen Rasse an, und die Erwachsenen behandeln sie auch als solche. Aber Jünglinge sind weder Erwachsene noch Kinder. Sie stehen vor den unmöglichen, unlösbaren, tragischen Problemen aller Grenzkulturen. Sie gehören weder zu dem einen noch zu dem anderen, sie sind zweitrangige Bürger, sind wirtschaftlich und sozial unsicher. Es ist eine schwierige Zeit, und ich tadle dich darum auch nicht, daß du nicht zurück willst. Ich denke einfach, daß es schon seine Früchte tragen wird. Aber du bist hier König einer ganzen Welt gewesen. Daher kann ich mir denken, daß für dich hier der Gedanke an Steuererklärungen und Aufforderungen, die Füße abzuwischen, grauenvoll ist. Ich kann dir also nichts anderes mehr sagen als: Viel Glück. Kommst du, meine Liebe?«

»Dekan«, erwiderte seine Frau. »Willst du es ihm denn nicht *sagen?«*

»Es hat doch keine Bedeutung. Es wäre nur ein unfaires Mittel, seine Entscheidung zu beeinflussen.«

»Ach, ihr *Männer!* Ich bin bloß froh, daß ich keiner bin!«

»Das bin ich auch«, erwiderte Matson trocken.

»So habe ich es nicht gemeint. Die Männer benehmen sich immer so, als ob die Logik auf dem Bürgersteig auf Stelzen ginge. Dann werde ich es ihm eben sagen.«

»Auf deine Verantwortung!«

»Was sagen?« fragte Rod.

»Sie meint«, erklärte Matson, »daß deine Eltern wieder zurück sind.«

»Was?«

»Ja, mein Junge. Vor einer Woche haben sie die Stasis hinter sich gelassen, und Vater ist heute aus dem Krankenhaus entlassen worden. Es geht ihm gut. Natürlich haben wir ihm von dir nicht alles erzählt – denn wir wußten noch nicht recht, *was* wir ihm sagen sollten.«

Die Tatsachen waren äußerlich sehr einfach, wenn Rod auch alle Mühe hatte, mit ihnen fertig zu werden. Die medizinische Wissenschaft und Technik hatten sich bereits innerhalb zweier Jahre (nicht erst von zwanzig Jahren) so weit entwickelt, daß es möglich geworden war, die Stasis zu reduzieren, zu operieren und Herrn Walker der Welt wiederzuschenken. Helen hatte schon seit Monaten gewußt, daß solch ein Erfolg möglich war, der Arzt ihres Vaters hatte jedoch so lange nicht zugestimmt, bis er nicht ganz sicher war. Es war ein reiner Zufall gewesen, daß Tangaroa fast zur gleichen Zeit entdeckt worden war. Rod überraschte das eine Ereignis so wie das andere; denn seine Eltern waren für ihn schon seit langem tot gewesen.

»Meine Liebe«, sagte Matson ernst, »wollen wir jetzt endlich gehen, nachdem du ihn doch in diesen Strudel gerissen hast?«

»Ja. Aber ich mußte es ihm doch wohl sagen.« Helen gab Rod einen flüchtigen Kuß und wandte sich ihrem Mann zu. Dann machten sie sich auf den Rückweg.

Rod beobachtete sie eine Weile, sein Gesicht verkrampfte sich in der Panik der Unentschlossenheit.

Plötzlich schrie er ihnen nach: »Wartet! Ich komme mit!«

»In Ordnung«, antwortete Matson. Er wandte seiner Frau sein gesundes Auge zu und senkte das Lid zu einem Blick, der, mehr als ein Blinzeln, tiefe Zufriedenheit verriet. »Wenn du dir wirklich sicher bist, daß du das willst, helfe ich dir gern, dein Zeug zusammenzupacken.«

»Ach, das ist nicht nötig. Ich habe kein Gepäck. Gehen wir!«

Rod hielt sich nur so lange auf, wie er brauchte, um den eingesperrten Tieren die Freiheit wiederzugeben.

16
Die endlose Straße

Matson geleitete ihn durch das ›Auswandererton‹, bewahrte einen höheren Beamten, der Rod psychologischen Tests unterziehen wollte, vor unangenehmen Überraschungen und achtete darauf, daß er keine Verzichterklärungen unterzeichnete. Dann sorgte er dafür, daß er ein Bad nahm, sich rasierte und die Haare schneiden ließ, und beschaffte ihm, ehe er ihn für die Welt von Terra freigab, auch noch die entsprechende Kleidung. Danach begleitete sie Matson nur bis zum Kaibab-Tor. »Ich denke, ich gehe jetzt etwas essen und überlasse euch am besten eurer Familie, damit ihr vier allein seid. Um neun Uhr dann also, meine Liebe. Auf bald, Rod.« Er küßte seine Frau und ging eilends davon.

»Helen? Weiß Vater davon, daß ich komme?«

Die Schwester zögerte einen Augenblick. »Er weiß es. Während der Dekan dich schniegeln und einkleiden ließ, habe ich es ihm mitgeteilt. Erinnere dich daran«, fügte sie hinzu, »daß Vater noch krank ist . . . und daß die ganze Zeit für ihn nicht mehr als ein paar Wochen gewesen ist.«

»Ach – so ist das!« Obwohl Rod sein ganzes Leben lang von den Ramsbothamschen Anomalien gehört hatte und mit ihnen vertraut war, fand er ihre Anwendung auf die Zeit höchst verwirrend, während ihm der Sprung zu den Planeten mittels der Tore völlig natürlich vorkam. Wenn er im Augenblick allerdings völlig überrascht zu sein schien, so lag der Grund offensichtlich aber darin, daß er, ohne zu wissen warum, äußerst schlechtgelaunt war. In ihm regte sich, ihm selbst noch unbewußt, einfach die Angst vor den Menschenmassen. Die Matsons hatten zwar ihre Befürchtungen gehegt, hatten ihn jedoch nicht gewarnt, um ihn nicht im voraus schon zu belasten.

Sein Vater sah gebräunt und gesund aus – aber stärker und kleiner. Er umarmte seinen Sohn, und die Mutter küßte ihn und weinte. »Es ist schön, daß wir dich wieder zu Hause haben, mein Sohn. Wie ich hörte, hast du eine ziemliche Fahrt hinter dir.«

»Ich freue mich auch, wieder zu Hause zu sein, Vater.«

»Ich bin der Meinung, daß diese Prüfungen viel zu anstrengend sind – wirklich.«

Rod ließ es sich angelegen sein, ihm zu erklären, daß es gar keine richtige Prüfung gewesen sei und daß Cowpertown, d. h. Tangaroa, eine wahre Erholung bedeutet habe. Ganz konnte er den Faden jedoch nicht in der Weise weiterspinnen, da ihn ›Tante‹ Nora Peascott – keine wirkliche Tante, sondern eine Jugendfreundin seiner Mutter – durch ihre Gegenwart irritierte.

Frau Peascott aber hörte nicht nur intensiv zu, sondern schaute ihn immer wieder aus ihren kleinen, in Falten gebetteten Augen an. »Habe ich mir doch gedacht, Roderick Walker, daß das kein Bild von dir sein konnte.«

»Wie?« fragte sein Vater. »Was für ein Bild?«

»Nun, das Bild von dem Urwaldmenschen mit Roddies Namen darunter. Du mußt es doch gesehen haben, die Empire-Stunde hat es gebracht und das Fernsehen. Aber ich habe gleich zu Joseph gesagt: Joseph, habe ich gesagt, das ist kein Bild von Rod Walker – das ist ein Schwindel.«

»Das muß mir entgangen sein. Wie du weißt, bin ich . . .«

»Ich schicke es dir; ich habe es mir ausgeschnitten. Aber ich wußte gleich, daß es eine Fälschung war. Ist ja auch schrecklich anzusehen, ein nackter Wilder, mit gespitzten Zähnen, einem höllischen Grinsen und einem langen Speer und Kriegsbemalung über das ganze häßliche Gesicht. Ich habe zu Joseph gesagt . . .«

»Wie du weißt, bin ich erst heute morgen aus dem Krankenhaus zurückgekehrt, Nora. Rod, da ist doch sicher kein Bild von dir im Nachrichtendienst erschienen?«

»Hm – ja und nein. Schon möglich.«

»Ich kann dir nicht folgen. Warum sollte man denn ein Bild von dir gemacht haben?«

»Grund gab's dafür keinen. Der Kerl hat mich einfach aufgenommen.«

»Dann gab es also doch ein Bild von dir?«

»Ja.« Rod stellte fest, daß Tante Nora ihn mit stechenden Augen ansah. »Aber es war eine Art – Schwindel dabei.«

»Ich verstehe immer noch nicht.«

»Bitte, Vater«, schaltete sich Helen ein. »Rod hat eine anstrengende Tour hinter sich. Ich denke, das hat noch Zeit.«

»Ja natürlich – wenn ich auch nicht sehe, wie ein Bild eine ›Art Schwindel‹ sein kann.«

»Na, das ist so: Der Mann hat mich in einem Augenblick, als ich gerade nicht aufpaßte, angemalt. Ich . . .« Rod hielt auf einmal inne, denn ihm wurde plötzlich bewußt, daß das Ganze höchst lächerlich klang.

»Dann war es also *doch dein* Bild!« beharrte Tante Nora.

»Ich habe nun nichts mehr hinzuzufügen.«

»Das scheint mir auch das beste zu sein«, pflichtete Herr Walker bei.

Tante Nora plusterte sich auf. »Jedenfalls steht fest, daß da draußen so *allerhand* passieren kann. Was die Empire-Stunde davon zu berichten wußte, war ja mehr als merkwürdig – gar nicht, so gar nicht *hübsch.«*

Sie sah so aus, als ob sie Rod dazu herausfordern wollte, es in Abrede zu stellen. Rod sagte jedoch nichts, und Tante Nora fuhr fort: »Ich weiß nicht, was du davon denkst, einen Jungen solche Dinge tun zu lassen. Mein Vater sagte immer, daß der Allmächtige, wenn er gewollt hätte, daß wir statt der Raketenschiffe solche Tore benutzen, seine eigenen Löcher am Himmel geschaffen hätte.«

Helen wurde es nun zuviel. Mit scharfer Stimme fragte sie zurück:

»Frau Peascott, wollen Sie mir bitte sagen, worin ein Raketenschiff natürlicher ist als ein Tor?«

»Aber, aber, Helen Walker! Mein ganzes Leben lang bin ich immer nur ›Tante Nora‹ gewesen. ›Frau Peascott‹!«

Helen zuckte die Achseln. »Im übrigen ist mein Name Matson, nicht Walker – wie Sie wissen.«

Frau Walker, die an dem unglücklichen Verlauf des Gesprächs völlig unschuldig, darum jedoch nicht weniger betrübt war, hielt sich für verpflichtet, Frau Peascott zum Essen einzuladen. Sie fügte sogar hinzu: »Ja, Nora, gesell dich zu uns – unter der Lampe.«

Rod zählte bis zehn. Frau Peascott entgegnete, daß sie *sicher* sei, sie hätten jetzt bestimmt das Bedürfnis, *allein* zu sein, sie hätten sich ja doch *so viel* zu erzählen ... und sein Vater bestand nicht weiter darauf.

Während des Rituals beruhigte sich Rod, wenn er sich auch bei einigen Antworten verhaspelte und einmal ein peinliches Schweigen auslöste. Dafür war das Essen ganz wundervoll, obleich er etwas über die kleinen Portionen verwundert war. Offenbar stand Terra unter schweren Rationierungsbeschränkungen. Immerhin schien doch jeder zufrieden zu sein, und so war auch er es.

»Es tut mir leid, daß du diesen Zwischenfall gehabt hast«, sagte sein Vater. »Ich nehme an, es bedeutet für dich, daß du ein Semester auf der Patrick-Henry wiederholen mußt.«

»Im Gegenteil, Vater«, erwiderte Helen. »Der Dekan ist sicher, daß Rod gleich auf die Technische Hochschule übergehen kann.«

»Wirklich? Zu meiner Zeit hielt man sich mehr an die Vorschriften.«

»All diejenigen, die zu der Gruppe gehörten, bekommen ihre Zeit angerechnet. Was sie da draußen gelernt haben, kann ihnen weder die Schule noch die Hochschule beibringen.«

Da Rod bemerkte, daß sein Vater sich nicht so ohne weiteres damit zufriedengeben wollte, wechselte er das Thema. »Helen, das erinnert mich daran, daß ich einem der Mädchen deinen Namen gab – ich wußte ja nicht, daß du nicht mehr im Korps bist –, sie wollte gern bei den Amazonen eintreten. Du kannst ihr doch aber sicher noch behilflich sein, nicht wahr?«

»Ich kann ihr gewiß manchen Rat geben und sie vielleicht auch für die Prüfungen einpauken. Ist es für dich von Bedeutung, Roddie?«

»Hm – ja. Sie hat das Zeug zu einem erstklassigen Offizier. Sie ist groß, größer als du – sieht dir aber sonst ein bißchen ähnlich. Sie ist intelligent wie du und immer gutmütig und willig – aber eisern und flink und unglaublich hart, wenn nötig ... ohne Pardon bereit, zu töten.«

»Roderick.« Sein Vater blickte zur Lampe auf.

»Entschuldige, Vater. Ich habe sie nur eben beschrieben, wie sie ist.«

»Schon gut, mein Sohn ... aber sag mal, wann hast du eigentlich damit angefangen, das Fleisch mit den Fingern anzufassen?«

Roderick ließ den Happen fallen und lief hochrot an. »Verzeih mir, Vater. Wir hatten dort keine Gabeln.«

Helen mußte lachen. »Macht nichts, Rod. Ist doch vollkommen natürlich, Vater. Wenn wir unsere Mädchen in die Prüfung schickten, mußten sie erst mal alle Erziehung abstreifen und von vorn anfangen, um die Gefahren des bürgerlichen Lebens zu erkennen. Die Finger wurden vor den Gabeln geschaffen.«

»Mmmm ... ohne Zweifel. Da du eben ›von vorn anfangen‹ sagtest – da gibt es noch etwas zu regeln, Tochter, bevor sich unsere Familie wieder neu ordnet.«

»So?«

»Ja. Ich meine die Übertragung der Vormundschaft. Da ich jetzt durch ein Wunder wieder gesund geworden bin, muß ich meine Pflichten wieder übernehmen.«

Rods Verstand überschlug sich ein paarmal, ehe er dahinterkam, daß der Vater von ihm sprach. Vormund? Ach so – Helen war sein Vormund. Aber was bedeutete das schon?

Helen zögerte. »Das will mir auch so scheinen, Vater«, sagte sie, und zu ihrem Bruder gewandt, »wenn Rod es wünscht.«

»Was? Das ist kein Argument, Tochter. Dein Mann verspürt sicher nicht das Verlangen, einen jungen Burschen zu überwachen – ganz abgesehen davon, daß es meine Pflicht ist und auch mein – Vorrecht.«

Helen machte ein verdrießliches Gesicht. »Ich verstehe nicht«, schaltete sich Rod ein, »daß das irgendwie von Bedeutung ist, Vater. Ich werde doch nicht hier, sondern auf der Hochschule sein – und außerdem bin ich bald so alt, daß ich wählen kann.«

Seine Mutter verriet unverkennbare Bestürzung. »Aber, Roddie, mein Junge!«

»Ich bedaure«, begann der Vater erneut, »daß ich einen Zeitraum von drei Jahren nicht ohne weiteres außer acht lassen kann.«

»Was willst du damit sagen, Vater? Ich werde im Januar mündig.«

Frau Walker schlug sich mit der Hand gegen den Mund. »Jerome – wir haben wieder mal den Zeitsprung vergessen. Ach, mein kleiner Junge!«

Herr Walker machte ein erstauntes Gesicht, murmelte etwas

von der Art wie »wirklich schwierig« und schenkte seine ganze Aufmerksamkeit seinem Teller. Auf einmal blickte er auf. »Du verzeihst mir doch, Rod, nicht wahr? Nichtsdestoweniger muß ich natürlich, bis du mündig bist, tun, was in meinen Kräften steht.«

Und zu Helen gewandt, fuhr er fort: »Die Sache mit der Vormundschaft regeln wir morgen. Ich habe den Eindruck, daß es viele Dinge gibt, um die ich mich werde kümmern müssen.«

Helen begegnete seinen Augen. »Nicht, wenn Rod nicht einwilligt.«

»Tochter!«

»Die Übertragung war unwiderruflich. Entweder gibt er seine Zustimmung – oder es bleibt beim alten!«

Herr Walker blickte sie voller Empörung an, Frau Walker sah schwer geprüft aus. Rod stand auf und verließ das Zimmer ... es war das erstemal, daß jemand das tat, während die Friedenslampe brannte. Er hörte zwar, wie sein Vater ihm nachrief, aber er kehrte nicht wieder um.

Als er in sein Zimmer trat, fand er Matson rauchend und lesend vor. »Habe einen Happen gegessen und mich hier ruhig niedergelassen«, erklärte er, Rods Gesicht gleichzeitig erforschend. »Habe ich dir nicht gesagt«, fügte er nach einer Weile langsam hinzu, »daß es hart werden würde? Aber du wirst auch damit fertig, mein Freund, du mußt dich nur durchbeißen.«

»Ich *kann* es nicht ertragen!«

»Doch, *du kannst!«*

Wie früher schon so oft und wie gewiß auch noch so manchesmal in Zukunft waren im Auswanderertor die schwerfälligen Überlandkarren in Reihe aufgefahren. Das Tor war noch nicht fertig, und die Fahrer standen unterhalb der Freiheitsschöße an der Bude, tranken Kaffee und vertrieben sich die nervöse Wartezeit mit rohen Späßen. Ihr Anführer stand bei ihnen, ein hagerer, schlichter junger Mann mit tiefen Linien im Gesicht, die von der Sonne und vom Lachen und vielleicht auch von Sorgen geprägt waren. Im Augenblick schien er jedoch keinen Kummer zu kennen, er lachte und trank Kaffee und teilte mit einem kleinen Jungen einen Pfannkuchen. In Nachahmung eines sehr alten Stils trug er eine befranste hirschlederne Hose, einen Bill-Cody-Bart und ziemlich langes Haar. Sein Pferd war ein kleiner Pinto, der mit hängenden Zügeln geduldig wartete. In einer Beutetasche steckte eine Jagdflinte, der Anführer selbst hatte jedoch keine Schußwaffe bei sich, statt dessen trug er zwei Messer, eines auf jeder Seite.

Eine Sirene gellte auf, und ein Sprecher über der Bude der Heilsarmee kündigte an: »Käptn Walker, fertig machen an Tor vier.«

Rod winkte nach dem Kontrollturm hinüber und rief: »Warte auf Abruf!« Dann wandte er sich wieder Jim und Jacqueline zu. »Sagt Carol, daß es mir leid tut, daß sie nicht herkommen konnte. Ich hoffe, euch bald wiederzusehen.«

»Vielleicht früher, als du denkst«, versicherte Jim. »Meine Firma will jedenfalls den Kontrakt unterzeichnen.«

»Deine Firma? Wo hast du das her? Oder haben sie ihn zum Teilhaber gemacht, Jackie?«

»Das nicht«, erwiderte sie versonnen, »aber ich bin sicher, daß sie es tun werden, sobald er seine Zulassung als Raumadvokat hat. Gib Onkel Rod einen Abschiedskuß, Grant.«

»Nein«, antwortete der Kleine ganz entschieden.

»Genau wie sein Vater«, sagte Jimmy stolz. »Küßt nur Frauen.«

Das Abzählen ging zu Ende, Rod hörte es und schwang sich in den Sattel. »Macht's gut, Kinder.« In diesem Augenblick öffnete sich das Tor, und eine Stimme rief laut: »Nummer *eins!«*

»Zügel hoch! *Zügel hoch!«* Er wartete mit ausgestrecktem Arm und sah durch das weite Tor über eine rollende Prärie hinweg auf schneebedeckte Bergspitzen im Hintergrund. Seine Nasenflügel spannten sich.

Das Kontrollicht sprang auf Grün um. Er riß den Arm nach unten und rief: »Vorwärts! *Hü!«* und gab dem kleinen Pferd die Sporen. Der Pinto sprang an, setzte sich vor den ersten Wagen, und Käptn Walker stürmte hinaus auf die endlose Straße.